Konrad Hansen
Der Spaßmacher

SERIE PIPER

Zu diesem Buch

Seine Behausung: eine baufällige Baracke am Friedhof seines Heimatdorfes. Sein Beruf: stellvertretender Totengräber. Kwalle lehnt Arbeit und gesellschaftliche Konventionen kategorisch ab. Schmarotzend, saufend und vögelnd lebt er in den Tag hinein, unterbrochen von gelegentlichen Halluzinationen und intensiven Gesprächen mit den Geistern der Toten. Diese anarchische Lebensweise mißfällt den Dorfbewohnern mehr und mehr, untergräbt sie doch die festgefügte dörfliche Ordnung. Kwalle ist der Stachel im Fleisch, verkörpertes schlechtes Gewissen, Gegenstand von Neid, Haß und unterdrückter Lust. Er entlarvt die Fassade der bürgerlichen Selbstgerechtigkeit und setzt nie geahnte Aggressionen und Gewalttätigkeiten frei. Hansen erzählt die eigentlich traurige Geschichte des Außenseiters Kwalle unterhaltsam, humorvoll, subtil und würzt sie mit einem Schuß deftiger Erotik.

Konrad Hansen, 1933 in Kiel geboren, studierte Germanistik, Philosophie, Theologie und Volkswirtschaft und lebt heute bei Flensburg. Er war Rundfunkredakteur, Reporter, Abteilungsleiter bei Radio Bremen und Intendant des Ohnsorg-Theaters, Hamburg. Hansen schrieb Erzählungen, Hörspiele, Theaterstücke, Fernsehfilme und die Romane »Die Männer vom Meer« (1992) und »Simons Bericht« (1998).

Konrad Hansen
Der Spaßmacher

Ein schamloser Roman aus dem
Leben eines Unbefugten

Piper München Zürich

Für Ingrid

Ungekürzte Taschenbuchausgabe
Piper Verlag GmbH, München
August 1999

Umschlag: Büro Hamburg, Andreas Rüthemann
Foto Umschlagvorderseite: Pictor International Ltd.
Foto Umschlagrückseite: Per Schwano
Satz: Fuldaer Verlagsanstalt GmbH
Druck und Bindung: Clausen & Bosse, Leck
Printed in Germany ISBN 3-492-22844-5

I

Ein schöner Abend. In den Trauerweiden glimmen letzte Sprenkel Sonnenlicht, Wacholder deuten stumm in einen von Mückenschwärmen und einzelnen Möwen spärlich belebten Himmel, auf dem Kriegerdenkmal hockt die schwarze Phalanx der Dohlen. Jennerjahn, Gott hab ihn selig, wandelt schwerelos über die Gräber. Wie üblich würdigt er Kwalle keines Blickes.

Hier ruht in Gott. Ruhe in Frieden. Hier ruhet, hier ruhet, hier ruht. Du bleibst uns unvergessen. Verlassen, nie vergessen. Ruhe sanft. O ruhe sanft in unseres Gottes Hand, Aufwiedersehn im rechten Vaterland. Ruhe sanft, ruhe sanft. Ihr Leben war Fleiß und Arbeit. Die Liebe höret nimmer auf. Es ist bestimmt in Gottes Rat, daß man vom Liebsten, was man hat, muß scheiden. Nur Arbeit war dein Leben. Wer so gewirkt wie du im Leben. Ruhe sanft, ruhe sanft. Auf dreihundertzweiundvierzig Grabsteinen, hat Kwalle mal gezählt, wird den Verblichenen sanfte Ruhe verordnet. Als Kind sah er die Toten auf weiche, rotweißkarierte Kissen gebettet, wenn er Ruhe sanft las, heute empfindet er nur noch Ärger über den Mangel an Phantasie. Jedenfalls wird er sich für seinen eigenen Grabstein etwas anderes einfallen lassen, etwas Vieldeutiges, Kurzundbündiges, ein einziges Wort am besten, das alles aussagt über ihn und sein Leben.

Wo der Friedhof in flachem Winkel zu den Salzwiesen abfällt, bleibt er stehen. Die Abendbrise gurgelt leise in seinen Ohrmuscheln, riecht nach Heu, Schlick, getrocknetem Tang. Auf den Wiesen hinterm Brook waten Kühe bis zu den Bäuchen in langgestreckten Nebelschwaden. Über dem Meer droht eine geballte Wolkenfaust. Hart an der Kimm blinzeln die Leuchtfeuer von Aerö und Langeland. Kwalle beschließt, die Farbe des Meeres bleigrau zu nennen, und setzt seinen Rundgang fort.

Zwischen den Kleineleutegräbern fühlt er sich am wohlsten. Holzkreuz, Name, von wann bis wann, für ein Ruhesanft ist da kein Platz mehr. Unter gemeinsamer Rasendecke, Schulter an Schulter, vermodern ihre Knochen in unfreiwilliger Solidarität. Emma Ramm, geborene Nuschkureit, 1895—1966. Oma Ramm, Beichtmutter, Geheimnisträgerin, Kupplerin. Ihr treuherziges Gesicht, mit dem sie das Blaue vom Himmel log, um ihrem Schützling ein Alibi zu verschaffen. Ihre maßlosen Wutausbrüche, wenn sie beim Mensch-ärgere-dich-nicht-Spiel verloren hatte. Die jedesmal darin gipfelten, daß sie das Spiel samt Figuren im Ofen verbrannte. Adolf Ramm, 1894—1969. Sie sollen ihn nicht haben, den freien deutschen Rhein. Ließ seine Rente kapitalisieren und fuhr nach Verdun, um sein linkes Bein zu besuchen. Als er zurückkam, nahm er ein Stück Wäscheleine und erhängte sich im Hühnerstall.

Vor dem Kriegerdenkmal erwartet ihn, etwas unscharf in der Kontur, ansonsten aber ein getreues Abbild seiner irdischen Gestalt, sein Urgroßvater.

Unseren gefallenen Helden zum Gedächtnis.

Kwalles Urgroßvater macht sich noch durchsichtiger als er ohnehin schon ist, damit Kwalle die Namen auf der Marmortafel lesen kann.

Johann Asmus Walter, liest er.

Glatter Durchschuß, erläutert sein Urgroßvater, was Kwalle längst weiß, ins rechte Ohr rein, aus dem linken wieder raus, alles was recht sei, siebzigeinundsiebzig habe man noch schießen können.

»Du hast ihn oft beneidet«, hilft Kwalle weiter.

Er habe ihn oft beneidet, sagt der Urgroßvater, mit neunzehn aus dem Schneider und schon hundert Jahre lang ein Held. Dabei sei Johann Asmus von allen Angsthasen, die ihre Familie hervorgebracht habe, der größte gewesen.

Kwalles Urgroßvater verwandelt sich vorübergehend in den sterbenden Pionier Klinke, was seine Glanznummer ist, erntet dafür von Kwalle den üblichen Szenenapplaus, und wabert zur Tafel für die Gefallenen von 1914—18 weiter.

Sei getreu bis an den Tod, so will ich dir die Krone des Lebens geben.

Hinrich Walter. Detlev Walter.

»Du hättest sie gegen die Wand spritzen sollen«, sagt Kwalle.

Er hätte sie gegen die Wand spritzen sollen, stimmt sein Urgroßvater zu. Hätten sich totschießen lassen, obwohl es ein leichtes gewesen wäre, sie u. k. zu stellen. Aber Kwalle möge mal versuchen, jemandem Vernunft zu predigen, der im Heldentod die Krönung eines deutschen Lebens erblickt.

1939—45. Kwalle zählt vier Walters. Für Volk und Vaterland. Feld der Ehre. Die dankbare Gemeinde. Kwalle überlegt, wie viele Stangen Dynamit er brauchen würde, diesen Tempel der Scheinheiligkeit und des schlechten Gewissens in die Luft zu sprengen.

Er wüßte, wo eine Kiste Munition vom letzten Krieg vergraben sei, damit ginge es zur Not auch, mischt sich sein Urgroßvater in Kwalles Gedankengänge.

»Du weißt auch sonst noch so allerhand, nicht wahr?« sagt Kwalle. »Wie wärs, wenn du mir ausnahmsweise mal was aus der Zukunft erzählst?«

Worauf sein Urgroßvater nebulos lächelt und Ich hatt einen Kameraden zu singen beginnt.

»Wieviel Zeit bleibt mir noch?« fragt Kwalle, obwohl ihm klar ist, daß er auch heute keine Antwort erhalten wird.

Sein Urgroßvater schlängelt sich an einer Säule empor, schlüpft durch einen kaum fingerbreiten Spalt im Dach und wirbelt windhosengleich über den Friedhof. Einen bessern findst du nicht, verklingt es in der Ferne.

Das Grab des Klavierlehrers Walter streift Kwalle im Vorübergehen mit einem mitleidigen Seitenblick. Ruhe sanft, Vati. Dein Leben war voller Schicksalsschläge und Entsagungen. Sei froh, daß dir die Frage erspart geblieben ist, wie man zwei Kinder zeugen kann, ohne im Besitz des dafür erforderlichen Körperteils zu sein. Gewisse Zweifel waren Kwalle allerdings schon früher gekommen, wenn er sich zu erklären versuchte, weshalb jemand so wortreich die platonische Liebe rühmt, der die besten Chancen hat, jeden Tag der fleischlichen Versuchung zu erliegen. Die lieblichsten Puppen konnten neben ihm auf dem Klavierbock sitzen und ihm einladend ihre frühreifen Rundungen entgegenstrecken: sein Vater blieb eisern. Wenn er wenigstens soviel innere Größe besessen hätte, Kwalle zu gönnen, was er sich selbst versagen mußte. Aber auch daran fehlte es ihm, wie, ein Beispiel für viele, diese Episode beweist: Sein Vater goß in der Küche Kamillentee auf, und Kwalle hatte schon seine Hand in Christels Schlüpfer geschoben, da hörte der Alte, wie Christel den Fröhlichen Landmann im

Schweinsgalopp übers Feld jagte, ließ Kamillentee Kamillentee sein und rettete Christels Unschuld. Ganz gegen ihren Willen, wie Kwalle sich zu erinnern glaubt.

Auf frischgeharkten Wegen geht er zum Honoratiorenviertel hinüber. Pflicht ist Pflicht. Neulich hat man Rieke Göttsch mit durchschnittenen Pulsadern und schon leicht vergammelt auf Sinjens Familiengrab gefunden, und Kwalle wär seinen Posten als stellvertretender Friedhofswärter losgewesen, wenn Greve nicht ein gutes Wort für ihn eingelegt hätte. Greve und seine guten Worte. Kwalle stellt sich den dünnen Faden bildlich vor, an dem hierzulande das Schicksal des Arbeitnehmers hängt, und dringt mit geschlossenen Augen, die Hände schützend vorm Gesicht, durch widerspenstiges Wacholdergestrüpp zu Sinjens Mausoleum vor.

»Bist dus, Opa?« fragt jemand.

Kwalle öffnet die Augen: vor ihm im weißen Marmorsplitt kniet, die Hände gefaltet und den Blick vor sich auf den Boden geheftet, ein rothaariger Junge. Baldur.

»Was machst du denn hier?« fragt Kwalle verblüfft.

Baldur löst seine Augen von der Erde, die die sterblichen Überreste seiner Vorfahren birgt, und wendet Kwalle sein sommersprossiges Gesicht zu: »Ach du.« Enttäuschung läßt seine Züge jäh erschlaffen. »Ich unterhalt mich mit meinen Ahnen.«

Kwalle blickt sich um. Keiner zu sehen. »Antworten sie dir?«

Baldur schweigt.

»Also nicht«, stellt Kwalle befriedigt fest.

»Was meinst du, ob ichs mal auf Platt versuche?« fragt Baldur.

»Das ist Jacke wie Hose«, sagt Kwalle. »Die Sache ist nämlich die, daß die Toten nicht mit jedem reden, weißt du? Dem einen antworten sie, dem andern nicht. Aber wenn du willst, kann ich ja den Vermittler spielen.«

»Dir antworten sie?«

»Klar«, sagt Kwalle. »Ich leb hier doch mitten unter ihnen. Die meisten betrachten mich schon fast als einen der ihren.«

»Na gut«, sagt Baldur nach kurzem Zögern. »Aber wie ich dich kenne, machst dus bestimmt nicht umsonst.«

»Meine wirtschaftliche Lage verbietets mir leider, dir zu widersprechen«, seufzt Kwalle.

»Also wieviel?«

»Das kommt ganz darauf an«, antwortet Kwalle, gewieft wie ein orientalischer Teppichhändler. »Je länger sie tot sind, desto schwerer sind sie zum Sprechen zu bringen. Mit wem möchtest du dich denn unterhalten?«

»Mit meinem Opa väterlicherseits.«

»Eine Mark pro Minute«, sagt Kwalle prompt.

»In Ordnung«, sagt Baldur, fest darauf vertrauend, daß man die Qualität einer Leistung an ihrem Preis ablesen kann.

»Denn man los«, sagt Kwalle.

»Hörst du mich, Opa?« fragt Baldur zaghaft in Richtung Erdboden.

»Er sagt, du sollst büschen lauter sprechen.«

»Opa«, sagt Baldur mit erhobener Stimme, »die Sache spitzt sich zu.«

»Welche Sache«, fragt er.

»Ich — ich weiß nicht, wie ichs sagen soll«, stammelt Baldur.

»Nu mal raus mit der Sprache«, übermittelt Kwalle, »wir sind doch unter uns.«

Fünfzig Pfennig Stille.

»Ich kann keine Kuh mehr von hinten sehn, ohne daß ich n Steifen krieg«, flüstert Baldur.

»Na sowas«, wundert sich Kwalle stellvertretend für Baldurs Großvater. »Aber ist das n Grund zur Aufregung, Junge?«

»Das ist doch nicht normal«, sagt Baldur. »Wenn sie mich dabei erwischen, komm ich in die Klapsmühle, da kennen die nix.«

»Eine Minute ist rum«, sagt Kwalle in eigener Sache.

»Was soll ich bloß tun, Opa?« fragt Baldur verzweifelt. »Über kurz oder lang passierts, das weiß ich genau!«

»Junge«, sagt Kwalle großväterlich. »Triebe sind dazu da, daß sie befriedigt werden.«

Nachdenkliches Schweigen.

»Ob die Kühe auch was davon haben?« fragt Baldur dann mit bibbernder Stimme.

»Alles Unbekannte gilt für groß«, antwortet Kwalle. Tacitus.

Baldur holt tief Luft. So atmet einer durch, der fest entschlossen ist, aufs Ganze zu gehen. Kwalle malt sich aus, wie Baldur im Schutze der Dunkelheit das Milchvieh vögelt: vorne käuts ungerührt wieder, und hinten rackert sich ein schmächtiger Jüngling ab.

»Bist du noch da, Opa?« fragt Baldur.

»Das wars«, sagt Kwalle »Macht zwei Mark.«

»Hier hast du fünf«, sagt Baldur, spendabel wie ein Bräutigam vor der Hochzeitsnacht.

Kwalle läßt das Fünfmarkstück in der Hosentasche verschwinden. »So, und jetzt mach ne Mücke«, sagt er. »Die Toten wollen ihre Ruhe haben.«

Baldur erhebt sich, wirft den Kopf in den Nacken und bläht die Nasenflügel, als nähme er Witterung auf. Jetzt fehlt nur noch, daß er wie ein Bulle brüllt, denkt Kwalle, aber da ist Baldur auch schon im Wacholder verschwunden, Richtung Salzwiesen.

Wie üblich beschließt Kwalle seinen Rundgang mit einem abschiednehmenden Blick auf das Dorf. Wer mit einem Bein gewissermaßen im Jenseits wandelt, muß stets damit rechnen, daß die kommende Nacht die letzte sein wird, und aus dieser Distanz betrachtet, gerade so weit entfernt, daß es das Auge nicht mehr mit Einzelheiten belästigt, und immer noch nah genug, daß es nicht zu einem ixbeliebigen Panorama verschmilzt, würde er das Dorf am liebsten in Erinnerung behalten: planlos über eine sanftgewellte ostholsteinische Knicklandschaft verstreut, dörfliche Idylle mit roten Ziegeldächern, dämmernden Linden, Fenstern, in denen sich hundertfach der Sonnenuntergang spiegelt, und einem Kirchturm, der, was in dieser Gegend etwas fremdartig wirkt, eine zwiebelförmige Haube trägt. Nur den alles überragenden Silo der Spar- und Darlehnskasse würde Kwalle gern in seiner Erinnerung missen, der eben jetzt, als poche er darauf, einen Platz in Kwalles Gedächtnis reserviert zu bekommen, aufdringlich mit seinen Neonbuchstaben zu flimmern beginnt.

Das abendliche Abschiednehmen weckt in Kwalle wie gewöhnlich den Drang, sich bis zum Anbruch der Ewigkeit dem Diesseits zuzuwenden. »Machen wir uns n gemütlichen Abend«, sagt er, um irdische Heiterkeit bemüht, während ihm gleichzeitig der verwegene Gedanke kommt, in der Flasche, die ihm eine dankbare Besucherin gestern aufs Kopfkissen legte, könnte noch ein Rest übriggeblieben sein. Und schon strebt er beschwingt seiner Behausung zu, die da jenseits des Friedhofszauns, letzte von einstmals sechs in aller Eile zusammengezimmerten Flüchtlingsbaracken, den Unbilden des norddeutschen Wetters und dem Schönheitssinn der Sonntagsspaziergänger trotzt. Kwalle umfängt das nun schon fünfundzwanzig Jahre alte Provisorium näherkommend mit liebevollem Blick, my home is my castle, eine Bleibe ganz nach seinem Geschmack, genau das Richtige für einen, der auf Abruf lebt. Aber was ihm ein Symbol der Vergänglichkeit, ist den anderen ein Dorn im Auge. Spätestens einen Tag, nachdem Kwalle das Zeitliche gesegnet hat, werden sie diesem Überbleibsel aus schlimmer Zeit, diesem Refugium für Ratten und anderes lichtscheue Gesindel, mit der Axt zu Leibe rücken, werden sie Gottes wohlbestellten Acker endlich von diesem Schandfleck säubern. Wahrscheinlich hätten sie es schon längst getan, wenn Greve nicht, wie überall, auch im Kirchenvorstand ein gewichtiges Wort mitzureden hätte. Greve und seine guten Worte. Ein zweites Mal an diesem Abend sieht sich Kwalle gezwungen, ein zart aufkeimendes Gefühl der Dankbarkeit zu unterdrücken.

Dann empfängt ihn der vertraute Mief. Unverwechselbar, der Geruch nach Bratkartoffeln, Bier, verschwitztem Bettzeug und einigen Eau de Colognes der unteren Preisklasse. Allein an diesem Geruch würde er erkennen, daß er zu Hause ist.

Kwalle schließt die Tür hinter sich, behält zu seiner Überraschung nicht, wie sonst, den Griff in der Hand und macht sich daran, die Flasche zu suchen. Ohne große Hoffnung allerdings. Denn wann hätte er jemals mit dem Trinken aufgehört, bevor die Flasche leer war? Aber man kann ja nie wissen, vielleicht hat ihn vor dem letzten Schluck die Müdigkeit übermannt, jedenfalls möchte er sich nicht vorwerfen müssen, er habe sich aus purer Faulheit um einen gemütlichen Abend gebracht.

Nachdem er in Schränken und Schubladen gestöbert, Meyers Konversationslexikon aus dem Regal gezerrt, das Bett durchwühlt, ja, sogar in Urgroßvaters Schädel nachgekuckt hat, findet er die Flasche unterm Bett. Natürlich leer.

Kwalle geht rasch das Arsenal seiner Flüche durch. Keiner dabei, der geeignet wäre, seinem Ärger Luft zu verschaffen. Also beschränkt er sich auf die nüchterne Feststellung, daß dieser Abend im Eimer ist.

Und was, wenn es nun tatsächlich der letzte wäre?

Unter dem Bett hockt Zarah die Ratte. Kwalle spielt mit ihr das

Wer-kuckt-als-erster-weg-Spiel. Nach drei Minuten gibt Zarah auf. Kwalle legt sich ins Bett und stellt das Kofferradio an. Ärmelkanal kam es in den frühen Morgenstunden die Tarifverhandlungen werden fortgesetzt wie aus gutunterrichteten Kreisen verlautet der Aufgabe von Rechtspositionen niemals zustimmen im Alter von fünfundachtzig Jahren das Islandhoch bleibt weiterhin wetter...

Draußen nähert sich jemand mit tapsigem Schritt, singt aus voller Brust Auf der Reeperbahn nachts um halb eins. Heuer, durchfährt es Kwalle freudig, der Teufel soll mich holen, wenn das nicht Heuer ist! Und schon steht der Totengräber breitbeinig in der Tür, grinst über das ganze Gesicht und holt eine Flasche Amselfelder hinter seinem Rücken hervor. Ob du n Mädel hast oder hast keins.

»Minsch!« stammelt Kwalle: »För mi?«

»Nee, mien Jung, de suupt wi twee tosomen ut«, antwortet Heuer und zwängt seinen mächtigen Körper in Kwalles Lehnstuhl. Nach der Fahne zu urteilen, die Kwalle entgegenweht, muß Heuer mindestens drei Flaschen Abendmahlswein geleert haben, bevor er sich entschloß, die vierte mit Kwalle zu teilen.

Heuer zieht den Korken mit den Zähnen raus, spuckt ihn weg, sagt: »Im Namen des Vaters, des Sohnes und des Heiligen Geistes!« und stülpt seine Lippen über den Flaschenhals. Sein Adamsapfel springt ein paarmal rauf und runter, und nach jedem Sprung sinkt der Weinspiegel um mehr als eine Daumenbreite.

»Ich bün ok noch dor«, bringt sich Kwalle in Erinnerung.

Heuer setzt die Flasche ab, der rote Saft läuft ihm aus den Mundwinkeln, ein Rülpser bläht seine Backen auf. »Den Paster sien Wien«, sagt er bekümmert, »is ok nich mehr dat, wat he mol weer.«

Kwalle legt sich platt auf den Rücken und läßt den Wein in sich hineinlaufen, spürt, wie er sich im Magen verteilt, wie er ins Blut geht, durch seine Adern rinnt. Bis in die Zehenspitzen spürt er den Amselfelder. Er gibt sich ganz dem Genuß dieses Augenblicks hin, ist nur noch Auge und Ohr. Wenn er den Atem anhält, hört er, wie sich die Dohlen am Kriegerdenkmal die Schnäbel wetzen. Im Spiegel hängt ein eckiges Stück Abendrot, Heuers Kopf glüht vor dämmrigem Hintergrund, durch das Loch im Dach zwinkert ein einsamer Stern. Kwalle fühlt sich sauwohl. Wenn jetzt jemand käme und sagte: die Welt geht unter, er würde sich nicht von der Stelle rühren.

»Nu is Hannes Bachmann ok öbern Jordan gohn«, sagt Heuer. »Hest all hört?«

Kwalle nickt. Hannes Bachmann alias Pionier Klinke. Der Sturm auf die Düppeler Schanzen, alle Jahre wieder. Und nun hats ihn ganz unheldisch im Bett erwischt. Herzinfarkt.

»Letzten Sünndag heff ick noch mit em Dubbelkopp speelt«, sagt Heuer.

Kwalle sieht ihn vor sich, den gestrengen Dorfschulmeister, wie er, den Tränen nahe, Kwalles Abiturzeugnis entgegennahm. Endlich einer, für den sich die Mühe gelohnt hatte. Wie er, stumm vor Stolz, seine Hand auf Kwalles Schulter legte: der erste Student, den das Dorf seit Menschengedenken hervorgebracht hatte, und er, Hannes Bachmann, hatte nach Kräften dazu beigetragen. Und dann sein fassungsloses Gesicht, als Kwalle ihm mitteilte, er habe das Studium abgebrochen. Von allen Enttäuschungen, die Hannes Bachmann erleben mußte, war diese vermutlich die schwerste.

»Aber nu segg mi mol«, fährt Heuer fort, »wat hett Hannes nu vun sien Leben hatt? Erst hett he sick den Kopp vull Bülldung stoppt, un denn hett he se veertig Johr lang wedder vun sick geben. Good Eten kunn he nich af, dat Supen harr em sien Oolsch verboden, un mit de Wieber harr he nix in Sinn. Jümmer etepetete, mit Dissiplien stünn he op un mit Dissiplien güng he tau Bett, nich eenmol öbern Zappen haut, ick froog di: wat is dat förn Leben?« Heuer schneuzt sich mit Daumen und Zeigefinger, den Rotz schnippt er weg. Fazit: »Eenmol good schieten is mehr Leben as dat, wat Hannes achter sick bröcht hett.«

»Aaaamen«, sagt Kwalle.

»De Minsch is un blifft n Stück Natur«, sagt Heuer. »Je mehr he de Natur tau ehr Recht kamen lett, je mehr is he Minsch. Du büst n Minsch, un ick bün n Minsch. Wi twee sünd Minschen. De annern seht man blots so ut.«

Mensch Heuer öffnet den Hosenbund, streckt die Beine von sich und schließt die Augen. Sein erster Schnarcher läßt Zarah, die jetzt unter dem Tisch an einer Brotrinde knabbert, vor Schreck zusammenfahren.

Kwalle betrachtet das gedunsene Säufergesicht und versucht sich vorzustellen, wie es vor rund zwanzig Jahren ausgesehen haben mag.

Er denkt sich die Fettwülste weg, die geplatzten Äderchen, den rötlichgrauen Stoppelbart. Aber so sehr er sich auch anstrengt: es will ihm nicht gelingen, in dem, was übrigbleibt, sein eigenes Gesicht zu entdecken. Dabei könnte er Heuer einfach fragen, sag mal, könnte er ihn fragen, hast du damals meine Mutter angebufft, ja oder nein, und Heuer würde ihm die Wahrheit sagen. Warum, zum Teufel, tust dus nicht, jetzt und hier, dann wär die Sache ein für allemal geklärt. Bist du bange, Heuer könnte nein sagen?

Kwalle pliert schläfrig durch das Loch im Dach. Das Loch weitet sich, der Stern wird größer, Kwalle schwebt ihm entgegen, taucht in sein grelles Licht, gleitet durch flüssiges Silber, durch regenbogenfarbige Heiligenscheine in den Traum. Er geht die Bahnhofstraße hinunter, er trägt ein langes grünes Gewand, ist barfüßig, in sein schulterlanges Haar sind Blumen geflochten. Die Leute erkennen ihn nicht, drehen sich nach ihm um, grinsen, schütteln die Köpfe, spucken hinter ihm aus. Ein paar Halbstarke stellen sich ihm in den Weg, Kwalle will einen Bogen um sie machen, einer rempelt ihn an, ein anderer stellt ihm ein Bein, Kwalle stolpert, fällt, steht wieder auf, geht weiter. Auf dem Marktplatz steht eine große Achterbahn mit hohen dunkelgrünen Holzwänden. An der dem Kirchturm zugewandten Seite führt eine schmale Treppe zu einer Tür empor. Kwalle steigt die Treppe hoch, klopft, klopft noch einmal, aber niemand öffnet ihm. Schließlich kommt ein Mann über den Marktplatz, steigt die Treppe hoch und schließt die Tür auf. Fünf Mark für eine Fahrt verlangt der Mann. Kwalle leert seine Taschen aus: mehr als eine Mark fünfzig kommt nicht zusammen. Mehr hab ich nicht, sagt er zu dem Mann. Der tuschelt hinter der Bretterwand mit einem andern. Der Mann, der die Tür aufgeschlossen hat, will Kwalle für eine Mark fünfzig hereinlassen, der andere ist dagegen, aber nachdem sie eine Zeitlang verhandelt haben, gibt er nach. Kwalle setzt sich in einen Wagen und wird zum höchsten Turm der Achterbahn emporgezogen. Oben bleibt der Wagen einen Augenblick stehen, Kwalle kuckt runter und sieht, wie unten die Lyrikpreisträgerin, genauso gekleidet wie er, aus der Tür des Deutschen Hauses tritt, zu ihm emporblickt, ihm zuwinkt. Kwalle winkt zurück. Dann setzt sich der Wagen in Bewegung. Unten erwartet ihn die Lyrikpreisträgerin, nimmt ihn bei der Hand, Hand in Hand bummeln sie durchs Dorf. Die Leute kucken sie böse an, jetzt laufen hier schon zwei von der Sorte rum. Als sie zum Marktplatz zurückgehen, kommen ihnen die Halbstarken in die Quere, diesmal bleibt es nicht beim Anrempeln, wie eine Horde Wilder fallen die Halbstarken über sie her. Kwalle wehrt sich nicht, läßt alles mit sich geschehen, irgendwie kommt er sich wie Jesus vor. Das macht die Halbstarken erst recht wütend, sie werfen Kwalle und die Lyrikpreisträgerin zu Boden, bearbeiten sie mit Fußtritten, trampeln auf ihnen herum. Als die Halbstarken ihre Wut ausgetobt haben, stehen Kwalle und die Lyrikpreisträgerin auf, wischen sich Blut und Dreck aus den Gesichtern und gehen weiter. Vor der Tür des Deutschen Hauses stehen zwei Herren im Smoking. Sie wollen Kwalle nicht reinlassen. Die Lyrikpreisträgerin sagt kühl, wenn Kwalle nicht reindarf, muß die Feier eben ohne sie stattfinden. Da müssen sie Kwalle wohl oder übel reinlassen. Im Saal steht ein langer Tisch mit Sektgläsern und kleinen Schlemmereien. Die Lyrikpreisträgerin kümmert sich nur um Kwalle, sie zieht ihn zum Tisch, stopft ihm Appetithäppchen in den Mund, gießt Sekt hinterher. Kwalle und die Lyrikpreisträgerin machen sich lauthals über Anwesende lustig, fressen, saufen, lachen sich kaputt. Sie werfen sich auf den Tisch, wälzen sich vor Lachen im kalten Büffet, und die feinen Herrschaften stehen herum und kucken zu. Später gehen Kwalle und die Lyrikpreisträgerin in den Garten, ganz hinten unter wippenden Zweigen ist ein Bett für sie gerichtet. Sie legen sich ins Bett, die Lyrikpreisträgerin macht die Beine breit und seufzt leise, als Kwalle ihn ihr reinschiebt. Gegen Morgen wacht Kwalle auf, es ist schon hell, die Lyrikpreisträgerin schnarcht leise. Kwalle steigt aus dem Bett, schleicht sich davon. Auf dem Marktplatz steht riesig und düster die Achterbahn. Er geht zum Bahnhof, schließt sich im Lokus ein und zieht sich um. Statt des langen grünen Gewands zieht Kwalle einen schäbigen Anzug an, die langmähnige Perücke mit den Schießbudenblumen steckt er in die Tasche mit der Thermosflasche und dem Frühstücksbrot. Dann setzt er sich in den Zug und fährt zur Arbeit, wie jeden Morgen.

II

Zwischen Kinn und Adamsapfel ist die Haut noch schlaff. Kwalle versucht es gegen den Strich, die Stoppeln springen knisternd über die Klinge, knapp unter der Kinnwölbung hobelt die Schneide einen Pickel weg, sorry, aber was Kwalle macht, das macht er gründlich, und du spürst nichts mehr davon.

Kwalle tätschelt Bachmanns Wangen. »Fühlen Sie mal«, sagt er zur Witwe, »glatt wie n Kinderpopo.«

Die Witwe begnügt sich mit einem Blick auf Bachmanns ausdrucksloses Gesicht.

»Wie zufrieden er aussieht«, sagt sie.

Kwalle erinnert sich, daß alle fünfundzwanzig Toten, denen er bisher die Letzte Rasur gab, zufrieden aussahen, jedenfalls nach Meinung ihrer Hinterbliebenen.

»Möchten Sie, daß er lächelt?« fragt er.

»Ich versteh nicht«, stammelt die Witwe.

»Passen Sie auf«, sagt Kwalle. Mit Daumen und Mittelfinger schiebt er Bachmanns Mundwinkel hoch. Die Oberlippe gibt rechts und links einen gelben Hauer frei. Ein Vampir fletscht Kwalle an. Mann, wie hättest du diese Grimasse pädagogisch nutzen können!

»Etwa so«, sagt Kwalle.

Frau Bachmann starrt ihren grinsenden Gatten an, stolpert zwei Schritte rückwärts und läßt sich schwer aufs Kanapee fallen.

»In Frankfurt hab ich ne Zeitlang im Bestattungsgewerbe gearbeitet«, sagt Kwalle, »von daher weiß ich, wie mans macht, daß die Toten lächeln.«

»Um Gotteswillen, tun Sie mir das nicht an«, stöhnt die Witwe.

Kwalle läßt Bachmanns Mundwinkel los. Sie rutschen langsam nach unten, bis aus dem Vampir wieder der griesgrämige Dorfschulmeister geworden ist, der allseits beliebte und gefürchtete Hannes Bachmann.

»Er hat sein Leben lang nicht gelächelt«, sagt die Witwe, »warum sollte er ausgerechnet jetzt?«

»War ja nur n Vorschlag«, sagt Kwalle. So werden Pointen verschenkt.

»Ich bin Ihnen sehr zu Dank verbunden«, sagt Frau Bachmann. »So wie er aussah, hätte ich nicht von ihm Abschied nehmen mögen. Er war immer gutrasiert, manchmal rasierte er sich sogar abends vor dem Schlafengehen noch einmal.«

Kwalle tupft dem allzeit gutrasierten Bachmann ein paar Schaumspritzer aus den Ohrmuscheln, zieht den messerscharfen Scheitel nach. Zeig mir deinen Scheitel, und ich sag dir, wer du bist.

»Er hat immer viel von Ihnen gehalten«, sagt die Witwe, »bis zuletzt eigentlich. Er war fest davon überzeugt, daß Sie eines Tages auf den rechten Weg zurückfinden würden.«

Kwalle packt sein Werkzeug zusammen. »Vier Mark achtzig«, sagt er schroff. Drei Mark für die Rasur, eine Mark achtzig für den rechten Weg. Letzteren hätte sie sich sparen können.

Während die Witwe im Nähtisch wühlt, gibt Kwalle seinem Werk den letzten Schliff: er preßt den Daumennagel in die Falte, die der Jähzorn in Bachmanns Stirn gegraben hat, macht sichtbar, was der Tod gnädig vertuschen wollte. Pauker Hannes Bachmann. Der Held der Düppeler Schanzen.

»Sie waren sein Lieblingsschüler, wissen Sie das?« fragt die Witwe. 4 Mark 80, genau abgezählt. Vonwegen Trauer macht großzügig.

»Aber wie Sie rumlaufen«, sagt Frau Bachmann mit einem Blick auf Kwalles ausgefranste Jeans, »das muß doch nicht sein. Kommen Sie, suchen Sie sich einen Anzug aus, mein Mann hat einen ganzen Schrank voll, in der Größe müßte es ungefähr hinkommen.«

Das fehlte noch: Kwalle führt Bachmanns abgewetzte Anzüge spazieren, blank am Ellenbogen, blank am Gesäß. Kwalle als wiederauferstandener Bachmann, Furcht und Vaterlandsliebe einflößend. Als nächstes wird man ihm den vakant gewordenen Posten des Chorleiters antragen. Üb immer Treu und Redlichkeit. Kwalle schnappt seine Sachen und strebt zur Tür.

Aber die Witwe ist schneller. Sie läßt Kwalle von ihrem strammgestopften Büstenhalter abprallen und zeigt auf die zweite Tür: »Da gehts lang.«

Vorsicht, warnt sich Kwalle, mit frischgebackenen Witwen ist nicht zu spaßen, ein falsches Wort, ein harmloser Griff, und die Furie ist geweckt. Also gute Miene machen.

Im Schlafzimmer riecht es nach essigsaurer Tonerde und vierzigjährigem Eheglück. Kwalle möchte kehrtmachen, raus hier, nichts wie weg, aber die Witwe schubst ihn unnachsichtig zum Kleiderschrank.

Kwalle erbt zwei Anzüge, einen kleinkarierten und einen für besser, vier Schlipse, zwei Paar Wollsocken und eine SA-Hose. Den Chapeau claque, das einzige, worauf Kwalle scharf ist, will die Witwe nicht rausrücken. Den braucht ihr Sohn für die Beerdigung.

Kwalle hat eine glänzende Idee: den ganzen Plunder dreht er Geldmacher an. Seine Wenigkeit schickt laufend Klamotten an die Brüder und Schwestern in der Zone, damit die sich einigermaßen menschenwürdig kleiden können, die Armen. Wenn es um die notleidenden Landsleute im andern Teil Deutschlands geht, kratzt Geldmacher seine letzten Pfennige zusammen.

Kwalle sieht ein mittelschweres Besäufnis auf sich zukommen.

»Sehr freundlich von Ihnen«, sagt er, umhüllt von Mottenpulverduft. »Besten Dank.«

»Sie werden sehn«, sagt Frau Bachmann, »gut angezogen hat mans leichter. Zum Beispiel, wenn man sich um eine Stellung bewirbt. Und überhaupt.« Der Abstand zwischen Kwalle und dem stattlichen Witwenbusen verringert sich. »Fangen Sie endlich an, etwas aus Ihrem Leben zu machen«, sagt die Witwe bestimmt, »zeigen Sie, was in Ihnen steckt! Dieses Lotterleben ist doch nichts für Sie, einen Menschen mit Ihrer Bildung.«

Kwalle sieht sich in die Enge getrieben: im Rücken der Schrank, vorm Gesicht der wogende Busen. An Flucht ist nicht zu denken.

»Ich habe oben ein nettes Zimmer«, kommt es jetzt samtig aus Frau Bachmann, »das stelle ich Ihnen gern zur Verfügung. Es wäre bestimmt in seinem Sinne, wenn ich mich ein bißchen um Sie kümmere, Ihnen helfe, ein neues Leben anzufangen.«

Lavendel. Mottenpulver und Lavendel. Bohnerwachs. Die Witwe klemmt Kwalles Kopf zwischen ihre Brüste und drängt ihren Körper, diesen riesigen, in Schwarz gehüllten Fleischklumpen, gegen ihn. Kwalle spürt, wie sich ein massiger Schenkel zwischen seine Beine zwängt. Warmer Atem fährt durch sein Haar.

»Kommen Sie endlich zur Vernunft«, hört er die Witwe sagen, »so kann das doch nicht weitergehn. Hausen da in einer baufälligen Baracke am Friedhof, leben von Almosen und wer weiß von was sonst noch, man hört ja so allerhand, es ist doch ein Jammer, daß ein junger Mensch wie Sie, ein Mensch mit Ihrer Begabung —.« Heftiger fegt der Atem über Kwalles Kopf, der Schenkel treibt seine Beine auseinander, preßt sich gegen seine Eier, daß Kwalle vor Schmerz ins Schwarze beißt. »Sie können sofort einziehen«, sagt die Witwe kurzatmig, »ich geb Ihnen alles, was Sie brauchen, wenn Sie versprechen, ein anständiges Leben.« Kwalle verliert den Boden unter den Füßen, ist nur noch ein hilfloses Bündel, aber die Witwe kennt kein Erbarmen. Ihr Venushügel, seinen Ausmaßen nach eher schon ein Venusgebirge, drängt sich mit immer schneller werdenden Drehbewegungen an Kwalles Körper. »Wir zwei könnten es uns so gemütlich machen.« Kwalle kriegt keine Luft mehr. Luft! Er beißt nochmal zu. »Frühstück ans Bett.« Ebensogut könntest du einen Elefanten beißen. »Und wintertags.« So ist das also, wenn man erstickt. »Brrr«, macht die Witwe. Der Fleischberg fängt an zu zittern. »Brrrrraaaat.« Das Zittern geht in ein Beben über. »Äpfel«, japst Frau Bachmann und geht zu Boden.

Jetzt oder nie! Kwalle schraubt sich vorsichtig aus dem zuckenden Haufen, steigt über die Witwe hinweg und sucht das Weite. Hier gehts ums nackte Überleben, Sein oder Nichtsein, noch eine Vergewaltigung dieser Art, und du bist geliefert. Als er die Haustür öffnet, hört er die Witwe rufen. »Karl!« ruft sie, »was ist denn, Karl?«

Hin zu Geldmacher. Seine Wenigkeit feilt gerade an einem Referat für die Jahreshauptversammlung des Bundes der Vertriebenen, Entrechteten undsoweiter, als Kwalle mit Bachmanns Klamotten reinkommt. Irgendwie kriegt Geldmacher was in den falschen Hals, oder Kwalle tritt ungewollt in eines von Geldmachers zahlreichen Fettnäpfchen, jedenfalls nennt Geldmacher Kwalle schließlich einen von der Zone bezahlten Anarchisten, worauf sich Kwalle zu der Bemerkung hinreißen läßt, Geldmacher habe den Arsch offen, kurz: es kommt zwischen den beiden nicht die rechte gesamtdeutsche Stimmung auf. Keinen einzigen Pfennig will Geldmacher rausrücken, nicht mal geschenkt haben möchte er die Sachen. Arme Brüder und Schwestern.

Kwalle hat die Hoffnung auf ein mittelschweres Besäufnis beinahe schon begraben, als ihm der rettende Einfall kommt: er stellt sich vor das Pastorat und bietet Bachmanns Klamotten nach Marktschreiermanier feil. Ein Schlips geht für dreißig Pfennig weg, die Socken für fünfundfünfzig, die SA-Hose findet keinen Abnehmer, weil Kwalle sich ein paar dämliche Bemerkungen nicht verkneifen kann, da kommt wie erwartet der Pastor und fragt, was der Kram kosten soll, damit Kwalle endlich mit diesem fürchterlichen Gebrüll aufhört.

»Zehn, weil Sies sind«, antwortet Kwalle.

»Hier hast du fünf Mark«, sagt der Pastor. Fünf von Baldur, fünf vom Pastor, sind zehn, vier Mark achtzig von der Witwe, macht zusammen mit den paar Zerquetschten runde fünfzehn Mark. Es läppert sich. Das mittelschwere Besäufnis kommt wieder in Sicht.

»Neun«, sagt Kwalle. Und zwecks Auflockerung des frostigen Verhandlungsklimas: »Heute nacht ist mir übrigens Jesus erschienen, soll schön grüßen. Sein Auge ruht mit Wohlgefallen auf Ihnen.«

»Gib schon her«, sagt der Pastor.

»Legen Sie zwei Mark zu, und ich werde nächsten Sonntag am Gottesdienst teilnehmen.«

»Ich hab fünf gesagt, und dabei bleibts!«

»Allein die SA-Hose ist gut und gerne ihre zwanzig Mark wert«, sagt Kwalle. »Und wer weiß, ob sowas nicht mal wieder in Mode kommt?«

»Nur damit ich meine Ruhe hab«, sagt der Pastor und wirft ihm das Fünfmarkstück zu.

»Ich bring Ihnen die Sachen rein«, sagt Kwalle zuvorkommend.

Der Pastor stellt sich breitbeinig vor ihm auf. Augen so blau. Hans-Albers-Augen. Hoppla jetzt komm ich. »Du setzt keinen Fuß über meine Schwelle«, sagt er mit einer Entschiedenheit, daß Kwalle den Atem des Alten Testaments zu spüren glaubt.

Kwalle drückt ihm Bachmanns Klamotten in den Arm: »Empfehlungen an Ihr Fräulein Tochter, und ich würd ihr gern mal wieder lateinische Vokabeln abhörn.«

»Verkommenes Subjekt!« knurrt der Pastor.

»Seelenwichser«, flüstert Kwalle.

Das Gesicht des Pastors läuft violett an. Ein Wort noch, und ihn trifft der Schlag. Kwalle räumt das Feld. Leben und leben lassen.

Mit fünfzehn Mark in der Tasche ist die Kleine Tour fällig. Kwalle begibt sich zum Start. In der Herberge sind die Rollos noch runter. Er geht hintenrum. In der Küche riecht es nach angebrannter Milch, im Spülstein liegt ein zugeknoteter Pariser. Eigener Herd ist Goldes wert.

»Kundschaft!« brüllt Kwalle.

Auf dem Sofa in der Gaststube liegt Schorsch, einen Porno vorm Gesicht.

»Wat nich allens gifft«, sagt Schorsch.

»Schnaps«, sagt Kwalle.

Schorsch wuchtet seine zweieinhalb Zentner Lebendgewicht hoch. »Und wie isses hiermit?« fragt er, Daumen gegen Zeigefinger reibend.

»Ich setz dich zum Alleinerben ein«, sagt Kwalle.

»Den ersten geb ich aus«, sagt Schorsch, »alle andern bezahlst du, bar aufn Tisch.« Und verzieht dabei das Gesicht, dieses wandelnde Denkmal für die Opfer der Völlerei, daß Kwalle drauf und dran ist, ihm in den Hintern zu treten.

»Im Ficken sind uns die Neger über«, sagt Schorsch. »In dem Buch ist einer drin, der schiebt fünf Nummern hinternander.«

Kwalle läßt die Rollos hoch. Gegenüber im Krankenhausgarten pflücken Max und Hermann Kirschen. Sieht nach Gewitter aus.

»Das soll dem mal einer nachmachen«, sagt Schorsch. »In Amerika, sagt mein Onkel, haben die son Piek auf die Schwatten, weil ne weiße Frau, wenn die vom Neger gepimpert worden ist, der machts dann mitm Weißen keinen Spaß mehr.«

Draußen geht Hansen mit seinen Dackeln vorbei. Kwalle klopft gegen die Fensterscheibe, aber Hansen winkt ab und schreibt mit der rechten Hand ein paar Worte in die Luft. Die Hunde ziehen ihn weiter.

Schorsch stellt die Flasche und zwei Schnapsgläser auf den Tisch. »Kennst du den von dem Neger im Puff?«

»Mach mir n Schinkenbrot«, sagt Kwalle, »ich hab heute noch nichts gegessen.«

»Da ging also mal n Neger inn Puff«, fängt Schorsch an.

Kwalle haut mit der flachen Hand auf den Tisch, daß die Gläser klirren.

»Hast du Geld?« fragt Schorsch.

Kwalle packt ihn am Ohr und zieht es dicht vor seinen Mund: »Hast dus denn noch nicht in der Zeitung gelesen?«

»Was?«

»Von dem Überfall auf die Sparkasse.«

Schorsch richtet seine Glupschaugen auf Kwalles Gesicht. Zweifler Mitwisser Denunziant. »Loot mi los«, sagt er brummig. Stapft in die Küche. Kwalle hört ihn im Geschirrkasten kramen.

Iß und trink solang dirs schmeckt, schon zweimal ist uns das Geld verreckt. Mach mal Pause. Doh wat du wullt, de Lüüd snackt doch. Sonnenuntergang an der Kieler Förde. Jugendlichen unter 18 Jahren. Rüm Hart klor Kimming. Der Vorstand der Schweinegilde 1923. Für die Garderobe wird keine Haftung übernommen. Des Reiches Schmied. Toiletten auf dem Hof.

Am hellichten Tag natürlich. Zwischen zwölf und eins, dann ist der Kassenraum leer. Also du und Brötchen rein, du sicherst, Brötchen mit einem Satz übern Schaltertisch, du, eiskalt: denken Sie an Ihre Familie und wer wird denn schon sein Leben fürs Großkapital aufs Spiel setzen wollen, Brötchen am Tresor, der ist proppenvoll, morgen ist Zahltag, lauter Hundertmarkscheinbündel, Brötchen sagt: paß auf die Puppe auf, die sitzt direkt am Alarmknopf, und stopft den Koffer voll, stopft sich die Taschen voll, den Rest stopft er untern Pullover, du zu der Puppe: Pflichterfüllung ist gut, Gesundheit ist besser, und die Versicherung bezahlts sowieso, Brötchen läßt sich über den Schaltertisch rollen, los, sagt er zu dir, ab durch die...

»Glaubst du doch selbst nicht«, sagt Schorsch.

»Hä?«

»Daß du das warst.«

Kwalle, den Mund voller Schinken: »Schnauze, verstanden!«

Max gibt Hermann einen Kuß. In ihren blauweißgestreiften Kitteln sehen sie wie entsprungene Sträflinge aus. Zwei Sträflinge im Kirschbaum. Hermann küßt Max. Bevor es zu regnen anfängt, muß Kwalle die Plane aufs Dach legen. Max wischt sich mit dem Ärmel die Wange ab.

»Kuck dir die zwei Verrückten an«, sagt Schorsch. »Knutschen sich ab wie n Liebespaar. Ich denk, wenn einer kastriert ist, hat er keine Frühlingsgefühle mehr.«

»Dich hätten sie auch kastrieren sollen«, sagt Kwalle. Der Schnaps schmeckt nach Jauche. Jetzt kommt unweigerlich die Geschichte von der SS.

»Damit du Bescheid weißt«, sagt Schorsch, »die SS wollte mich als Zuchtbulle haben. Wenn wir den Krieg gewonnen hätten, hätte ich den ganzen Tag nichts anderes getan als vögeln. Die Weiber hätten bei mir Schlange gestanden.«

»Schreib das mal nach Bonn«, sagt Kwalle, »vielleicht zahlen sie dir ne Entschädigung für entgangenen Lustgewinn.«

»Damals sah ich noch nach was aus«, fährt Schorsch fort. »Kein Gramm zuviel aufn Knochen, groß —«

»Blond, blauäugig und bescheuert«, ergänzt Kwalle.

»Warts ab«, sagt Schorsch grimmig, »die Zeiten ändern sich auch mal wieder. Und dann kannst du dich einsargen lassen. Mit Leuten, wie du einer bist, machen wir kurzen Prozeß.«

Wir, sagt Schorsch.

»Dann müßt ihr euch aber beeilen«, sagt Kwalle. »Mein Grabstein ist so gut wie fertig.«

Der zweite Schnaps schmeckt auch nicht viel besser. Vielleicht liegt es daran, daß Kwalle noch nicht zum Zähneputzen gekommen ist. Als er aufwachte, stand eine komplette Trauergemeinde vor seiner Tür, und das Grab war noch nicht ausgehoben. Mann, war das ne Schufterei. Es hatte über Nacht geregnet, der Lehm war klumpig und zäh, Kwalle hat selten so geschwitzt. Und die Leute standen rum und kuckten zu, der Pastor mit einem violetten Schimmer im Gesicht. Das ist das letzte Mal, hat Kwalle sich geschworen, daß er für Heuer in die Bresche springt. Liegt im Bett und verdient sein Geld im Schlaf, der alte Säufer.

Schorsch nimmt ihm die Flasche weg: »Erst will ich Geld sehn.« Kwalle wirft ein Fünfmarkstück auf den Tisch. Schorsch stellt die Flasche wieder hin und setzt sich. Der Stuhl seufzt leise unter seinem Gewicht. »Und was machst du jetzt mit den Piepen?«

»Siehst du doch«, antwortet Kwalle, »ich versauf sie.«

»Schade um das schöne Geld«, sagt Schorsch. Trauer kräuselt sein Gesicht.

»Weißt du was Bessers?«

»Und ob«, sagt Schorsch. »Wir können hier n Puff aufmachen, du und ich. Vorn Bedienung mit oben ohne, und hinten wird gerummst. Ich sorg für Ordnung, du bringst Stimmung in den Laden. Da kannst du deine Späße loswerden, weil in eim Puff, da gehört sowas hin.

Sollst mal sehn, was das fürn Geschäft wird, im Sommer die Badegäste, im Winter die Einheimischen, und in Putlos kenn ich den Spieß. Ein Bombengeschäft wird das, sag ich dir, in Nullkommanix sind wir ausm Dreck raus, und dann können sie uns mal.«

»Kreuzweise«, sagt Kwalle. Eigentlich mag er Schorsch ganz gern. Schorsch, der verhinderte Zuchtbulle. Wenn wir den Krieg gewonnen hätten. Kwalle saugt den Schnaps durch die Schneidezähne ein.

»Und montags machen wir die Bude zu«, sagt Schorsch, »dann sind wir beide dran. Eine nach der andern, und wenn wir durch sind, nochmal von vorn. Junge, wär das n Leben!«

Schorsch bricht der Schweiß aus, seine Finger hinterlassen dunkle Flecke auf der Tischplatte. Kwalle sieht ihn durch sein Fickparadies stampfen, Schorsch, bewundern ihn die Weiber, du hast den größten von allen, mit dir kommt keiner mit. Und Schorsch, der Zuchtbulle, stopft jedes Loch. Der Reichsführer wäre stolz auf ihn.

»Eine hab ich schon an der Hand«, sagt Schorsch. »Ludens neue Bedienung, sone kleine Dicke, weißt du? Der ihre Titten mußt du sehn.«

Kwalle spürt, wie sich der Alkohol weich und warm um seine Augäpfel schmiegt. Das Kumpelgefühl kriecht ihm den Rücken rauf, er tritt in die mitmenschliche Phase ein: Schorsch, ein Mensch wie du und ich. Auch er schleppt seine Träume mit sich herum, träumt vom eigenen Puff, Besitzerfick am Montag, und die übrigen Tage wird kassiert. Das schlechteste wärs nicht, man sollte sich die Sache ernsthaft überlegen, irgendwie müßte doch Geld aufzutreiben sein.

Apropos Geld.

»Zufällig«, sagt Kwalle, »ist neulich meine Tante gestorben, die hat mir das hier vermacht.« Er legt Frau Hinzes Armband auf den Tisch. »Ladenpreis sechshundert, du kriegst es für die Hälfte.«

»Welche Tante?« fragt Schorsch das Armband.

»Die hast du nicht gekannt.«

»Ich kenn deine ganze Verwandtschaft. Wenn ne Tante von dir gestorben wär, wüßte ichs.«

»Du brauchst es ja nicht auf einmal zu bezahlen«, sagt Kwalle, »hundert bar auf die Hand, und den Rest stotterst du ab, okay?«

Schorsch dreht das Armband rum. »In Liebe, dein Franz«, liest er, »Weihnachten 1939.«

»Das kann man rausschleifen«, sagt Kwalle.

Schorsch schnippt das Armband von sich weg: »An sowas verbrenn ich mir nicht die Flossen.«

»Aber gegen die achtzigtausend hast du nichts.«

Schorsch schiebt seinen Oberkörper über die Tischplatte, bis nur noch der Flaschenhals sein Gesicht von Kwalles trennt: »Achtzigtausend?« Sein Atem riecht nach faulen Eiern.

»Wenn ich einsteig, steig ich voll ein«, sagt Kwalle. Betonung auf wenn.

»Blubb«, machen Schorschs Lippen, »blubblubb.« Und dann reißt es ihn vom Stuhl hoch, der aus den Nähten geplatzte Arierkörper taumelt durch die Gaststube, ein gewaltiges Gelächter bläht seine Backen auf. »Achtzigtausend«, brüllt Schorsch, »achtzigtausend, acht-zig-tau-send!« Er sucht und findet Halt am Garderobenständer. Da bleibt er hängen, ein Mensch kurz vorm Ziel seiner Träume, zermürbt von Glück.

»Wenn du dich wieder eingeholt hast, gib mir Bescheid«, sagt Kwalle, schnappt sich die Flasche und geht zur Tür.

»Achtzigtausend«, schluchzt Schorsch.

Als Kwalle auf die Straße tritt, kommen ihm Max und Hermann entgegen, jeder mit einem Korb voller Kirschen unterm Arm.

»Moin«, sagen Max und Hermann.

Kwalle gibt jedem einen Schluck aus der Flasche. Er schwimmt auf den Wogen seiner Alle-Menschen-sind-Brüder-Stimmung. Er legt seine Arme um Max' und Hermanns Schultern und geht mit ihnen die Mühlenstraße runter. Frau Multhaupt schüttelt den Kopf, als sie Kwalle mit seinen beiden Freunden daherkommen sieht, Kwalle und seine beiden Freunde beschämen sie mit einem dreifachen Lächeln. Die Welt ist vorübergehend in Ordnung, saubere Komplementärfarben und gleichmäßig verteilt Licht und Schatten, die Trecker vor der Mühle tuckern im Dreivierteltakt, Annette hat einen veilchenblauen Schlüpfer an, das Dorf ist ein Puzzlespiel, und Kwalle wundert sich, wie gut die Teile zusammenpassen.

»Dat is nu mol so as dat is«, sagt Max.

»Kannst nix bi moken«, sagt Hermann.

Kwalle stimmt den Hamborger Veermaster an, den Refrain singen Max und Hermann mit. Rolling home. Ein winziges Flugzeug zieht ein rotweißgestreiftes Riesenpräservativ über den Himmel. Rolling home to dear old Hamborg. Kwalle wirft eine Kirsche in Greves Kontor, das Schreibmaschinenklappern bricht ab, Volltreffer. Greve erscheint am Fenster. Als er Kwalle sieht, dreht er sich um und verschwindet wieder. In Putlos ballern die Kanonen. O my darling home to you.

Max und Hermann gehen ins Altersheim, um die Kirschen abzuliefern. Kwalle läßt sich auf dem Kantstein nieder und leert die Flasche. Die Sonne knallt ihm auf den Kopf. Bachmanns Chapeau claque würde ihm jetzt gute Dienste leisten. Die Hochzeitsglocken bimmeln. Aus der Kirche schlüpft ein bunter Menschenwurm, schlängelt sich quer über den Marktplatz und kriecht ins Deutsche Haus. Hoch sollen sie leben. Frau Misch und Frau Witthinrich gehen gestärkt nachhaus: der Staat hat eine kleinste Zelle mehr. Der Barsch auf der Kirchturmspitze wedelt mit dem Schwanz. In der Gewitterecke ballt sich was zusammen. Bloß nicht die Plane vergessen, sonst hast du nachher den Schlamassel.

Kwalle schreibt mit einem Stein aufs Pflaster: BIN IM BLITZ. Größere Unterbrechungen kann er sich bei der Kleinen Tour nicht leisten, das mittelschwere Besäufnis setzt einen zügigen Ablauf voraus, Kwalle hat da so seine Erfahrungen.

Im Blitz ist noch nichts los. Am Fenster sitzen Luden und der Polizist und lassen die Tür vom Deutschen Haus nicht aus dem Auge.

»Waidmannsheil«, sagt Kwalle.

»Du hast uns grade noch gefehlt«, sagt Luden.

»Lütt un lütt«, sagt Kwalle.

Luden trennt sich höchst ungern vom Anblick der Tür. »Mach keinen Mist«, sagt er, »dich können wir jetzt nicht gebrauchen.«

»Hat er nicht Hausverbot?« fragt der Polizist zum Fenster raus.

Luden geht zum Tresen: »Eine Lage, und du zitterst ab, klar?«

»Ihr braucht n unparteiischen Zeugen, falls mal einer Schwierigkeiten macht«, sagt Kwalle. »Für zehn Prozent bin ich zu haben.«

»Wenn du uns die Tour vermasselst, lernst du mich vonner annern Seite kennen«, sagt Luden.

»Achtung!« sagt der Polizist.

Aus dem Deutschen Haus kommt ein Hochzeitsgast hervor, stellt sich an die erstbeste Linde und pißt.

»Erregung öffentlichen Ärgernisses«, stellt Kwalle sachlich fest.

Luden schiebt Kwalle die halbvolle Schnapsflasche zu: »Halts Maul und verschwinde!«

»Ich nehme Anstoß, Herr Wachtmeister«, sagt Kwalle.

Der Polizist trinkt seine Cola aus und erhebt sich. »Ich lasse mich von dem da nicht provozieren«, sagt er zu Luden.

Kwalle hält den Zeitpunkt für gekommen, Öl auf die Wogen zu gießen. »Ich geb ne Runde aus«, sagt er und setzt sich an den Tisch gleich neben der Tür. Für alle Fälle. Der Polizist kuckt Luden an, Luden kuckt Kwalle an, Kwalle kippt den Schnaps runter und gießt einen Schluck Bier hinterher.

»Er kriegts fertig und versaut uns das Geschäft, wenn ich ihn rausschmeiß«, sagt Luden zum Polizisten. Daran hat der auch schon gedacht. Er nimmt wieder Platz. Luden setzt sich zu ihm und schiebt die Gardine ein Stück zur Seite, damit ihnen auch ja nichts entgeht.

Kwalle überschlägt kurz: vierundzwanzig Autos stehen vorm Deutschen Haus, davon sechzehn Mercedes Diesel. Die Mercedesfahrer setzen sich nicht eher ans Steuer, bis sie die Hucke vollhaben. Was ein rechter Bauer ist, der säuft die Kosten des Hochzeitsgeschenks wieder raus, wenns geht noch ein bißchen mehr. Also sechzehn Kunden für Ludens Taxiunternehmen, pro Fahrt sagen wir mal zwanzig Mark, Besoffene lieben runde Summen. Macht dreihundertzwanzig, hundertsechzig für jeden. Und dafür braucht sich der Polizist bloß in Positur zu werfen, wenn die Leute das Lokal verlassen.

»Auf die gute Zusammenarbeit zwischen Staat und Privatwirtschaft«, sagt Kwalle. Und setzt die Flasche an.

»Bleib ganz ruhig, Erich«, sagt Luden.

»Ich hör gar nicht hin«, sagt der Polizist.

Die kleine Dicke kommt aus der Küche, wischt mal hier, mal dort, verbirgt ihre Neugier hinter zielloser Geschäftigkeit. Prima Titten, stellt Kwalle fest, voll und schwer, gut zum Umdieohrenschlagen, wie das auf und niederschwappt, während sie den Zapfhahn wienert.

»Trink n Schnaps mit mir«, sagt Kwalle zu der kleinen Dicken. Sie kuckt zu Luden rüber, der sagt weder ja noch nein, interessiert sich für nichts außer der Tür vom Deutschen Haus. Sie braucht klare Weisungen, entweder oder. Daß der Chef nichts sagt, macht sie unsicher, nachher heißt es wieder, sie schmeißt sich den Gästen an den Hals. Also bleibt sie lieber hinterm Tresen, kehrt Kwalle den kurzen gedrungenen Rücken zu, wo der Büstenhalter zwei fingerdicke Speckwälle aufwirft, und staubt die Flaschen ab. Na dann nicht.

Kwalle prostet dem Maibock zu. Der Maibock macht ein Gesicht wie Hannes Bachmann in der Rolle des sterbenden Pioniers Klinke. Sturm auf die Düppeler Schanzen, Kartoffelsuppkartoffelsupp. Bachmanns Lieblingsschüler. Durfte ihm die Violine nachhaus tragen, sonntags saßen sie in der Laube und lasen Schiller mit verteilten Rollen, lernen, lernen und nochmal lernen, eines Tages wirst du mir dankbar sein. Musterschüler, Primus, Streber, Kriecher, Speichellecker. Nehmt euch ein Beispiel an Karl. Zum Kotzen. Manchmal wünscht er sich, er wäre erst im Alter von 20 Jahren zur Welt gekommen. Was Vater und Mutter nicht vollbracht hatten, schaffte Hilde in einer einzigen Nacht: sie machte den Menschen Kwalle.

Luden und der Polizist kriegen lange Hälse.

Das Deutsche Haus spuckt zwei Herren im Smoking aus. Sie stellen sich schwankend voreinander auf, packen sich bei den Schultern und drücken Stirn gegen Stirn.

»Krischan Lamp und Heini Schlünsen«, frohlockt Luden. »Wenn die sich in die Wolle kriegen, isses bald soweit.«

Kwalle geht zum Tresen. Die kleine Dicke zwinkert ihm aus dem Spiegel hinter den Flaschen zu.

»Junge, das saß«, sagt Luden.

Die kleine Dicke läßt das Wischtuch fallen. Sie bückt sich, zeigt Kwalle ihre feisten Schenkel, bückt sich noch ein Stück tiefer, verdammtnochmal, hat die einen Hintern!

»Hast du das gesehn?« begeistert sich Luden. »Knallt ihm einen mitm Hinterkopf gegens Kinn!«

»Weißt du, wozu ich Lust hätte?« fragt Kwalle die kleine Dicke. Sie richtet sich auf, zieht hoch, was ihr beim Bücken aus der Nase lief, und kommt zwei Schritte näher.

»Wenn die so weitermachen, muß ich einschreiten«, sagt der Polizist.

»Sei kein Frosch, Erich«, sagt Luden. »Wo die grade so schön im Gange sind.«

»Na?« fragt die kleine Dicke.

»Tschumm«, sagt Luden, »und nochmal: Tschumm!«

»Rat mal«, sagt Kwalle.

»Ich kanns mir schon denken«, sagt die kleine Dicke.

Kwalle nimmt eine ihrer Brüste in die Hand, knetet sie ein bißchen, alles Natur. »Mädchen«, sagt er ehrfürchtig, »das ist ja das reinste Gottesgeschenk.«

»Alle wollen mir immer anner Brust rumgrabbeln«, schmollt sie.

»Menschenskind«, sagt der Polizist, »die schlagen sich tot!«

Luden beult mit der Zunge seine Wange aus: »So leicht gehn die nicht kaputt, Erich. Und wenn: was haben wir damit zu tun?«

»Ich bin im Dienst«, sagt der Polizist.

»Wenn du bei uns was werden willst«, sagt Luden frostig, »dann misch dich nicht öfter ein als unbedingt nötig. Das da ist ne reine Privatangelegenheit.«

Die kleine Dicke pflückt Kwalles Finger einzeln von ihrer Brust: »Du bist doch der —«

»Ja, der«, antwortet Kwalle.

»Von dir hört man ja dolle Sachen.«

»Ich lebe sehr zurückgezogen«, sagt Kwalle. »Deshalb kenn ich die neusten Gerüchte noch nicht. Erzähl mal.«

»Heini hats erwischt«, sagt Luden, »der steht erstmal nicht wieder auf.«

»Und was, wenn er hinüber ist?« fragt der Polizist.

»Isser nich, keine Bange. Heini kann was einstecken.«

»Eigentlich hab ich mir dich ganz anders vorgestellt«, sagt die kleine Dicke.

»Enttäuscht?« fragt Kwalle.

»Was ich dir sag: der lebt noch«, sagt Luden. »Oder hast du schon mal n Toten gesehn, der sich am Ohr kratzt?«

»Sag mal, stimmt das?« fragt die kleine Dicke.

»Was?«

»Die Leute sagen, du bist früher ganz anders gewesen.«

»Doch, da ist was Wahres dran«, bestätigt Kwalle. »Früher war ich Rechtsträger, heute bin ich Linksträger. Bitte, wenn du dich selbst überzeugen willst.«

Luden stemmt sich vom Tisch hoch und kommt zum Tresen: »Laß die Deern zufrieden, du!« Und zur kleinen Dicken: »Wenn du dich mit dem einläßt, fliegst du. Ab in die Küche!«

Luden hat blaßblaue Augen. Wimpern wie Schweineborsten. Er hat Kwalle den Musterschüler immer noch nicht vergeben. Luden, das ewige Schlußlicht, gut genug, Bachmanns Garten umzugraben, während Kwalle in der Laube Hexameter klopfte. Ein Mensch wie Luden vergißt sowas nicht.

»Weißt du, wen ich vorhin rasiert hab?« fragt Kwalle.

»Die Gurgel hättest du ihm durchschneiden sollen, dem alten Steißtrommler!«

»De mortuis nihil nisi bene«, sagt Kwalle gönnerhaft.

Ebensogut hätte er Luden eine runterhauen können.

Kwalle blickt durch Ludens Pupillen auf den Grund der Tiefsee. Schuppige Schlangen sieht er, drachenhäuptige Krebse, Fischmäuler mit entblößten Fangzähnen, ein Gewimmel ekligen Getiers. Kwalle steht seinem Mörder gegenüber. Wenns einer fertigbringt, dann Luden. Du brauchst ihm nur ein bißchen Bildungsgut von oben herab zu servieren, und schon sieht der rot, ist nicht mehr zu halten, packt zu, sticht, schlägt, immer drauflos, das wird ein hübsches Gemetzel, ein angemessener Abschied von dieser Welt. Kwalle verspürt eine gewisse Erleichterung.

»Dampf ab«, sagt Luden gefährlich leise, »schieß inn Wind. Spiel dich woanders auf mit dem Quatsch, den sie dir eingetrichtert haben. Vielleicht findst du n Idioten, bei dem du damit Eindruck schinden kannst.«

»Laß uns noch einen zusammen trinken«, sagt Kwalle und hält ihm die Flasche hin. Luden dreht sich um: »Erich, jetzt bist du anner Reihe.«

Der Polizist steht auf, rückt sein Koppel zurecht, nähert sich Kwalle mit federndem Dienstschritt, nimmt aus wechselnden Perspektiven Maß, massiert seine Handkante am Hüftknochen und schreitet zur Amtshandlung: »Ich fordere Sie auf, unverzüglich das Lokal zu verlassen!«

»Name und Dienstnummer«, sagt Kwalle.

Der Polizist packt hart zu, Kwalle spürt einen heftigen Stich im Schultergelenk, er sieht den Maibock über sich kreisen, Hannes Pionier Kartoffelsupp, sein Kopf stößt die Tür auf, und schon ist er draußen. Alles was recht ist: der Mann versteht sein Handwerk.

In der Gewitterecke grummelt es hohl. Vor der rußfarbenen Wolkenwand blitzen weiße Möwenschwingen auf, giftiggrün das Laub der Linden. Kwalle denkt an sein Dach, an das faustgroße Loch in der Teerpappe und daß es kein Vergnügen ist, in einem nassen Bett zu schlafen. Aber die Kleine Tour hat ihren Höhepunkt noch nicht erreicht, das wäre wie vorm Segen aus der Kirche gehn, ein abgebrochenes Besäufnis ist schlimmer als gar keins.

Kwalle schiebt sich mit dem Rücken an dem Eichebierschild hoch, hat ein Gefühl wie Pudding in den Knien, man ist eben doch nicht mehr der Jüngste, früher kam er nach der zweiten Flasche erst richtig in Schwung.

Hansen, ganz in Schwarz, mit Silberschlips und artig gescheiteltem Blondhaar. Hansen hat es eilig. Als er Kwalle sieht, hat er es noch eiliger. »Ein paar Perlen vor die Säue werfen«, sagt er zu Kwalle und hastet mit flatternden Hosenbeinen über den Marktplatz. Wenn er Glück hat, kriegt er noch was von der Eisbombe ab, normalerweise legt er seinen Auftritt zwischen Suppe und Braten, auch Dichter sind irgendwo Menschen.

Kwalle schlendert im Schatten der Kirchhofsmauer zum Deutschen Haus hinüber, schreitet die Front der Mercedes Diesel ab, prüft, ob die Sterne auch fest sitzen, nimmt sich einen nach dem andern gründlich vor und malt sich aus, wie Luden drüben im Blitz Gift und Galle speit. Man muß sich seinen Mörder warmhalten.

Vor der Tür vom Deutschen Haus hockt Heini Schlünsen. Er leckt das Blut, das ihm aus den Nasenlöchern rinnt. Sein linkes Auge ist zugeschwollen, mit dem rechten beobachtet er seine Zungenspitze.

»Sieht aus, als ob du dringend n Schnaps brauchst«, sagt Kwalle.

»Den Keerl bring ick üm«, mümmelt Heini Schlünsen zahnlos. Zwischen seinen Beinen hervor bleckt es Kwalle an: Schlünsens Gebiß.

Kwalle läßt etwas Schnaps auf Schlünsens Zunge tropfen, die Zunge verschwindet zwischen den blutigen Lippen, kehrt zurück, verlangt nach mehr. Kwalle drückt Schlünsens Unterkiefer runter und füllt seinen Mund mit Schnaps. Schlünsen verschluckt sich, hustet, würgt, spuckt Schnaps und Blut. Kwalle merkt, wie es ihm hochkommt, er drückt Schlünsen die Flasche in die Hand und macht sich davon.

Den Damm runter, über den Jordan, hinter der Meierei rechts ab in die Schrebergärten. Kwalle steckt den Kopf in einen Holunderstrauch:

Muttis Lächeln rote Grütze mit Milch Schule der Geläufigkeit der tapfere Zinnsoldat sowas tut man nicht Taubenschwärme im Anflug Sondermeldung um die Wette wichsen Tante Hedis Titten Vatis krummer Rücken Schleswig-Holstein meerumschlungen der liebe Gott sieht alles.

Im letzten Garten ragt aus dem Rhabarber Frau Schneez' blaubekittelter Hintern hervor. Soll er, soll er nicht? Nicht übel, eine schnelle Nummer im Rhabarber, über einem das Blätterdach und ringsumher rote Stengel, ein Wald von Pimmeln. Kwalle pirscht sich von hinten ran, die Rhabarberblätter lecken sein Gesicht mit rauhen Zungen, er sieht die Kerbe im blauen Rund schon zum Greifen nah vor sich, da richtet sich Frau Schneez auf, dreht sich um, heiliger Strohsack: der Hintern gehört nicht Frau Schneez, sondern ihrer ältesten Tochter Lotte. Lotte-mit-dem-lütten-Loch, mit der es alle schon probiert haben, und keiner hat ihn reingekriegt.

»Kwalle?« sagt Lotte-mit-dem-lütten-Loch mehr hoffnungsvoll als erschrocken.

»Wie gehts, lange nicht gesehn«, sagt Kwalle, schon im Rückzug begriffen.

»Willst ne Stange Rhabarber?« fragt Lotte. Sie kuckt Kwalle so treuherzig an, daß der nicht nein sagen kann.

»ne dünne«, sagt Kwalle.

Lotte sucht eine dünne Stange Rhabarber aus und hält sie Kwalle hin.

»Hast was vor?«

»Bin auf der Flucht«, flüstert Kwalle, gehetzter Blick: »Die Polente ist hinter mir her.«

Lotte-mit-dem-lütten-Loch macht runde Augen: »Wieder was ausgefressen?«

»Raubmord«, sagt Kwalle. Er setzt mit einer sauberen Flanke über den Gartenzaun. Allein schon bei dem Gedanken an Lottes enges Loch tut ihm der Schwanz weh.

Kwalle auf der Flucht: läuft gebückt an der Ligusterhecke entlang, sichert nach links, sichert nach rechts, überquert hakenschlagend ein Stück Rübenacker, geht hinter einem kaum kniehohen Erdwall in Deckung. Lotte-mit-dem-lütten-Loch läßt ihn nicht aus den Augen. Also weiter. Wie kommt er von hier zu den Lagerschuppen rüber, ohne daß sie ihn abknallen wie ein Karnickel? Kwalle setzt alles auf eine Karte: er springt hoch, zwei, drei Sätze, läßt sich auf den Bauch fallen, pängpäng machts von den Schrebergärten her, Kwalle springt, stürzt, Streifschuß, rennt um sein Leben, päng, jetzt hats ihn doch erwischt, verdammter Mist, er bäumt sich auf, greift an sein Herz, dreht sich langsam um die eigene Achse, kippt im Zeitlupentempo vornüber, sinkt zu Boden. Lotte-mit-dem-lütten-Loch muß glauben, sie sei unversehens in einen Stummfilm geraten. Kwalle robbt im Schutz des Rübenkrauts zu den Lagerschuppen und schleicht sich davon. Soll nochmal einer behaupten, er hätte kein Taktgefühl.

Vor dem Eckkroog steht Guschis klappriger Vauweh. Kwalle betrachtet ihn mit Unbehagen, denn wo Guschis Vauweh ist, ist der Verräter der Arbeiterklasse nicht fern. Und wenn Guschi noch nicht besoffen ist, gibt es Stunk, und für Stunk ist Kwalle gerade jetzt nicht zu haben, da sich die Kleine Tour ihrem Höhepunkt nähert.

Guschi kuckt ihn aus trüben Augen an, als Kwalle hereinkommt.

»Ehre der Arbeit«, sagt Kwalle.

»Ehre«, sagt Guschi mit dicker Zunge. Kwalle entspannt sich. Guschi ist blau, also friedlich.

»Gibts hier was zu trinken?« fragt Kwalle.

»Für dich immer«, sagt Guschi. Er füllt ein Schnapsglas mit Rum, läßt ein Stück Würfelzucker reinplumpsen, tut eine Kaffeebohne obenauf: »Zack.«

»Zack«, sagt Kwalle.

»Geht nix über Koks«, sagt Guschi. »Unten wirst du immer besoffener, oben immer klarer, das macht die Kaffebohne.«

Genau im Winkel zwischen den tabakbraunen Gardinen sieht Kwalle den Alten Bahnhof liegen. Mit seiner rußgeschwärzten Fassade hebt er sich kaum vom schwarzen Himmel ab. Walter, Klavierlehrer, zweimal klingeln. Schwarzer Schuppen, schwarze Lokomotiven, schwarzer Huflattich. Schwarz der Geruch nach Schmieröl und Kohlen. Schwarze Tonleitern im Wartesaal Dritter Klasse. Schwarze Erinnerungen.

»Ich hab die Arbeiterklasse verraten«, sagt Guschi.

»Pfui«, sagt Kwalle.

»Früher stand ich so da«, sagt Guschi, »und was bin ich jetzt?«

Guschi mag es nicht, wenn seine Fragen unbeantwortet bleiben. Er packt Kwalle am Kragen, zieht ihn über den Tisch: »Und was bin ich jetzt?!«

Kwalle bringt die Rumflasche in Sicherheit. »Ein Kapitalistenschwein«, sagt er so schonungsvoll wie möglich.

»Ein Kapitalistenschwein«, bestätigt Guschi finster und läßt Kwalle los. »Ein Scheißkapitalist!«

Kwalle kippt rasch einen zwischendurch, ohne Würfelzucker, Zack und Kaffeebohne, während Guschi in seiner Brieftasche kramt.

»Kennst du den?« Guschi hält ein fleckiges Stück Papier vor Kwalles Gesicht: Guschi in jungen Jahren, segelohrig, hager, Klassenkämpferblick. »Seit siebenundvierzig dabei, alles mitgemacht, nachm Verbot machte es erst richtig Spaß, in der Organisation war mir keiner über, ohne mich wärn sie aufgeschmissen gewesen, und was mach ich, ich Idiot, ich blödes Arschloch? Hau inn Sack, weil Erna den Scheißladen von ihrem Onkel geerbt hat und sie einen braucht, der die Automaten abkassiert.«

Hinten auf dem Sofa räkelt sich was. Der Eckkröger hebt seinen kahlen feisten Kopf über die Tischplatte, klemmt die Zungenspitze in den Mundwinkel und zieht sich an Tisch und Sofalehne hoch: »Soll ich euch mal erzählen, was ich grade eben geträumt hab?«

»Halt die Fresse«, sagt Guschi über die Schulter weg. Und zu Kwalle: »Ich könnt mir vor Wut in den Hintern beißen!«

»Zack«, sagt Kwalle.

»Zack«, sagt Guschi.

Der Eckkröger klemmt sich die Krücken unter die Achseln und stelzt näher. Zwischen den beiden oberen Knöpfen seiner Weste hat sich eine Bratkartoffel verfangen.

»Handlanger des Monopolkapitalismus«, beschimpft sich Guschi. »Früher lohnte sichs wenigstens noch, aber seits die Pille gibt, werd ich die Gummis nur noch in den hintersten Dörfern los, und auch da nur die ganz einfachen, von Zacken und Knubbeln drauf wolln die nix wissen.«

»Also das war so«, feixt der Eckkröger. Er hievt seinen Körper in den Lehnstuhl, legt eine Verschnaufpause ein, kratzt sich im Nacken: »Und zwar bin ich verbotenerweise über einen Fußweg gefahren mit meinem Rad, und dann kommt einer, und da sagt er: steigen Sie mal ab, zahlen Sie mal fünf Mark! Und dann hab ich mir den Mann angekuckt, da war das gar kein Mann, sondern das war, ich möchte sagen: n Kind. Und der Mann war auch nicht, oder dieses Kind war auch nicht in Uniform, und dann hab ich bloß gesagt: zeigen Sie mal Ihrn Ausweis, haun Sie ab, Mann!« Der Eckkröger lacht, daß ihm die Bratkartoffel aus der Weste springt.

»Issen daran so witzig?« fragt Guschi.

Der Eckkröger bricht das Lachen ab und schluckt den Rest runter. »Naja«, sagt er bedeppert.

Der Ami hatte schwarzes kurzgeschorenes Haar. Saß auf der Tragfläche der notgelandeten Fortress, winkte Kwalle näher, ließ die Beine baumeln, grinste, sagte Haudujudu, tat so, als ob der Krieg für ihn zuende wär, als Greve ihm aus zehn Metern Entfernung eine Kugel in den Hinterkopf jagte. Der Ami klappte zusammen, bis sein Gesicht zwischen den Knien lag, und kippte nach vorn von der Tragfläche. Seine Hand schloß sich um einen Grasbüschel und rupfte ihn aus der Erde.

»Kuck mich an«, sagt Guschi zu Kwalle, »dann weißt du, wie n Verräter aussieht.« Er reißt sein Hemd vom Hals bis zum Bauchnabel auf, entblößt seine zottige Brust: »Wenn die Russen hier einmarschiern, geh ich hin und sag: stellt mich an die Wand, Genossen, ich habs nicht besser verdient, ich hab —«

»Da kommt Erna«, sagt der Eckkröger.

»Quatsch«, sagt Guschi, »Erna ist in Kiel.« Zu Kwalle und schräg an Kwalle vorbei in Richtung Tür: »Was wollte ich noch sagen?«

»Du hast die Arbeiterklasse verraten«, sagt Kwalle.

»So ist es«, sagt Guschi.

»Zack«, sagt Kwalle.

Erna, im knappsitzenden Kostüm, eine geballte Ladung aus Zorn und Soir de Paris, stellt sich hinter Guschi auf und klickt mit den Autoschlüsseln.

»In Barsbeck haben sie wieder einen aufgebrochen«, sagt Guschi zuvorkommend.

»Ich zähl bis drei«, sagt Erna.

Guschi knöpft mit steifen Fingern sein Hemd zu. »n Asbach für meine Gattin«, sagt er zum Eckkröger.

»Eins«, sagt Erna.

Kwalle summt die Internationale leise vor sich hin. Guschi hört die

Signale, kneift aber die Augen mißbilligend zusammen. Alles zu seiner Zeit, im Augenblick steht ihm der Kapitalismus näher.

»Zwei«, sagt Erna.

»n Asbach, du Kacker!« brüllt Guschi den Eckkröger an.

»Ich trink nichts«, sagt Erna von oben herab. »Und schon gar nicht in sonner Gesellschaft.«

»Kwalle ist mein Freund«, sagt Guschi tapfer, »meine Freunde sind auch deine Freunde, also setz dich hin und trink n Asbach.«

»Drei«, sagt Erna.

Guschi füllt die Gläser. Würfelzucker, Kaffeebohne: »Zack!«

Ein kalter Hauch fährt auf Guschi und Kwalle hernieder: »Da kann man mal sehn, wie tief du gesunken bist, wenn du dich mit so einem abgibst. Nichts wie Saufen und Weiber im Kopf! Komm jetzt, und zwar sofort, oder du kannst deine Sachen packen!«

»Dann sieh mal zu, daß du einen findest, der genauso blöd ist wie ich«, sagt Guschi. »Klapper die Scheißhäuser ab für nix und wieder nix, und wenn ich mal Lust auf ne Nummer hab, läßt du mich nicht ran, weil ich nach Pisse stink. Wonach soll ich denn sonst stinken, zum Deubel nochmal!«

»Den Schlüssel«, sagt Erna.

»Welchen Schlüssel?«

»Den Haustürschlüssel!«

»Im Auto«, sagt Guschi.

»Von mir aus kannst du dich in seiner Bruchbude einquartiern«, sagt Erna. »Bei mir kommst du jedenfalls nicht mehr rein!« Ihre Handtasche streift Kwalles Ohr, scharfes Hackenstakkato, dumpfer Knall. Kwalle hört den Kalk aus der Türfüllung rieseln.

»Kapitalistensau«, sagt Guschi.

»Ich würds nicht auf die Spitze treiben«, läßt sich der Eckkröger aus der neutralen Ecke vernehmen, »anundfürsich kommst du doch, ich möchte sagen, ganz gut mit ihr aus.« Mit anundfürsich meint er, wenn Guschi nüchtern ist.

»Ich kuck jeden Morgen ausm Fenster«, sagt Guschi, »und wenn ich keinen russischen Panzer vorm Haus seh, denk ich: noch n Tag mehr unterm kapitalistischen Joch.« Er wirft eine Handvoll Kaffeebohnen gegen die Gardinen: »Wielange wolln die Schweinehunde mich denn noch zappeln lassen!«

»Zum Umbringen brauchste doch die Russen nicht«, sagt Kwalle.

»Für einen, der die Arbeiterklasse verraten hat, ist das Ehrensache«, sagt Guschi feierlich. »Aber das verstehst du nicht.«

»Zack«, sagt Kwalle.

»Ist wohl besser, ich geh jetzt«, sagt Guschi. Er schiebt den Tisch bäuchlings von sich, schmeißt den Stuhl um, steuert im Zickzackkurs die Tür an, wirft sich mit seinem ganzen Gewicht gegen sie, weg ist er.

Der Eckkröger sitzt wie ein Scherenschnitt vorm Fenster. Im Profil ähnelt er Greve. Oder dem alten Sinjen. Oder Schorsch. Oder Heuer. Oder der Witwe Bachmann. Eins der zwei, drei Gesichter, die zu Hunderten im Dorf herumlaufen, hoch lebe die Inzucht.

Und er, Kwalle? Wieso nimmt er sich aus? Müßte der Eckkröger, wenn man die Sache nüchtern betrachtet, nicht auch ihm ähnlich sehn?

»Was ich dich schon immer mal fragen wollte«, sagt Kwalle, »welcher von beiden wars denn nun: Greve oder Heuer?«

»War was?« fragt der Eckkröger hinhaltend.

»Der mich gemacht hat. Du hast doch dein Leben lang hier am Fenster gesessen und aufgepaßt, wer drüben raus und rein ging.«

»Ich weiß von nichts«, antwortet der Eckkröger, »und wenn ich was wüßte, würd ichs nicht sagen, weil ich steck meine Nase grundsätzlich nicht in andrer Leute Angelegenheiten.«

Eines Tages, denkt Kwalle, werd ich ihm die Luft abschnüren, diesem feisten Krüppel, werd ich ihn solange in den Schwitzkasten nehmen, bis ers ausspuckt. Denn daß ers weiß, sieht man ihm an der Nasenspitze an.

Blitz, einundzwanzig, zweiundzwanzig, Donner.

»Sieht aus, als ob die Welt untergeht,« sagt der Eckkröger.

Kwalle hört die Kaninchen im Huflattich rascheln, hört die Steppschritte der Tauben auf dem Dach, Lokomotivenpfiffe, chromatische Tonleitern, was gehn mich die Leute an, schreit Mutti. Er hört den Singsang im Leitungsmast, das Plätschern unterm Bootssteg, das Ewigkeiten abmessende Ticktack der Standuhr in der guten Stube. Wenn es still ist, so wie jetzt, fängt Kwalles Kopf an, seine eigenen Geräusche zu machen, da braucht sich Kwalle gar nicht anzustrengen, das kommt ganz von selbst, spult sich ab wie ein Tonband. Wenn es nichts zu hören gibt, käut Kwalle Gehörtes wieder.

Aus dem Eckkröger werden durch Zellteilung zwei. Kwalle sieht deutlich, wie der eine aus dem andern schlüpft, wie sich der Spalt zwischen den beiden vertieft, wie sie sich voneinander trennen. Kwalle wirft ihnen Würfelzucker zu, jedem ein Stück. »Was soll der Quatsch«, sagen die beiden Eckkröger wie aus einem Mund. Kwalle lacht, er ist beinahe glücklich. Die Kleine Tour hat ihren Höhepunkt erreicht: Kwalle ist besoffen.

Er packt den Eckkröger bei den Ohren und drückt ihm einen Kuß auf die Glatze. Die gelbe Kopfhaut kräuselt sich, Wälle werfen sich auf. Die Düppeler Schanzen Pionier Klinke Heldentod. Lieber Pionier Klinke der du bist im Himmel laß Hannes Bachmann die Beulenpest kriegen mach mich stark halt meine Hände fest zeig mir noch einmal Tante Hedis Titten.

»Was soll das!« keucht der Eckkröger.

»Komm, wir singen«, sagt Kwalle. Kennt ji all dat nee Leed nee Leed nee Leed. »Lauter«, sagt Kwalle. Der Eckkröger bewegt lustlos die Lippen. Hinter ihm reißen Blitze den Himmel auf. Kwalle schreit gegen den Donner an. Vun Herrn Pastor sien Koh. »Ich setz mich lieber woanders hin«, sagt der Eckkröger, »sicher ist sicher.«

»Und wenn ich nu rübergeh und buddel ihn aus?« fragt Kwalle ohne Atempause nach dem letzten Ton.

»Wen?«

»Den Ami, Mensch!«

Der Eckkröger stützt sich schwer auf die rechte Krücke. Kwalle kann sein Gesicht nicht sehn, aber er weiß auch so, was für ein Gesicht der Eckkröger macht. »Ich glaub, du hast sie nicht mehr alle«, murmelt es aus dem schwarzen Klumpen.

»Ich buddel den Ami aus!« sagt Kwalle in jäher Erleuchtung. Er sieht sich, von Blitzen umzuckt, in der Schlacke graben, weiße Knochen zutagefördern, den Schädel in der Hand wiegen. Eine Szene wie bei Shakespeare.

Der Eckkröger stakt zum Tresen, fingert eine Flasche aus dem Regal, bauchiges Glucksen: »Der geht auf meine Rechnung.«

Kwalle, Feuer und Flamme, fest entschlossen, sich durch nichts von seinem Plan abbringen zu lassen, die Unbestechlichkeit in Person, Kwalle schlingert zur Tür. »Ein doppelter Steinhäger, Kwalle«, lockt der Eckkröger. Pustekuchen. Was Kwalle sich in den Kopf gesetzt hat, führt er auch durch, koste es, was es wolle. Den Ami ausbuddeln, du buddelst jetzt den Ami aus, warum bist du nicht schon längst darauf gekommen.

Geronnener Himmel, porös schorfig, mit zackigen Schlitzen. Thor jagt die alten Zossen peitscheknallend über Kopfsteinpflaster, die Luft steht reglos und steif wie Aspik. Kwalle treibt in einem langsam kreisenden Strudel auf den Alten Bahnhof zu, er erinnert sich genau an die Stelle, wo der Ami liegt: zwischen Lokomotivenschuppen und Verladerampe. Als sie ihn unter der Schlacke begruben, ganz früh am Morgen wars, die Luft roch nach frischgemähtem Gras, der Ami hatte braune Schnürstiefel an, Bebensee wollte sie ihm ausziehen, aber Greve schubste ihn weg. Du oben am Fenster, im Nachthemd, die Augen verklebt von Schlaf, Mechthilds gleichmäßige Atemzüge im Rücken. Auf der Schlacke funkelte der Tau.

Die schwarze Fassade neigt sich über ihn. Kwalle fällt mit dem Gesicht in trockenes Gras, riecht Schmieröl, Kohlen, Hundedreck, morsches Holz. »Ich buddel ihn aus«, sagt Kwalle, »ich buddel ihn aus.« Er kriecht auf Händen und Knien weiter, die Sirene setzt mit brüchigem Baß ein, steigt schnell in höhere Tonlagen hinauf, feindliche Bomber im Anflug auf Kiel du mit Mutti und Vati zwischen Eingemachtem im Keller die fliegen bestimmt nur rüber die Deckel auf den leeren Weckgläsern klirren vorm Kellerfenster steht Adolf Ramm und zählt die Flugzeuge. Die Sirene rutscht wieder in den Baß herunter und verröchelt. Platsch, macht es zwischen Kwalles Schulterblättern. Als ob ihm jemand mit der nassen Hand auf den Rücken schlägt. Jetzt gehts los, verdammt. Die Plane, achwas, erst wird der Ami ausgebuddelt.

Kwalle setzt sich auf die Steintreppe vor Oma Bööks Küche. Der Lokomotivenschuppen rollt massig heran, schwappt wieder zurück, die Blitze legen sein schrundiges Mauerwerk frei, in den Löchern bewegt es sich, Gesichter schälen sich aus dem Dunkel. Kwalle stemmt sich langsam von der Treppe hoch, nur keine hastige Bewegung, sonst verlierst du das Gleichgewicht, was du jetzt brauchst, ist eine Schaufel, vielleicht hat Opa Böök eine in seiner Werkstatt. Kwalle geht wie ein Seiltänzer mit ausgebreiteten Armen, vorsichtig einen Fuß vor den anderen setzend, zu Opa Bööks Werkstatt hinüber. Die Tropfen pladdern senkrecht auf ihn herunter, er spürt die Kühle des Regens auf seiner Haut.

Die Tür ist verschlossen, Kwalle rüttelt an der Klinke. »Opa Böök!« ruft Kwalle. Wo zum Teufel steckt der alte Knacker, wenn nicht hier in seiner Werkstatt, hinter einem Berg ausgeplünderter Radios verschanzt, von Röhren, Trafos, Widerständen umgeben, den Lötkolben in der Hand? Opa Böök mit seinem Streuselkuchengesicht. Der Erfinder des Perpetuum mobile.

»Opa Böök!« schreit Kwalle.

»Opa Böök ist doch schon lange tot«, sagt jemand.

Kwalle dreht sich um, ein bißchen zu schnell, der Alte Bahnhof beginnt zu schwanken, wirft sich mitsamt dem Himmel auf die Seite, Kwalle hat plötzlich einen Flaschenhals zwischen den Zähnen. »Komm, trink mal n Schluck«, sagt jemand, lauwarmer Wacholder füllt seinen Mund, er schluckt, schluckt auf Deubelkommraus, ihm bleibt gar nichts anderes übrig als zu schlucken, wenn er nicht ersticken will. »So ists gut«, sagt jemand, zufrieden mit Kwalle und sich selbst, »sollst mal sehn, gleich gehts dir besser.« Die Stimme kennst du doch, Kwalle will ihn ankucken, aber der andere drückt Kwalles Gesicht mit dem Flaschenhals zur Seite, schlucken schlucken schlucken, Kwalle schaufelt die Schlacke weg, die braunen Schnürstiefel kommen zum Vorschein, die Beine, der ganze Mann, der Ami steht auf, klopft ein bißchen Schlacke aus dem kurzgeschorenen Haar, nickt Kwalle zu, zeigt auf die Kuhle, wo er gelegen hat, sagt: jetzt du, Kwalle legt sich hin, der Ami klettert auf den Schlackenberg, springt darauf herum, der Schlackenberg kommt ins Rutschen, eine Schlackenlawine wälzt sich über Kwalle, deckt ihn zu. Ruhe sanft, Kwalle.

III

Auf dem Weg knarrt der Leichenwagen vorbei. Heuer hat die Augen geschlossen, der Zylinder ist ihm in die Stirn gerutscht. Wenn der Wagen durch ein Schlagloch fährt, wirft es ihn beinahe vom Kutschbock.

Hansen ist gerade noch rechtzeitig hinter Kwalles Baracke in Deckung gegangen. Dort steht er nun, faßt seinen Schwanz an wie Tante Hedi die Sammeltasse, ist mit dem Pinkeln längst fertig, tut aber so, als warte er auf den letzten Tropfen. Er wartet, bis Max und Hermann, die bei jedem Leichenzug die Nachhut bilden, an der Pforte vorübergegangen sind, dann läßt er sein Glied im Hosenschlitz verschwinden und bringt es durch rotierende Hüftbewegungen und halbe Kniebeugen in die richtige Lage.

Auch ein Linksträger, stellt Kwalle fest. Das erklärt manches, unter anderem das Wohlwollen, das Hansen ihm, wenn auch mit der Zurückhaltung dessen, der einen guten Ruf zu verlieren hat, entgegenbringt. Linksträger sind eine besondere Sorte Mensch, empfindsame Naturen, dünnhäutig und leicht verletzbar, Nachtschattengewächse, Spökenkieker, jederzeit darauf gefaßt, daß der Boden unter ihnen nachgibt und sie ins Leere stürzen. Kein Wunder also, daß sie einander mit einer gewissen Sympathie begegnen, in einer Welt, in der es von Rechtsträgern nur so wimmelt.

Kwalle macht sich ans R. Der Granit platzt schartig ab. Einen anständigen Meißel müßte man haben, mit diesem versaut man sich den ganzen Stein.

»Wenn Ihnen tatsächlich daran gelegen ist, sich der Nachwelt mitzuteilen«, nimmt Hansen den unterbrochenen Gesprächsfaden wieder auf, »dann wüßte ich etwas Besseres als das Wort, das Sie da auf Ihren Grabstein meißeln wollen.«

»Woher wollen Sie das wissen?« fragt Kwalle verwundert. »Sie kennen das Wort ja noch gar nicht.«

»Sie denn?«

»Ich bin ihm auf der Spur«, weicht Kwalle aus, »ich kreise es systematisch ein. Wozu, glauben Sie, hätte ich mir sonst Meyers Konversationslexikon angeschafft?«

»Geben Sie sich keine Mühe«, sagt Hansen. »Sie werden es nicht finden, weder im Konversationslexikon noch sonstwo. Ein Wort, das das Leben, den Charakter, die ganze Persönlichkeit eines Menschen in sich zusammenfaßt, ein solches Wort gibt es nicht.«

»Das aus dem Mund eines Dichters zu hören, enttäuscht denn doch«, sagt Kwalle betrübt.

»Aber deshalb sollten Sie nicht den Kopf hängen lassen«, sagt Hansen und scheint einen Augenblick lang versucht, Kwalle tröstend auf die Schulter zu klopfen. »Im Endeffekt nämlich läuft das, was ich vorhabe, auf dasselbe hinaus, was Sie mit Ihrer Grabinschrift bezwecken wollen.«

»Na, dann lassen Sie mal hören«, sagt Kwalle.

»Also folgendes«, sagt Hansen und beginnt, mit übertriebener Umständlichkeit seine Pfeife zu stopfen. So schraubt man Erwartungen hoch, verleiht dem Nochnichtgesagten das Gewicht einer wohldurchdachten, nach allen Seiten abgesicherten, über jeden Zweifel erhabenen Verlautbarung. »Ich trage mich mit dem Gedanken —« Anzünden, ziehen, nochmal anzünden, nachstopfen, den Rauch abschmecken. »Ich trage mich mit dem Gedanken, Ihre Biografie zu schreiben.«

Kwalle kann nicht umhin, Erstaunen zu äußern: »Was denn! Sie, der berühmte Dichter, wollen die Biografie eines Dorfnarren schreiben?«

»Nun bleiben Sie mal auf dem Teppich«, schmunzelt Hansen, »Sie wissen genau, daß ich weder das eine bin, noch Sie für das andre halte.«

»Na schön«, sagt Kwalle, »von mir aus, ich hab nichts dagegen. Aber wenn meine Tage auch gezählt sind, im Augenblick fühl ich mich noch einigermaßen lebendig. Wollen Sie nicht lieber warten, bis Sie das Ende kennen?«

»Das werd ich dann ja erleben«, antwortet Hansen zuversichtlich. »Jetzt gilt es erstmal, Material zu sammeln, und dabei bin ich auf Ihre Mithilfe angewiesen.«

»Preis nach Vereinbarung«, sagt Kwalle.

Hansen nimmt die Pfeife aus dem Mund, spitzt die Lippen, als ob er flöten will, stößt aber nur ein paar leidlich geglückte Rauchkringel aus. »Ich beschäftige mich schon seit einiger Zeit mit Ihnen«, sagt er, zieht ein kleines Notizbuch aus der Tasche und blättert es flüchtig durch: »Hier steht alles, was ich bisher über Sie und Ihr Leben in Erfahrung gebracht habe. Alles genau recherchiert, lauter nachprüfbare Fakten.« Er klappt das Notizbuch zu. »Aber das genügt mir noch nicht. Ich möchte mir über die Hintergründe klarwerden, und darüber können nur Sie selbst mir Auskunft geben. Praktisch heißt das: Sie erzählen mir alles über sich, ich kombiniere es mit dem vorliegenden Material und bringe es in eine angemessene Form. Biografie können wirs natürlich nicht nennen, weil das einen, sagen wir: überregionalen Bekanntheitsgrad voraussetzt, aber vielleicht Dokumentarbericht, Report über KW, wie gefällt Ihnen das?«

»Warum so hochtrabend?« fragt Kwalle. »Nennen Sies doch schlicht Porno, denn darauf läufts doch hinaus, oder?«

Hansen macht ein Gesicht, als habe er auf ein Pfefferkorn gebissen: »Ich weiß nicht, wie Sie dazu kommen, mir eine derartige Absicht zu unterstellen, aber damit das von vornherein klar ist: ich gehöre nicht zu den Schriftstellern, die sich in der Intimsphäre anderer Leute breitmachen. Für mich gibt es immer noch so etwas wie Menschenwürde, und die respektiere ich. Ja, lachen Sie meinetwegen.«

»Ich wüßte nicht, was es da zu lachen gibt«, sagt Kwalle. »Ich frag mich nur, wie man einen Menschen beschreiben kann, ohne das zu erwähnen, was ihn eigentlich erst zum Menschen macht.«

»Das lassen Sie nur meine Sorge sein«, antwortet Hansen.

Das R verspricht trotz allem noch ganz passabel zu werden. Zur Not hätte er sein Brot auch als Steinmetz verdienen können. KARL WALTER, GRABSTEINGESTALTUNG.

»Haben Sie auch mit meiner Mutter gesprochen?« fragt Kwalle.

»Selbstverständlich. Ich bin extra nach Düsseldorf gefahren. Ohne großen Erfolg übrigens. War ein hartes Stück Arbeit, ihr ein paar Auskünfte zu entlocken.«

»Hat sie Ihnen wenigstens gesagt, wer mein Vater ist?«

Hansen blickt angestrengt in den Pfeifenkopf: »Komische Frage.«

»Da Sie an Tatsachen interessiert sind«, sagt Kwalle: »Meinem sogenannten Vater hamse Anno 17 das Gemächte weggeschossen.«

Hansen führt den Pfeifenkopf so nahe an seine Augen heran, daß er zu schielen beginnt. »Gibt es dafür irgendwelche Belege? Invaliditätsbescheinigungen oder so?«

»Weiß ich nicht. Aber wie ich meinen Alten kenne, wird er kaum Wert darauf gelegt haben, sich seine Impotenz auch noch amtlich bestätigen zu lassen«, sagt Kwalle und hämmert drauflos, daß ihm die Granitsplitter um die Ohren fliegen.

Hansen hält eine Hand schützend vor seine Augen: »Können Sie nicht mal einen Augenblick damit aufhören?«

»Bedaure«, erwidert Kwalle, »ich habe nicht mehr viel Zeit.« Gestern abend hat sogar Jennerjahn, Gott hab ihn selig, das Wort an ihn gerichtet. Wenn das nichts zu bedeuten hat.

»Sie glauben also tatsächlich, daß Sie über kurz oder lang —«

»Ich glaube nicht, ich weiß«, berichtigt Kwalle.

»Denken Sie womöglich an Selbstmord?« fragt Hansen mit einer Beiläufigkeit, die zu erkennen geben möchte, wie vorurteilsfrei er die Sache betrachtet.

»Manchmal schon.«

»Aber?«

»Bislang artete es immer in Zärtlichkeiten aus, wenn ich Hand an mich legte«, antwortet Kwalle achselzuckend.

Hansen saugt die Unterlippe zwischen die Zähne und kaut auf ihr herum. Er neigt den Kopf zur Seite, dreht die Augen nach oben. Kwalle glaubt zu sehen, wie es hinter der nachdenklich gerunzelten Stirn arbeitet, wie da Marktchancen kalkuliert, Visionen gegeneinander abgewogen werden.

Dann kehren Hansens Augen vom Himmel zurück, gleiten über die Baumwipfel und senken sich auf Kwalles Gesicht: »Man könnte die Sache von hinten aufzäumen, Ihr Selbstmord als Aufhänger, und dann mit Rückblenden arbeiten. Sämtliche Rückblenden zusammengenommen ergäben schließlich die Antwort auf die Frage: wie konnte es dahin kommen, daß.«

»Hübsch«, sagt Kwalle, »mal ganz was Neues. Aber Sie können nicht gut von mir verlangen, daß ich aus rein formalen Gründen Selbstmord begehe.«

»Versteht sich, daß ich Sie für Ihre Mitarbeit angemessen am Honorar beteiligen würde«, sagt Hansen ohne die Spur eines Lächelns.

»Das hör ich gern«, sagt Kwalle heiter. »Nur möchte ich in aller Bescheidenheit darauf hinweisen, daß der Rubel in jedem Fall erst rollen wird, wenn ich tot bin. Deshalb muß ich, so leids mir tut, um Vorschuß bitten.«

»Vorschuß?« sagt Hansen mit der Miene eines Mannes, der kurz vor dem Offenbarungseid steht.

»Beispielsweise in Form von Schnaps«, erläutert Kwalle. »Pro Sitzung eine Flasche, und wenn Sie mir ab und zu ne Kiste Bier mitbringen, hätt ich auch nichts dagegen.«

»Oh, diese verdammten Hämorrhoiden!« sagt Hansen und verschwindet eilig in Kwalles Baracke. Kwalle bemüht sich, einen logischen Zusammenhang herzustellen: was haben Hansens Hämorrhoiden mit dem Vorschuß zu tun? Bis er die Trauergemeinde in lockerer Formation auf sich zukommen sieht. Daß Kwalle nicht witterte, was Hansen sah, kann nur an der Windrichtung liegen. Normalerweise riecht er das Gemisch von Lehm, Mottenpulver und parfümierten Tränentüchern auf fünfzig Schritt Entfernung.

Zuerst der Pastor und Frau Bachmann, er seitlich gebeugt unter der Last des prallen Witwenarms, sie von Kopf bis Fuß auf Trauer eingestellt. Wenn ihre Sangesschwestern jetzt nicht lernen, wie man Schmerz mit Würde paart, lernen sie es nie. Hinter ihnen Bachmanns Chapeau claque, auf die Ohren des Juniors gestülpt. So ein Chapeau claque, findet Kwalle beim Anblick des Juniors bestätigt, ist das einzige, was ihm noch fehlt. Kwalle wäre bereit, gegen Bachmann jr. als Pionier Klinke noch einmal die Düppeler Schanzen zu verteidigen, wenn der Chapeau claque dabei als Beute winkt. Aber der Junior sieht nicht so aus, als ob ein Held an ihm verlorengegangen sei.

»Lücke gerissen«, hört Kwalle den Pastor sagen, als er mit der Witwe vorübergeht. Frau Bachmann greift gedankenverloren an den Schleier und riskiert einen Blick, aber Kwalle denkt an die Bescherung im Schlafzimmer und kuckt lieber weg.

Sinjen und Frau. Wandelnde Statuen aus Basalt, die Augen starr auf einen weitentfernten Punkt gerichtet, jederzeit darauf gefaßt, daß sich ein hämischer Mensch ins Blickfeld schiebt und anzüglich muht. Gestern soll Baldur am hellichten Tag eine Färse besprungen haben.

Greve. Er nickt Kwalle leutselig zu. Ein Mann, der es sich leisten kann, sein Haupt vor dem Geringsten zu beugen, ohne daß ihm ein

Zacken aus der Krone fällt. Zeuge, Erzeuger: daraus kann sich, wer will, etwas zusammenreimen. Kwalle will nicht. Jeder andere, nur nicht Greve. Irgend etwas mit diesem Mann gemeinsam zu haben, und sei es nur die scharfe Falte überm linken Augenlid oder die Art, wie er bei jedem Schritt das Knie durchdrückt, wäre für Kwalle ein Grund, sich selbst zu hassen. Der Tag, an dem ihm aus dem Spiegel ein Grevegesicht entgegenblickt, wird sein letzter sein, soviel steht für ihn fest.

Frau Schneez und Tochter. Zwei Vorher-Nachher-Bilder. Wenn er nicht wüßte, was er weiß, fiele Kwalle die Wahl leicht. Aber so? Bei der Mutter läuft man jedenfalls keine Gefahr, sich den Schwanz zu verstauchen, da kann Lotte-mit-dem-lütten-Loch noch so verheißungsvoll zwinkern.

Hilde, Arm in Arm mit ihrem angetrauten Muskelpaket. Die graue Strähne überm Ohr ist breiter geworden, die Jüngste bist du auch nicht mehr. Damals in den Dünen als wir uns im Strandhafer wälzten und uns Zärtlichkeiten in die sandverkrusteten Gesichter schrieen und plötzlich beugte sich eine Frau über uns mit aufgerissenem Mund und Augen die aus dem Kopf quollen und du sagtest mach doch weiter mach doch weiter gleich ist es soweit. Hilde. Kwalle holt geräuschvoll Luft. Sie kuckt ihn an, ganz kurz, aber das genügt, ihr mitzuteilen, woran er denkt. Und da ist er wieder, dieser Entwederoderblick, der Kwalle seit mehr als zwanzig Jahren bis in seine Träume hinein verfolgt. Als ob jetzt noch was zu retten wär.

Kwalles ixbeinige Vettern. Kein Kommentar.

Frau Misch. Frau Witthinrich. Frau Westermann. Sie schütteln abwechselnd und dann wieder alle gemeinsam den Kopf, als könnten sie es nicht fassen, daß dieses Ekel von Hannes Bachmann ihnen soviele Tränen abgenötigt hat.

Flügel. Um Kwalle nicht zur Kenntnis nehmen zu müssen, legt er seine Hand auf die Schulter des jungen Musiklehrers und vermittelt Touropa-Erfahrungen: »Fliegen Sie um Gotteswillen nicht im Sommer nach Las Palmas!«

Seine Wenigkeit Geldmacher in der Uniform des Wehrführers. Wer hätte gedacht, daß auf seinem vom Schmerz über die verlorenen Ostgebiete zerfurchten Gesicht noch Platz für die Trauer um den Kameraden Bachmann ist?

Frau Hinze. Klein rund senfblond. Ihr Blick verheißt nichts Gutes.

Wahrscheinlich ist ihr mittlerweile klargeworden, daß zwischen Kwalles eiligem Aufbruch und dem ebenso plötzlichen Verschwinden ihres Armbands ein Zusammenhang bestehen muß. Dabei hat Kwalle von Anfang an keinen Zweifel daran gelassen, daß ers nicht umsonst macht.

Guschi und Frau. Guschi in einem dunkelblauen, etwas zu engen Zweireiher. Der Verräter der Arbeiterklasse räuspert sich, spuckt Kwalle tabakbraunen Qualster vor die Füße und tätschelt seiner Frau liebevoll den Hintern, wogegen sie nichts hat, weil hinter ihnen nur noch Max und Hermann gehen. Und die zählen nicht.

»Moin«, sagen Max und Hermann, wie immer Hand in Hand.

»Dat is nu mol so as dat is«, sagt Max.

»Kannst nix bi moken«, sagt Hermann.

Die Friedhofspforte quietscht und scheppert. Hinter dem Kriegerdenkmal poltern Lehmklumpen auf den Sarg. Heuer singt Auf der Reeperbahn nachts um halb eins.

»Sie können rauskommen, die Luft ist rein«, sagt Kwalle und öffnet die Tür seiner Bude.

Hansen wäscht sich in Kwalles Schüssel die Hände, trocknet sie in Kwalles Handtuch ab, tut ganz so, als ob er hier zu Hause wär. Er deutet mit dem Ellbogen auf Urgroßvaters Schädel: »Wer ist — oder besser: wer war das?«

»Bismarck«, antwortet Kwalle.

»Bei dieser Gelegenheit möchte ich gleich eines klarstellen«, sagt Hansen: »Über das, was Sie anscheinend für Humor halten, kann ich nicht mal lächeln. Also versuchen Sie lieber gar nicht erst, mir Ihre berüchtigten Döntjes zu erzählen. Was ich von Ihnen erwarte, sind facts, glasklare, knallharte facts, weiter nichts.«

»Ihre Fäkts bekommen Sie, sobald ich die Flasche hab, okay?«

»Welche Flasche?«

»Die Flasche Schnaps, die Sie mir pro Sitzung versprochen haben.«

»Ich hab Ihnen noch gar nichts versprochen«, stellt Hansen fest und klopft die Buchrücken von Meyers Konversationslexikon ab, Rücken für Rücken. Nach jedem Klopfen horcht er. »Stimmt es eigentlich, was man sich im Dorf erzählt: daß Greve Ihnen ein paar Semester finanziert hat, und wenn Sie bei der Stange geblieben wären, hätte er Ihnen das ganze Studium bezahlt?«

»Am liebsten trink ich Lütjenburger« antwortet Kwalle.

»Wie man hört, hat er Ihnen vor Jahren sogar angeboten, in sein Geschäft einzusteigen.«

»Ausnahmsweise nehm ich auch Geld«, sagt Kwalle. »In diesem Fall müßte ich allerdings erst ins Dorf und mir ne Flasche besorgen.«

Hansen bläst den Staub von Urgroßvaters Schädel. »Ich hab kein Geld bei mir« ,sagt er, »aber morgen bring ich Ihnen eine Flasche mit, in Ordnung?«

»Wer weiß, ob ich morgen noch lebe«, sagt Kwalle.

»Oh, da bin ich ziemlich sicher«, sagt Hansen. »Wie ich denn überhaupt der Meinung bin, daß nichts den Lebenswillen sosehr stärkt wie die Hoffnung. Und seis nur die Hoffnung auf eine Buddel Schnaps.« Daß er dabei auch noch grinst, macht die Sache nicht besser.

»Sehn Sie, darüber kann ich nun wieder nicht lächeln«, sagt Kwalle grantig.

Hansen steckt den Kopf vorsichtig aus der Tür und sondiert die Lage. »Ich muß los«, sagt er. »Um halb vier läuft eine kleine Plauderei von mir auf Ukaweh Nord. Über das Glück im Alltag. Hören Sies sich doch mal an, wenn Sie Zeit haben.«

Er blickt auf seine Armbanduhr: »Meingott, es ist ja schon viertelnach!« Und drückt abschiednehmend etwas Dichterschweiß in Kwalles Rechte.

Kwalle peilt die Kirchturmzwiebel über den Daumen an. Sein Daumen zittert, hast dir einen schönen Tatterich angesoffen, mein Junge, wenn du so weitermachst, brauchst du Luden nicht mehr. Von Holtenau her schleppt das kleine Flugzeug ein neues rotweißgestreiftes Riesenpräservativ herbei, prall voll Luft. Kwalle stellt sich den Pimmel vor, der da hineinpaßt. Kein Wunder, daß die Kanoniere von Putlos und Todendorf so wild darauf sind, das Ding abzuknallen. Der blanke Penisneid.

Er blickt dem Flugzeug nach, bis es mit seinem Anhängsel hinter dem Kriegerdenkmal verschwunden ist, dann wendet er sich wieder seinem Grabstein zu. Aus einigem Abstand betrachtet, findet er, wirkt das R tatsächlich recht gekonnt, beinahe wie von Meisterhand erschaffen. Jedenfalls kann es sich durchaus mit dem K und dem A messen, und die hat sogar der Steinmetz schon mit einem knurrigen Lob bedacht. Also lassen wirs für heute dabei bewenden, sagt er sich, ein Buchstabe pro Tag ist sowieso das Äußerste, was man vor seinem künstlerischen Gewissen verantworten kann.

Gewohnt, den Feierabend mit einem Nickerchen einzuleiten, geht Kwalle in seine Bude und legt sich ins Bett. Aber diesmal wartet er vergeblich darauf, daß seine Muskeln mit sanftem Kribbeln erschlaffen, daß sich die Lider, schwer von Müdigkeit, über die Pupillen schieben. Stattdessen taucht Hilde vor seinem inneren Auge auf, die Hilde von damals, nackt im Sand liegend mit braunem Körper und weißen Brüsten, und langsam, ganz langsam spreizt sie ihre Beine.

Kwalle, immer bestrebt, aus allem das Beste zu machen, öffnet den Hosenlatz und holt seinen Schwanz hervor. Der räkelt sich wohlig, kriecht ein Stück am Oberschenkel entlang und schwenkt ruckweise ins Lot. Aus der runzlig zurückweichenden Vorhaut schält sich die pralle Knospe, auf ihrer straffen Haut spielen Lichtreflexe. Oh Hilde, wie du sie mit den Zähnen streicheln konntest!

Jetzt ist er zu allen Wohltaten bereit, aber Kwalle läßt ihn noch ein bißchen zappeln. Er denkt daran, wie Fräulein Doktor schrie, als er sie im Rhododendron vögelte. Sie schrie, daß die Spatzen aus den Bäumen stoben. Kwalle macht ihm vor, wie Fräulein Doktor schrie, das bringt ihn aus dem Häuschen, er bäumt sich auf, reckt sich, zuckt, zuckt immer schneller, und aus dem kleinen Spalt in der Eichel quillt glasklar und zähflüssig ein Tropfen.

Na dann wolln wir mal. Kwalle umspannt ihn fest mit beiden Händen. Die Eichel springt wie ein Paradiesapfel zwischen seinen Fingern hervor. Hilde dein zärtliches Gebiß. Wie ers mit Frau Westermann in der Besenkammer machte, und sie sagte tut das gut oh tut das gut. Gleich ists soweit, er spürt, wie er sich zusammenkrampft, wie sein Körper schrumpft, immer weiter schrumpft, bis er schließlich nur noch aus einem mächtigen Schwanz und zwei Händen besteht. Dat kümmt, sagte Tine, dat...

»Oh, Pardon«, sagt da plötzlich jemand hinter ihm. Kwalle fährt herum: Flügel. Flügel, diese Arschgeige! Kommt, wie immer, im unpassendsten Moment.

»Bitte vielmals um Entschuldigung«, sagt Flügel und stülpt seinen taubenblauen Mohair über den Spatengriff. »Aber die Sache mit Bachmann ist mir doch ziemlich nahegegangen, da hab ich mir gedacht: ein Spaziergang würde dir jetzt guttun, und als ich hier vorbeikomme, höre ich dich schreien. Hätte ja sein können, daß dir was passiert ist.«

»Hau ab, Mann!« schnauft Kwalle. »Du siehst doch, ich hab alle Hände voll zu tun.«

Flügel stellt sich, reklamereif lächelnd, vor das Bett: »Wie heißt es noch bei Agathias? ›All diesen Übeln entging Diogenes, indem er sich das Hochzeitslied mit eigener Hand sang, wozu er keine Lais brauchte.‹«

»Wenn Sie sich nicht unbeliebt machen wollen, dann sehn Sie zu, daß Sie Land gewinnen«, sagte Kwalle. »Ich habs nicht gern, wenn man mich beim Wichsen stört.«

»Tut mir aufrichtig leid«, sagt Flügel. Aber statt zu verduften, setzt er sich auf die Bettkante und schlägt anmutig ein Bein übers andere. Der Mann machts einem verdammt schwer, die Form zu wahren.

»Prachtvolles Stück«, sagt Flügel zu Kwalles Schwanz. »Du solltest ihn hin und wieder mit Vaseline einreiben, das hält die Haut geschmeidig.« Holt der Kerl doch tatsächlich eine Tube aus der Tasche und schraubt den Verschluß ab.

»Werter Herr Doktor Flügel«, knurrt Kwalle, »nehmen Sie bitte zur Kenntnis, daß ich handgreiflich werde, wenn Sie nicht sofort verschwinden!«

»Da bin ich aber gespannt, mein Schatz«, entgegnet Flügel mit der Gelassenheit dessen, der am längeren Hebel sitzt. »Komm, rück ein Stück zur Seite.« Und legt sich, Veilchenduft verströmend, neben Kwalle.

Zwischen ihnen Kwalles Bettkuhle. Durch das Gefälle kommen sie einander zwangsläufig näher.

»Was wollte die Schneez gestern bei dir?« fragt Flügel.

»Ihr Mann hat die Windpocken«, antwortet Kwalle auf gut Glück, »deshalb hat sie die Post ausgetragen.«

»Achnee, seit wann bekommst du Post?« Ein zwiespältiger Typ, dieser Flügel: oben eiskalter Inquisitor, unten streichelt er einem zärtlich die Eier.

»Sie hat mir einen Quellekatalog gebracht, der übriggeblieben war.«

»Und dann?« Flügel will immer alles ganz genau wissen.

»Haben wir ihn gemeinsam studiert.«

»Anderthalb Stunden lang?«

Jetzt ists raus: Flügel beschattet ihn. Schleicht, den Hut ins Gesicht gedrückt, über den Friedhof und beobachtet ihn. Führt womöglich sogar Buch darüber, wer wann und wielange Kwalle besucht. Flügel wärs zuzutrauen, Flügel ist ein Pedant.

»Die Frage beweist«, kontert Kwalle lässig, »daß du noch nie einen Quellekatalog von vorn bis hinten durchgeblättert hast.«

Das gibt Flügel zu denken. Eine Weile sagt er nichts. Inzwischen ist es dämmrig geworden. Unter dem Bretterfußboden quiekt Zarah die Ratte.

»Es liegt mir fern, dir irgendwelche Vorschriften zu machen«, setzt Flügel wieder an, »aber es wäre mir lieb, wenn du künftig etwas mehr Zurückhaltung übtest in puncto Weiber. Schließlich bin ich auch noch da.«

»Mensch, Edwin, Lieber«, sagt Kwalle, »die Frau ist doch schon in den Wechseljahren.«

»Im Klimakterium sind die am schärfsten«, antwortet Flügel. Wieder eine seiner Thesen, die er nie durch eigene Erkundungen zu erhärten versucht hat. »Also tu mir den Gefallen, ja? Andernfalls —.« Wie gewöhnlich läßt er seine Drohung unvollendet.

»Hör mal«, sagt Kwalle, »falls du auf die paar Scheine anspielst, die du dir hin und wieder aus dem Kreuz leierst, die kannst du dir meinetwegen in den Arsch stecken. Ich komm auch so zurecht.«

»Du verzeihst, wenn ich lächle«, sagt Flügel. »Aber apropos —«

»Ein Vorschlag zur Güte«, kommt Kwalle ihm zuvor: »Du holst mir jetzt einen runter, dann hol ich dir einen runter, und damit hats sich für heute. Einverstanden?«

»Na schönchen«, erwidert Flügel, wobei sein Gesichtsausdruck keinen Zweifel daran läßt, daß dieser Vorschlag weit hinter seinen Erwartungen zurückbleibt. Trotzdem, ein Mann ein Wort, macht er sich ohne Umschweife an die Arbeit.

»Gut so?« keucht er.

»Leg noch n Zahn drauf«, sagt Kwalle, »sonst setzt mein Pimmel Grünspan an.« Ohne Fleiß kein Preis. Außerdem macht es ihm Spaß, Flügel vor Anstrengung röcheln zu hören. Wahrscheinlich hat ers mit den Bronchien, der Ärmste.

Tines allesverschlingende Schamlippen man tau Jung steck de Klöten ok mit rin wie mein Bauch gegen ihren Hintern klatschte mach doch weiter mach doch weiter um ein Haar wär ich zwischen deinen Brüsten erstickt Hilde Hil-Hil-Hi-Hi-Hi-Hi-Hi-Hiiiiii

»Du Schwein!« schreit Flügel, »sag doch vorher Bescheid!« Die weißgraue Soße läuft über seinen Handrücken, er hält die Hand hoch und läßt sie sämig abtropfen. Den Rest wischt er in Kwalles Bettdecke ab.

»Jetzt du«, sagt Flügel und holt seinen Riemen hervor. Na, sagen wir Riemchen, schwächt Kwalle ab. Viel Staat ist damit nicht zu machen, mit diesem Konfirmandenschwengel.

»Für einen, der mich Schwein schimpft, rühr ich keinen Finger«, sagt Kwalle würdevoll und steigt über Flügel hinweg aus dem Bett.

»Soll das heißen?« fragt Flügel.

Kwalle zieht unmißverständlich den Reißverschluß hoch, geht zum Spiegel und schenkt sich ein Lächeln. Hello, alter Knabe. Mit dem linken Auge zwinkert es sich besser als mit dem rechten.

»Was das heißen soll!« brüllt Flügel.

»Wichs dir selber einen ab«, sagt Kwalle.

Flügels Stimme überschlägt sich: »Du kommst jetzt sofort her und holst mir einen runter«, kreischt er, »oder zwischen uns ist es aus!«

Da sitzt ein geiler Mitmensch namens Edwin Flügel, Dr. med. dent., sämtliche Kassen, auf Kwalles Bett und schreit ihn an, droht ihm. Muß er sich das bieten, muß er sich das in seinem eigenen Heim gefallen lassen? Kwalle hätte nicht übel Lust, ihm das Fell zu versohlen, aber sein Instinkt warnt ihn. Könnte sein, daß ers nicht übersteht, diese Schwulen sind zarter besaitet als man denkt, Gazellen unter Auerochsen, und welcher vernünftige Mensch liquidiert schon ohne zwingenden Grund seinen Mäzen?

Flügel greift wutentbrannt zur Selbsthilfe, besorgt es sich trotzig mit eigener Hand. Er tut das schnell und zügig, ohne aufzublicken, mit zusammengebissenen Zähnen. Masturbation eines verbitterten Mannes im Zeitraffertempo. Das kurze harte Floppfloppflopp pflanzt sich über die Hacke seines Krokodillederschuhs auf den Fußboden fort, erreicht von dort aus das gesamte Inventar. Flügel schlägt den Takt, und Kwalles Einrichtung tut ihm mit leichter Verzögerung Bescheid. Der Waschtisch floppt, der Lehnstuhl floppt, die Schwarzwälderuhr ohne Kuckuck floppt, Dürers betende Hände floppen, der Essokalender floppt, Urgroßvaters Schädel floppt, Faust Erster und Zweiter Teil floppt, alles floppt.

Flügel ejakuliert äußerst beherrscht, in der würdigen Haltung eines Herrn, der notgedrungen ein menschliches Bedürfnis stillt. Mit der freien Hand zieht er ein seidenes Tuch aus der Innentasche seines Jacketts hervor und tupft den Tropfen umständlich ab.

Wie Kwalle ihn so dasitzen sieht, das Taschentuch in der einen, den Pimmel in der anderen Hand, mit einem Gesicht, auf dem sich Scham und Ärger streiten, spürt er, wie sich in ihm etwas regt. Mitleid? Mitleid für Flügel? Nicht doch.

»In Zukunft«, sagt Kwalle kühl, »onanieren Sie bitte zuhaus, ja?«

Flügel verstaut seinen Schwanz im Hosenbein, im rechten, wohlgemerkt, setzt die Füße vorsichtig auf den Bretterfußboden und stemmt sich mit den Händen vom Bett hoch. »Ich will dir mal was sagen«, knurrt er, zentimeterweise an Höhe gewinnend, »du hast eine unwahrscheinliche Begabung, dir Feinde zu machen, ich war der einzige, der noch zu dir hielt, aber damit ist es jetzt vorbei. Du bist für mich gestorben!«

»Herzliches Beileid«, schmunzelt Kwalle.

Irgend etwas bringt Flügel plötzlich aus der Fassung. Er umklammert mit beiden Hände den Bettpfosten, rüttelt daran, wirft den Kopf hin und her, als würde er von inneren Krämpfen geschüttelt, schreit, weint, schreit und weint zugleich, so daß Kwalle zunächst allen Ernstes annimmt, Flügel sei wahnsinnig geworden. Bis er an der Richtung, in die Flügel seine Flüche schleudert, erkennt, daß er die Ursache dieses Tobsuchtsanfalls ist. »Du Bestie!« kreischt Flügel, »du asoziales Subjekt, du Schürzenjäger, du geiler Bock, du du du —«

»Bastard«, souffliert Kwalle beflissen.

Ein hohler langgezogener Pfeifton dringt in die unerwartet eingetretene Stille. Kwalle muß an Frühling denken, an nordwärts ziehende Singschwäne, aber bevor er sich an dem Bild erfreuen kann, fallen ihm Flügels Bronchien ein.

»Ich rate zur Mäßigung«, sagt Kwalle sanft. »Ihre Bronchien sind derartigen Ausbrüchen nicht mehr gewachsen.«

Aber Flügel denkt nicht daran, sich zu schonen. »Wer bist du denn«, preßt er zwischen zwei Pfeiftönen hervor, »wer bist du denn, daß du glaubst —«

Sieh einer an, es geht sogar zweistimmig.

»— du kannst dir herausnehmen, was du willst, und wir —«

Wir, sagt Flügel.

»— lassen uns das gefallen! Glaub doch ja nicht —«

Die Stimme versagt ihm den Dienst, bringt nur noch ein heiseres Röhren zustande. Flügel dreht sich im Halbkreis um den Bettpfosten und schießt, den Schwung nutzend, zur Tür hinaus.

»Ihr Hut, Herr Flügel!« ruft Kwalle. Nachher heißt es wieder, er hätte ihn sich unter den Nagel gerissen.

An der Friedhofspforte holt er ihn ein. Die paar Haarsträhnen, die Flügel noch geblieben sind und die er sich quer über den Kopf zu kämmen pflegt, hängen ihm auf die Schulter herab. Sieht aus, als hätte ihn ein Anfänger skalpiert.

»Fair wie Sie sind«, sagt Kwalle, »werden Sie mir doch noch ne Chance geben.«

»Ich habs satt«, entgegnet Flügel, Freund und Förderer der Jugend, insbesondere der männlichen, »ich habs satt, von dir nichts als Undank zu ernten. Alles hat seine Grenzen, auch meine Toleranz!« Er reißt Kwalle den taubenblauen Mohair aus der Hand und läßt die Pforte scheppernd hinter sich ins Schloß fallen.

Davonschreitet Flügel, Edwin, Dentist und Päderast, den Blick starr nach vorn gerichtet.

IV

Brötchen schießt. Die Ratte wirft das Hinterteil hoch, strampelt mit den Beinen und fällt auf den Rücken. Aus ihrem Unterleib quillt blutiges Gekröse.

»Sauber, was?« kaut Brötchen.

»Du, die ist noch nicht tot«, sagt Kwalle. »Kuck mal, wie sie zappelt.«

»Mann, das sind die Nerven«, sagt Brötchen.

Die kleine Dicke verschwindet hinter einem Haufen Persilkartons. Brötchen kneift ein Auge zu und entblößt seine verstümmelten Schneidezähne. Kurz darauf hören sie die kleine Dicke würgen.

»Paß auf, daß du dir nicht den Blinddarm rauskotzt«, ruft Brötchen.

Die Ratte zuckt noch ein paarmal, dann streckt sie alle viere von sich. Eine Heringsmöwe stürzt sich mit angewinkelten Flügeln auf sie. Sofort sind auch die anderen da, eine Möwenwolke senkt sich herab.

In Brötchens Augen glitzert es mordlüstern: »Kuck dir die verdammten Biester an!«

Er reißt die Pistole hoch und schießt zweimal kurz nacheinander in das weißgraue Knäuel. Schwupp, sind die Möwen weg. Bis auf eine, die es am Flügel erwischt hat.

Die kleine Dicke kommt hinter den Persilkartons hervor, sieht die Möwe, ein hilflos flatterndes Federbündel, im Müll rotieren und macht auf dem Absatz wieder kehrt.

Brötchen bombardiert die Möwe mit leeren Bierflaschen. Die Möwe dreht sich noch schneller im Kreis, wirbelt Staub und Asche auf. Brötchen lacht. Genauso lachte er früher, wenn sie Frösche mit Luft vollpumpten, bis ihre aufgeblähten Bäuche platzten. Aber diesmal verdirbt Kwalle ihm den Spaß: er nimmt eine Gardinenstange und schlägt die Möwe tot.

»Bist du verrückt?« sagt Brötchen. Er legt auf Kwalle an und stülpt die Oberlippe hoch. Wenn er das macht, weiß Kwalle, muß man auf das Schlimmste gefaßt sein.

»Ich hätt noch was Geschäftliches mit dir zu besprechen«, sagt Kwalle, um Brötchen auf andere Gedanken zu bringen. Aber Brötchen läßt sich nicht ablenken, er zielt auf Kwalles Stirn. Kwalle fühlt die Stelle, auf die Brötchen zielt, zwei Finger breit über der Nasenwurzel, genau die richtige Stelle für ein kleines rundes Loch. Er reiht Brötchen notgedrungen rasch unter seine Mörder ein, aber jetzt und hier um die Ecke gebracht und im Müll verscharrt zu werden: so hat er sich sein Ende nicht vorgestellt.

»Kuck mal, was ich hier hab«, sagt Kwalle und holt Frau Hinzes Armband aus der Hosentasche hervor.

Die Pistolenmündung bewegt sich nicht um Haaresbreite: »Zeig her!«

Kwalle wirft ihm das Armband zu. Brötchen fängt es mit der freien Hand, betrachtet es flüchtig und steckt es ein.

»Fifty-fifty?« fragt Kwalle.

»Du kannst mich mal«, sagt Brötchen. »Mit Schissern mach ich keine Geschäfte.«

»Wann soll die Sache denn steigen?« erkundigt sich Kwalle unverbindlich.

Die Hand mit der Pistole sinkt ein Stück tiefer. Ihre Mündung ist jetzt auf Kwalles Herz gerichtet.

»Ich denk, du willst nicht mitmachen.«

»Vielleicht doch.«

»Vielleicht gibts bei mir nicht«, sagt Brötchen. »Entweder oder.«

Irgendwie ist Kwalle die Sache nicht ganz geheuer. Aber mit ungutem Gefühl darf man Brötchen nicht kommen. Gefühle, gleich welcher Art, sind Brötchen fremd, folglich billigt er sie auch keinem anderen zu.

»Eigentlich steh ich ja mehr auf Banken«, sagt Kwalle hinhaltend.

»Mann, du machst mir Spaß«, sagt Brötchen, »ne Bank ausnehmen, das ist was für Profis. Du weißt ja nicht mal, wie man mitm Ballermann umgeht.«

»Hoffentlich weißt dus besser«, erwidert Kwalle. Sein Leben hängt immer noch an Brötchens Zeigefinger. Ob es weh tut, wenn die Kugel das Herz durchbohrt?

»Was is nu?« fragt Brötchen ungeduldig.

Kwalle sieht sich mit einem Loch im Brustkorb unterm Müll liegen, ein Festschmaus für die Ratten. Er stellt sich vor, wie Zarahs weitläufige Verwandtschaft an ihm herumknabbert, wie sie Stollen in seinen Kadaver treibt. Seine Phantasie schreckt nicht einmal davor zurück, ihm das Schmatzen vorzugaukeln.

Nein, dann schon lieber die nächsten Jahre im Knast verbringen.

»Na gut«, sagt Kwalle.

»Ich will n klares Ja hörn.«

»Ja.«

»Also abgemacht«, sagt Brötchen. Und schießt aus der Hüfte. Die Kugel durchbohrt drei Zentimeter vor Kwalles großem Zeh eine Spraydose. »Rückzieher sind bei mir nicht drin, das weißt du.«

»Mensch, hör doch bloß mit dem Geballer auf«, sagt die kleine Dicke, kalkweiß im Gesicht. »Da kann eim ja angst und bange bei werden.«

»Ausgereihert?« grient Brötchen.

Sie setzen sich auf ein rostiges Bettgestell. Der Wind schwemmt leise brodelnden Strandlärm herbei. In der Ferne kriecht die Autoschlange millimeterweise vorwärts. Das Graugrün der Salzwiesen ist mit bunten Sommersprossen gesprenkelt: sonntäglich gekleidete Spaziergänger, einzeln, paarweise, zu Familien gebündelt.

»Hast du mal gesehn, was Greves Olle sich alles um den Hals tüdert, wenn sie ihre Partys machen?« fragt Brötchen. »Damit kommen wir beide prima durchn Winter, und vom Rest können wir uns noch kreuz und quer durch die Herbertstraße ficken.«

»Bargeld wär mir lieber«, sagt Kwalle.

»Ich kenn einen, der frisiert die Sachen um, dann sehn sie aus wie neu«, sagt Brötchen. »Alles kein Problem.« Zwischen seinen Lippen wächst eine Kaugummiblase und zerplatzt. »Ich hab n klasse Alfa an der Hand, erst sechzigtausend drauf, den kauf ich mir, wenn wir das Ding gedreht haben, der ist drin.« Die Pistole liegt schußbereit auf seinen Knien. Wenn irgendwo was raschelt, zuckt es in seinen Fingern.

»Was fürn Ding denn?« fragt die kleine Dicke.

»Vielleicht zeig ichs dir mal«, sagt Brötchen und zwinkert Kwalle zu. »Aber nur, wenn du ganz artig bist.«

Die Ratten scheinen gemerkt zu haben, daß hier einer sitzt, der ihnen ans Leder will. Keine läßt sich sehen. Dafür kommen die Möwen wieder, schrauben sich ohne Flügelschlag aus großer Höhe herab, ziehen ihre Kreise immer enger. Brötchens Finger tasten sich zum Pistolenknauf vor, umschließen ihn, der Zeigefinger streichelt den Abzugshebel. Aber die Möwen sind mißtrauisch geworden, sie bleiben in der Luft.

»Sag mal«, wendet sich Brötchen an Kwalle, »bist du umgesattelt?«

»Wieso?«

»Na, auf schwul, mein ich.«

»Blödsinn!« ereifert sich die kleine Dicke. »Wenn Kwalle schwul ist, freß ich n Besen.« Und legt beschlagnahmend eine Hand auf Kwalles Oberschenkel.

»Dich hab ich nicht gefragt«, sagt Brötchen. »Aber damit du Bescheid weißt: ich kenn ne Menge Leute, die warn erst ganz normal, und dann sind sie plötzlich schwul geworden.«

»Kwalle nich«, widerspricht die kleine Dicke.

»Also wenn du nicht schwul bist«, sagt Brötchen, »was machst du dann mit dem Zahnklempner, wenn er dich besucht?«

Woraus Kwalle entnimmt, daß Flügel nicht der einzige ist, der sorgfältig registriert, wer bei ihm ein- und ausgeht.

»Wir singen gemeinsam deutsche Volkslieder«, antwortet er. »Nach Texten aus dem Quellekatalog.«

»Daß der ne Tunte ist, sieht man doch aufn ersten Blick«, sagt Brötchen, nachdenklich wiederkäuend. »Wenn ich an deiner Stelle wär, ich wüßt, was ich tät.«

»Na?«

»Einmal ranlassen, und dann wird kassiert.«

»Igittegitt!« sagt die kleine Dicke. »Mir wird schon schlecht, wenn ich bloß dran denk, wie die das machen.«

Brötchen schiebt die Pistole unter seine schwarze Lederjacke: »Mein Alter sagt immer, Schwule und son Pack, die gehörn ausgerottet, nämlich weil die n Fehltritt von der Natur sind und nix für den Fortbestand der Menschheit tun. Das hat Adolf klar erkannt, sagt mein Alter. Aber ich denk da anders drüber, ich würd die nicht umbringen, also sagen wir mal: wenn einer nu schwul ist und gar nix hat, den könnten sie meinetwegen abmurksen, aber wenn er was hat, find ich, soll er dafür blechen, dasser nich normal ist. Und solange er zahlen kann, soll man ihn am Leben lassen, denn eigentlich tut er ja keim was, und wenn einer krank ist, muß er ja auch dafür berappen, wenn er noch n büschen am Leben bleiben will, also ich find, das sollte man mit den Schwulen auch so machen, damit ist denen gedient und uns auch.«

»Alle Achtung«, sagt Kwalle. »Das nenn ich die Sache von ner höheren Warte betrachten.«

»Stimmt doch, oder?« fragt Brötchen stolz. »Und mit den Juden hätt ichs genauso gemacht. Stell dir vor, was uns das eingebracht hätte. Die einfach zu vergasen war doch glatter Blödsinn.«

»Könnt ihr nich mal von was anderm reden?« fragt die kleine Dicke. »Sonst kommts mir wieder hoch.«

»Alles Stümper«, sagt Brötchen.

Die Ostsee bestreut mit kleinen dreieckigen Schnipseln. Darüber Wolken, bei denen man sich was denken kann. Kwalle sieht zum Beispiel: den Weihnachtsmann, eine von Tante Hedis Titten, Beethoven auf dem Sterbebett und ein Mittelding zwischen Baumkuchen und Stopfpilz. Nichts Dramatisches heute. Sonntag wie am Himmel also auch auf Erden. Frühstück-mit-Ei-Sonntag, Fußwaschsonntag, Bimmelbammelsonntag, Gammelsonntag. Opa im Lehnstuhl beim Mittagsschlaf, die Kieler Nachrichten überm Gesicht, einen Urwaldriesen nach dem andern fällend. Schichttortensonntag, Schlipssonntag, Einmaldurchsdorfsonntag. Mal sehn, ob im Blitz was los ist. Die übliche Clique beim Bier, den Fliegen beim Vögeln zukucken, Bierdeckel drehn, ne Runde ausknobeln, Mädchenbeine in Nylonstrümpfen, Glenn Miller verjault, um acht ins Kino, Kwalle und die andern auf dem Rasiersitz, Foxtönendewochenschau, der panikartige Aufbruch, bevor das Wort ENDE auf der Leinwand erschien. Hinterher noch n Halben. Als der liebe Gott mit seinem Latein am Ende war, machte er den Sonntag.

Die kleine Dicke knöpft ihre Bluse auf, wendet ihr Gesicht der Sonne zu und schließt die Augen. In dem dunklen Haarflaum über ihrer Oberlippe glitzern kleine Schweißtropfen.

Brötchen schiebt den Kaugummi mit der Zungenspitze hinter seine Backenzähne: »Kannst uns ruhig n büschen mehr zeigen.«

»Und wenn einer kommt?« fragt die kleine Dicke.

»Heute kommt hier keiner her.«

Die kleine Dicke zieht die Bluse aus dem Rock, knöpft sie ganz auf, streift sie von den Schultern. Alles in Sonnenanbeterpose. Sie trägt einen schwarzen Büstenhalter.

»Das Ding da auch«, befiehlt Brötchen.

»Soll ich?« fragt sie Kwalle.

»Nu stell dich nicht so an«, sagt Brötchen.

Die kleine Dicke fummelt mit beiden Händen auf ihrem Rücken herum, der Büstenhalter strammt sich, platzt ab, gibt zwei rosigrote daumendicke Knubben frei.

Brötchen pfeift einen unsauberen Akkord.

»Wenn einer kommt, müßt ihr mir Bescheid sagen«, murmelt die kleine Dicke schläfrig.

»Prachttitten, hä?« sagt Brötchen und richtet seine Augen auf Kwalles Gesicht. Kwalle entziffert mühelos, was in ihnen zu lesen steht. Brötchens Gesicht ist voller Ecken und Kanten, die Lippen sind zwischen den Zähnen verschwunden.

»Ich möchts mal sehn«, sagt Brötchen mit Schmirgelpapierstimme.

Die kleine Dicke öffnet die Augen einen Spaltbreit: »Was?«

»Frag nicht so blöd«, sagt Brötchen. Und zu Kwalle: »Oder hast du was dagegen, wenn ich zukuck?«

»Du hast sie wohl nich mehr alle«, sagt die kleine Dicke, plötzlich hellwach. »Hier?«

Brötchen greift in seine Jacke, holt die Pistole hervor und wiegt sie in der flachen Hand: »Nu macht schon.«

Kwalle spürt ein Kitzeln am Zwerchfell. Da glaubt man, man hat das alles hinter sich gelassen: Karl, putz dir die Zähne, Karl, sitz grade, Karl, mach einen Diener, Karl, sprich nur, wenn du gefragt wirst, Karl, tu dies, Karl, tu das, und dann kommt einer, fuchtelt mit einer Pistole herum und sagt: Kwalle, schieb ne Nummer. Kwalle merkt, wie das Lachen in ihm aufkeimt, wie es wächst, wie es ihn zu schütteln beginnt. Er möchte es ersticken, Brötchen kriegts sicher in den falschen Hals, wenn er jetzt loslacht, aber er kommt nicht gegen das Lachen an, es hilft nichts, daß er die Fäuste gegen sein Kinn preßt: das Lachen reißt seine Kiefer auseinander, wirft ihn auf den Maschendraht und bricht in spitzen Schreien aus ihm hervor.

Brötchen kuckt Kwalle an, kuckt die kleine Dicke an, ist die Ratlosigkeit in Person: »Was issen mit dem los?«

Die kleine Dicke drückt das Kinn gegen den Halsansatz und peilt zwischen ihren Brüsten hindurch in Kwalles weitaufgerissenen Mund. Kwalle sieht ihre Gesichter vor blauem Himmel, rechts Brötchen, links die kleine Dicke, dazwischen, weit weg, Möwen. Brötchens Gesicht kommt näher, die Oberlippe gibt seine Stummelzähne frei, etwas schnürt Kwalles Kehle ab, das Lachen bleibt ihm im Hals stecken, er kriegt keine Luft mehr.

»Mensch, du erwürgst ihn ja!« ruft die kleine Dicke.

»Ein Pieps noch, und du bist hin«, flüstert Brötchen. Er lockert den Griff ein wenig, um zu sehen, wie seine Drohung wirkt. Kwalle kann wieder atmen. Ein letzter Lachschub passiert seine Lippen.

Kwalle will sich aufrichten, aber Brötchen stößt ihn mit dem Pistolenlauf zurück: »Warum hast du eben so idiotisch gelacht?«

»Keine Ahnung«, sagt Kwalle.

»Man lacht doch nicht einfach so.«

»Ich schon.«

Brötchen dreht den Kopf zur Seite, als könne er aus den Augenwinkeln besser erkennen, ob Kwalle die Wahrheit sagt. »Ist was dabei, wenn mans sich mal ankucken möchte?«

»Und wenn ich ihn nicht hochkrieg?« fragt Kwalle.

»Das wär ja gelacht.«

»Auf Befehle spricht er nicht an.«

»Hol ihn raus«, sagt Brötchen zu der kleinen Dicken. Die weiß nicht recht: soll sie, soll sie nicht. Aber Brötchen steht auf, tritt zwei Schritte zurück und nimmt eine ihrer Brustwarzen aufs Korn. »Na los«, sagt er, »oder ich baller dir deine Zitzen ab.«

Das erleichtert ihr die Entscheidung. Sie zieht den Reißverschluß auf, greift in Kwalles Hose und holt seinen Schwanz heraus. Er ist schlaff und anschmiegsam.

»Ist das alles?« fragt Brötchen.

»Männliches Glied in Ruhestellung«, antwortet Kwalle, bemüht, sich seine eigene Enttäuschung nicht anmerken zu lassen. Gemessen an dem Ruf, den sein Pimmel hierzulande genießt, nimmt er sich in der Tat ziemlich mickrig aus. Es gab Zeiten, erinnert er sich, da machte er bei ähnlichen Gelegenheiten eine weitaus bessere Figur.

Anscheinend faßt die kleine Dicke Kwalles schlaffen Schwanz als persönliche Kränkung auf. »Das haben wir gleich«, sagt sie mit einer

Entschlossenheit, die nur aus verletztem Stolz herrühren kann, beugt sich vor, nimmt Kwalles Schwanz in die Hand, schiebt die Vorhaut zurück und streichelt die Eichel mit ihrer Brustwarze. Kwalle spürt, wie das Blut in die Schwellkörper schießt. Die kleine Dicke beugt sich noch weiter vor, öffnet den Mund, die Eichel schwillt, wächst ihm entgegen, ihre Lippen wölben sich vor und umschließen sie schmatzend.

»Mann, die hat den Bogen raus!« staunt Brötchen.

Die kleine Dicke dreht ihre Augen schräg zu ihm hoch, gibt, weil mit vollem Mund bekanntlich schlecht reden ist, einen kurzen fragenden Laut von sich, Brötchen versteht, kuckt sich um: »Kommt keiner.« Die kleine Dicke schiebt Kwalles Eichel mit der Zunge aus dem Mund, rollt sich auf den Rücken, streift den Schlüpfer herunter, schüttelt ihn mit dem rechten Fuß ab und drückt die Knie gegen ihre Brust.

»Los«, sagt Brötchen kurzatmig, »gibs ihr!«

»Steck erst den Ballermann weg«, sagt Kwalle.

»Jaja«, sagt Brötchen, nestelt nervös an seiner Jacke und läßt die Pistole verschwinden, »jaja.«

Kwalle erhebt sich, stellt sich mit wippendem Ständer vor die kleine Dicke und winkt Brötchen herbei. Brötchen rückt näher, auf den Wangen hat er rote Flecken. Kwalle streicht mit dem Handrücken über die wuscheligen Härchen. »Der Scham- oder Venusberg«, doziert er, »die Großen Schamlippen, die Kleinen Schamlippen, und hier —«, er spreizt mit Daumen und Zeigefinger, was ohnehin schon im Begriff ist auseinanderzustreben, »von unten angefangen: Bartholinische Drüse —«

»Hör auf mit dem Quatsch«, sagt Brötchen. »Du sollst sie ficken.«

»Wenn schon Anschauungsunterricht, dann gründlich«, sagt Kwalle und schiebt ihn der kleinen Dicken, einmal gewonnenes Terrain jeweils um die Hälfte wieder aufgebend, rein.

»Uuuuuuch«, macht die kleine Dicke.

»Fick sie«, hechelt Brötchen, »ficksieficksieficksie!«

»Dann paß mal schön auf«, sagt Kwalle. Er zieht seinen Schwanz bis zum Eichelrand heraus und stößt mit aller Kraft zu.

»Ohgutteguttegutt«, stammelt die kleine Dicke.

Brötchen schnauft wie ein Langstreckenläufer kurz vorm Ziel. »So isses richtig«, japst er, »mach sie fertig, mach sie kaputt, das isses doch, was die Weiber wollen, knall ihr einen rein, daß ihr Hörn und Sehn vergeht!«

»Schneller«, keucht die kleine Dicke, »schneller!« Sie umschlingt Kwalles Hüften mit den Beinen und läßt ihr Becken kreisen.

»Du!« sagt Brötchen plötzlich und packt Kwalles Arm. Er macht ein Gesicht, als ob sich in nächster Nähe etwas ereignet habe, das jenseits aller Logik liegt: »Du!«

Kwalle blickt sich unwillkürlich um: Meer, Wolken, Wiesen, das Dorf. Weit und breit kein Wunder in Sicht.

Brötchen reißt den Hosenlatz auf, läßt seinen Schwanz hervorfedern, kann es immer noch nicht fassen: »Kuck dir das an!«

»Na bitte«, sagt Kwalle, »man soll die Hoffnung nie aufgeben.« Er befreit sich aus der doppelten Umklammerung und zeigt auf die jieprig zuckenden Schamlippen: »Denn man los.«

Brötchen wirft sich auf die kleine Dicke, rammelt drauflos, als gelte es nachzuholen, was er über Jahre versäumte. Der kleinen Dicken gefällt das, sie fängt an zu juchzen, wechselt in ein stoßweises Kreischen über, Brötchens Arschmuskeln spannen sich, er knurrt winselt brüllt bäumt sich auf und läßt sich mit ausgebreiteten Armen auf die kleine Dicke fallen. Die schreit: »Weiter! Mach doch weiter, Mensch!« Aber Brötchen rührt sich nicht mehr.

Die kleine Dicke wälzt Brötchen von sich runter, bleibt mit gespreizten Beinen liegen, hebt den Kopf und kuckt Kwalle an. Kwalle gibt die stumme Frage an seinen Pimmel weiter, der neigt sein Haupt, scheint nicht darauf erpicht zu sein, für Brötchen in die Bresche zu springen. Also lassen wirs. Eine Nummer ohne Orgasmus, findet Kwalle außerdem, paßt irgendwie zum Sonntag.

»Sowas Gemeines!« schimpft die kleine Dicke. »Hauptsache, ihr habt euer Vergnügen gehabt, was? Man kommt sich ja direkt wie ne Nutte vor!« Sie hebt den Schlüpfer auf, wischt sich ab und stopft ihn in ihre Handtasche. »Ich geh jetzt zum Strand«, sagt sie gnatzig, »kommst du mit?«

»Nee«, antwortet Kwalle. Der Sonntag, meint er, ist an sich schon beschissen genug, als daß man ihm mit der großen Krampfadernschau noch zu einer Steigerung verhelfen sollte.

»Denn eben nich«, sagt die kleine Dicke, klemmt die Handtasche unter den Arm und stapft, eine niedrige gelbbraune Staubwolke hinter sich herziehend, davon. Am anderen Ende des Müllplatzes klettert sie auf einen Hügel aus zerstückeltem Mauerwerk, bleibt einen Augenblick stehen, gerade lange genug, daß der Wind ihr unters Röckchen fahren und zwei prachtvolle Schenkel freilegen kann, verschwindet dann hinter dem Hügel, taucht, bis zu den Hüften im Gras, ein ganzes Stück entfernt wieder auf, schrumpft vor graugrünem Hintergrund allmählich zu einem Punkt.

»Mein lieber Schwan«, sagt Brötchen, noch ganz unter dem Eindruck dessen stehend, was ihm wider Erwarten geschah, »ich war mächtig in Fahrt, was?«

»Der hast dus fix besorgt«, lobt Kwalle.

»Wie sie geschrien hat. Hast du gehört, wie sie geschrien hat?«

»Wie ne abgestochene Sau.«

»Mann, war das n klasse Fick!«

»Du bist n Naturtalent«, sagt Kwalle und fügt, weil Brötchen ihn von der Seite beäugt, rasch hinzu: »Ehrlich!«

»Wie sie so geschrien hat, hab ich gedacht, die ist soweit, und da hab ichs bei mir auch kommen lassen.«

»Na klar«, sagt Kwalle von Mann zu Mann. Nachdem nun ein solches Maß an Übereinstimmung erzielt worden ist, stellt sich zwangsläufig die Frage, wie dieses sinnvoll zu nutzen wäre. »Hast du auch son Durst?« fühlt er taktvoll vor.

»Mein Alter hat sich gestern n Kasten Bier gekauft«, antwortet Brötchen. »Wenn wir uns beeilen, kriegen wir vielleicht noch was ab.«

Sie gehen durch das harte knisternde Gras auf das Dorf zu. Hinter ihnen fällt der Möwenpulk keifend auf den Müllplatz ein. Jetzt machen sie sich über die Ratte her, balgen sich um ihren Kadaver, hacken ihr die Augen aus. Auch bei toten Menschen, hat Kwalle mal gelesen, hacken sie immer zuerst die Augen aus.

Kurz vorm Dorf kommt ihnen Hansen mit seinen Dackeln entgegen. Schon von weitem erkennt Kwalle, daß er keine Flasche bei sich hat. Folglich macht er nur seinen sonntäglichen Verdauungsspaziergang.

Hansen zügelt die Hunde und bleibt stehen. »Hätten Sie mal einen Augenblick Zeit?« fragt er. Aber diesmal ist es Kwalle, der es eilig hat.

»Ohne Schnaps keine Fäkts«, sagt er im Vorübergehen.

»Was wollte der von dir?« fragt Brötchen.

»Er will mich unsterblich machen«, antwortet Kwalle.

Die Häuser haben gedrungene Schatten, die Uhr am Kirchturm steht wie immer auf Viertel vor acht, der Wind zupft an der Fahnenleine vor dem Deutschen Haus, in den Linden zetern Spatzen.

Kein Mensch weit und breit.

Wer nicht rechtzeitig die Flucht ergriffen hat, ist unter Zeitungen entschlafen, in Betten, auf Sofas verröchelt, dahingerafft von der schleichenden Seuche Sonntag.

Nur einer ringt noch mit dem Tod, will sich nicht unterkriegen lassen, wehrt sich mit allen Mitteln, mit leeren Flaschen, Vasen, Aschenbechern, Flüchen und Beschwörungen gegen das Unvermeidliche.

Kwalle und Brötchen sehen sich den Todeskampf eine Weile durch den Türspalt an. »Den hats mal wieder ganz schön«, grient Brötchen. Dann reißt er die Tür auf, weicht durch schnelles Wegducken einem Porzellantiger aus und setzt seinem Alten die geballte Rechte unters Kinn.

»Glmmmhs«, macht Brötchens Vater und geht zu Boden.

»Alter Scheißhammel«, sagt Brötchen, beinahe zärtlich. Er steigt über ihn hinweg und zählt die Bierflaschen: »Bis auf fünf hat er alle ausgesoffen.«

»Immer noch besser als nichts«, sagt Kwalle.

Sie setzen sich auf das Sofa, Brötchen beißt die Metallkappen von den Flaschen, ein Prosit dem Hirsch, der an der gegenüberliegenden Wand ins Waldesdunkel röhrt.

Brötchens Vater robbt zur Tür, zieht sich an der Klinke hoch, sagt zu Brötchen: »Du bist nicht mehr mein Sohn.«

»Okay«, sagt Brötchen.

»Ich geh zur Polizei und zeig dich an.«

»Okay«, sagt Brötchen.

»Für das, was du alles aufm Kerbholz hast —«

»Komm ich bis an mein Lebensende inn Knast«, ergänzt Brötchen fröhlich.

»Du Gängster, du!«

Brötchen lacht sich eins. Gängster ist das letzte, womit man ihn beleidigt. »Geh inn Keller und polier deine Orden«, schmunzelt er.

Brötchens Vater öffnet den Mund, seine Lippen proben stumm, formen Stimmloses, Kwalle ist gespannt, was jetzt kommt, aber Brötchens Vater behält es für sich, vielleicht hat er auch vergessen, was er sagen wollte, jedenfalls dreht er sich um und wankt wortlos hinaus.

»War dein Alter auch n Nazi?« fragt Brötchen.

»Was denn sonst«, sagt Kwalle.

»Das war dem seine beste Zeit«, sagt Brötchen. »Sie haben ihn in die Ukraine geschickt, da hatte er n ganzes Dorf unter sich, und wenn einer nicht so wollte wie er, hat er ihn einfach an die Wand gestellt. Mußt ihn mal erzählen hörn von der Zeit, da staunst du Bauklötze, was der alles. Auch mit Weibern natürlich. Konntst dich dumm und dämlich ficken, sagt mein Alter.« Er holt einen Popel aus der Nase, schmeckt ihn ab und spuckt ihn weg. »Trotzdem kann er eim irgendwie leid tun, weil diese paar Jahre, weil die das einzigste sind, was er von seinem Leben gehabt hat. Und dafür haben sie ihn dann hinterher auch noch eingelocht.«

»Dabei hat ers doch nur gut gemeint«, sagt Kwalle, die restlichen Bierflaschen im Auge. »Hatten ne gründliche Aufnordnung verdammt nötig, diese Untermenschen.«

»Er war eben bloß n kleiner Fisch«, fährt Brötchen fort, »und die müssen immer für die großen die Suppe auslöffeln, so ist das nu mal. Und weil das so ist, muß ich weg von hier, in diesem Kaff kann ich nix werden. Wenn mans zu was bringen will, muß man nach Hamburg oder Frankfurt oder am besten gleich nach Chicago.«

»Prost, Mister Capone«, sagt Kwalle.

»Natürlich muß man klein anfangen«, sagt Brötchen, »aber sollst mal sehn: in zwei, drei Jahren hab ichs geschafft, dann steht mein Name in der Zeitung.«

»Wie möchtest du deine Todesanzeige denn haben?« fragt Kwalle: »Mit oder ohne Spruch?«

»Noch sone dämliche Bemerkung, und ich falt dich zusammen«, sagt Brötchen.

Auf dem Tisch, zwischen Scherben und Zigarettenstummeln, schmilzt ein Harzer. Auf dem Harzer sitzen Fliegen. Sie haben ihre Rüssel in den Harzer gebohrt, manchmal wischen sie ihre Hinterbeine an den Flügeln ab. Oder die Flügel an den Hinterbeinen. Wie mans nimmt.

»Was ich brauch, ist nur n büschen Startkapital«, sagt Brötchen. »Also kommen wir zur Sache.«

Im Winkel zwischen Flasche und Arm sieht Kwalle, durch das Fensterkreuz in vier Quadrate zerlegt: Kaninchenställe, einen Wellblechschuppen, Hühner, die mit aufgeplusterten Federn im Sand hocken, Tauben, kegelförmig gestapeltes Feuerholz, scharfgezackte Schatten.

Brötchen stippt den Zeigefinger in eine Bierlache und zeichnet ein Rechteck auf die Tischplatte: »Das hier ist Greves Haus. Vom Garten aus kommt man ganz leicht in den Keller rein, brauchst bloß das Fenster eindrücken, und schon bist du drin. Und dann gehst du nach oben und machst mir die Tür auf. Is was?«

»Was soll sein?«

»Weil du sone Flappe machst.«

»ne Alterserscheinung«, sagt Kwalle.

Brötchen teilt das Rechteck auf: »Hier ist der Flur. Hier die Stube. Hier das Schlafzimmer.«

Kwalle konzentriert sich auf den Harzer. So macht er es immer, wenn er abschalten will: er faßt einen ixbeliebigen Gegenstand ins Auge und stellt sich vor, der Gegenstand wäre alles, und außer ihm gäbe es nichts. Der Harzer spielt mit. Er nimmt rasch an Umfang zu, im Handumdrehen füllt er das Zimmer aus, verleibt sich das Inventar samt Kwalle und Brötchen ein, sprengt die Wände, wächst und wächst und wächst. Brötchens Stimme wird vom Harzer erstickt, Harzerstille kehrt in Kwalle ein, Harzer macht sich in ihm breit, er hört sieht fühlt riecht schmeckt Harzer, Kwalle ist Harzer, alles ist Harzer.

Ein spitzer Schmerz im Nacken holt Kwalle jäh in die Wirklichkeit zurück.

»Hör gefälligst zu, wenn ich mit dir rede«, sagt Brötchen und läßt seine Hand sinken. »Ich quassel mir den Mund fusselig, und du bist mit deinen Gedanken sonstwo.«

»Im Harzer«, sagt Kwalle wahrheitsgemäß.

Brötchens Gesichtsausdruck läßt eine Erläuterung angebracht erscheinen.

»Ich hab mich in den Harzer versetzt«, fügt Kwalle hinzu.

Brötchen sieht erneut bestätigt, was er schon längst geahnt hat: »Soll ich dir mal sagen, wo du hingehörst?«

»Ich war schon da«, kommt ihm Kwalle zuvor. »Aber sie haben

mich wieder laufenlassen. Außer ner überdurchschnittlich entwickelten Libido war nichts festzustellen.« Nur Fräulein Doktor hätte ihn gern dabehalten. Am liebsten hatte sies von hinten, coitus a posteriori, wie der Lateiner sagt. Als er das Tor hinter sich zumachte, stand Fräulein Doktor oben am Fenster. Sie winkte nicht zurück.

»Vielleicht haben sie dich rausgelassen, weil du harmlos bist«, mutmaßt Brötchen. »Aber daß du alle Tassen im Schrank hast, kannst du mir nicht erzählen.«

Kwalle haut schnell in die Kerbe: »Und mit so einem willst du n Ding drehn?«

Brötchen kneift ein Auge zu und peilt mit dem anderen in den Flaschenhals. Nicht, daß ihm dieser Gedanke neu wäre.

Also weiter: »Stell dir vor, ich krieg plötzlich n Rappel! Manchmal überkommt mich ein unwiderstehlicher Lachreiz, denk an vorhin. Und dann platz ich los, lach was das Zeug hält, und gerade, wenns am wenigsten angebracht ist, muß ich am lautesten lachen, und da kannst du dich aufn Kopf stellen: ich hör nicht eher auf, bis ich mich ausgelacht hab.«

»Oder totgelacht«, sagt Brötchen doppeldeutig.

»Oder das«, bestätigt Kwalle. Ein erwägenswerter Gedanke übrigens: K. W. erliegt einem schweren Lachanfall, lacht sich tot, lacht sich, bildlich gesprochen, über den Jordan. Seine letzte Lebensäußerung: ein unbändiges, selbstmörderisches Gelächter, das den Leuten noch lange in den Ohren dröhnt. Auch eine Möglichkeit, die in Betracht gezogen zu werden verdient.

Brötchen stiert längere Zeit einäugig in die Bierflasche. Inzwischen verdunstet der Grundriß, schmilzt der Harzer, schleppt sich der Sonntag hin. Die Flüchtlinge kehren ins Dorf zurück, Kwalle hört ihre gedämpften Stimmen, hört ihre Schritte.

Brötchens Vater schreckt die Hühner auf, tastet sich am Wellblechschuppen entlang und besteigt das Klo. Die Tür läßt er offen. Da hockt er über seine mageren weißen Beine gebeugt, ein Häufchen Elend auf viel zu hohem Thron, ergeben der Qual oder Wollust harrend, die ihm sein Darm bereiten wird.

»Du machst mit, und damit basta«, entscheidet Brötchen.

»Wie du willst«, sagt Kwalle mit der Unbekümmertheit dessen, der alle Verantwortung auf die Schultern des anderen geladen weiß.

»So verrückt, daß du dich selber reinreißt, bist du auch wieder nicht.«

»Warts ab«, sagt Kwalle.

Brötchen wirft die leere Flasche unter das Sofa und nimmt sich eine neue vor. Die letzte, stellt Kwalle mit einem Blick in den Kasten fest. Brötchens Zahnstümpfe schieben sich knirschend unter die Metallkappe. Das Geräusch läßt Kwalle trotz der Hitze frösteln.

»Wenn du Mist baust, leg ich dich um«, sagt Brötchen entschlossen.

Sein Vater langt mit einem Stück Zeitungspapier nach hinten, seine rechte Schulter ruckt ein paarmal auf und ab, die Hand kommt leer zurück, er betrachtet sie aufmerksam, beschnuppert jeden Finger einzeln, packt dann die Hose und rutscht mit hohlem Kreuz hinein.

Brötchen greift sich zwischen die Beine. »Ich glaub, ich kann schon wieder«, sagt er und schüttelt verwundert den Kopf. »Komm, wir kucken mal bei Uschi rein.«

»Das wird n teures Vergnügen«, gibt Kwalle zu bedenken. »Unter fünfzig Mark ist die nicht mehr zu haben.«

»Na und?« fragt Brötchen. Er holt ein paar Scheine aus der Tasche und fächelt Kwalle warmen Mief ins Gesicht: »Dafür kaut sie mir mitten aufm Marktplatz einen ab.«

Uschi sitzt mit ihrer Familie auf der Terrasse. Die Kinder, vier zählt Kwalle, schaben ihre Kuchenteller. Uschis Mann verschanzt sich hinter der Welt am Sonntag, als er Kwalle und Brötchen kommen sieht.

Fröhlich, als verkünde er die Heilsbotschaft, ruft Brötchen: »Schönes Wetter heute, nich?«

»Zweiunddreißig Grad im Schatten«, sagt eins der Kinder.

Uschi nimmt ihre Serviette vom Schoß und faltet sie, Kante auf Kante, Ecke auf Ecke, zusammen.

»Kuckt mal, n Klapperstorch!« sagt Brötchen zu den Kindern und hebt den Zeigefinger. Um den Zeigefinger hat er einen Schein gewickelt. Die Kinder kucken nach oben, wo tatsächlich ein einsamer Storch das Blau garniert, Uschi kuckt auf Brötchens Zeigefinger.

»Sagt den Onkels guten Tag«, sagt Uschi, um einiges verbindlicher, als der kühle Empfang erwarten ließ.

Die Kinder machen artig Knicks und Diener, Onkel Brötchen und Onkel Kwalle drücken Patschhändchen, ringen sich ein Onkellächeln ab, nur die Welt am Sonntag nimmt sie auch weiterhin nicht zur Kenntnis, pocht auf Nichtanerkennung, bestreitet schlichtweg ihre Existenz.

»Ich glaube nicht, daß Ihre Hemden schon fertig sind«, sagt Uschi zu Brötchen, »aber wir können ja mal nachschauen.« Ihr Blick streift Kwalle: »Neue Kunden kann ich nicht mehr annehmen, tut mir leid.«

»Macht nichts«, sagt Kwalle und lächelt diskret mit einem Mundwinkel: »Ich weiß, wo man kostenlos bügeln lassen kann.«

»Daß die Kinder sich nicht schmutzig machen«, sagt Uschi zu ihrem Mann und geht mit Brötchen ins Haus.

Die Kinder stellen sich, vier erwartungsvolle Augenpaare, vor Kwalle auf. Er spürt, wie die Onkelmiene unter ihren Blicken zerbröckelt. Jetzt ein kleines Taschenspielerkunststück, und der Onkel wäre gerettet. Aber seine Taschen sind leer. Was nun?

»Wie heissu?« kommt ihm da die Kleinste mit piepsiger Stimme zu Hilfe.

Kwalle belohnt sie mit einem dankbaren Lächeln. »Klinke«, antwortet er prompt, »Pionier Klinke. Euer Vater wird euch sicher schon von mir erzählt haben.«

Die Welt am Sonntag hüllt sich in Schweigen.

»Also paßt auf«, holt Kwalle nach, was der Vater offenbar versäumte, »ich bin der, der Anno fünfundsechzig, zum Bersten erfüllt mit Vaterlandsliebe, die Düppeler Schanzen erstürmte. Ein Held, ders verdient hätte, in einem Atemzug mit Siegfried dem Drachentöter, mit Winnetou und Max Schmeling genannt zu werden.«

Er sondiert fachmännisch das Gelände: Rasen, Komposthaufen, Blautannen, Johannis- und Stachelbeersträucher, Spargelbeete. Vom strategischen Standpunkt aus betrachtet nicht übel. »Soll ich euch zeigen, wie ich die Düppeler Schanzen erstürmte?«

»Jaaa!« schreien die Kinder wie aus einem Mund.

»Setzt euch«, befiehlt die Welt am Sonntag.

Kwalle ist vorübergehend versucht, den Sonntagnachmittagsfrieden zu stören, beispielsweise anzudeuten, daß, wer Spaß nicht verstünde, ihn bitte anderen nicht versagen möge, aber als er sieht, daß die Kinder ohne Murren zum Tisch zurückgehen und brav vor ihren leeren Kuchentellern Platz nehmen, beschließt er, den Dingen ihren Lauf zu lassen. Wer ein guter Bürger werden will, fügt sich beizeiten.

Kwalle setzt sich auf Uschis Stuhl und studiert die Meldungen aus aller Welt. »Daß die Amerikaner sich das gefallen lassen«, wundert er sich, da anzunehmen ist, daß sich die Welt am Sonntag gleichfalls darüber wundert. Aber diese scheint nicht geneigt, ihrer Verwunderung Ausdruck zu verleihen.

»Die Amis sind auch nicht mehr das, was sie mal waren«, fährt Kwalle fort. Ein Satz, findet er, der nun wirklich Zustimmung verdient hätte.

»Solln sie den Schlitzaugen doch mal ordentlich einen aufn Dassel geben«, läßt sich jetzt die Welt am Sonntag vernehmen. »Das ist die einzige Sprache, die sie verstehn.«

»Eine Division deutscher Landser, und da unten wär Ruhe«, sagt Kwalle.

Zwei mausgraue Augen spähen mißtrauisch über den Zeitungsrand.

Kwalle schiebt das Kinn vor: »Stimmts oder stimmts nicht?«

Uschis Mann legt die Welt am Sonntag auf den Tisch. »Kaffe ist leider keiner mehr da«, sagt er.

Kwalle winkt ab und blickt sich beifällig nickend um: »Hübsch haben Sies hier.« Quellekatalog, Kapitel Haus und Garten. Genießen Sie das unbeschreibliche Gefühl, ein Stückchen Erde Ihr eigen nennen zu dürfen.

»Aber fragen Sie nicht, was das alles kostet«, sagt Uschis Mann. »Und von Jahr zu Jahr wirds teurer.«

»Jaja, die Preise«, seufzt Kwalle mitfühlend. »Steigen und steigen.« Vor einem Jahr ließ Uschi sich noch für zwanzig Mark bumsen. Ob sies in den Ehebetten machen?

»Als Normalverdiener kann man sich sowas heutzutage eigentlich gar nicht mehr leisten«, sagt Uschis Mann. »Und als Frührentner erst recht nicht.«

»Wir Frührentner sind immer die Gelackmeierten«, sagt Kwalle. Eine Äußerung, die Uschis Mann nach kurzem Stirnrunzeln als Scherz durchgehen läßt. Trotzdem will ihm das Lächeln nicht so recht über die Lippen. »Auf der einen Seite«, fährt Kwalle fort, »schmeißt man das Geld zum Fenster raus, für die Studenten beispielsweise, damit die auf Staatskosten Rabatz machen können, und unsereins nagt am Hungertuch.«

»Naja«, mildert Uschis Mann das harte Wort, »aber man lebt doch praktisch vonner Hand inn Mund. Und n büschen was —«, seine Rechte beschreibt einen Halbkreis über Einfamilienhaus, Garten und vier gutgenährte, gutgekleidete, gutgedrillte Kinder, »möchte man ja auch vom Leben haben.«

»Wohl dem«, sagt Kwalle, »der eine fleißige Frau hat.« Und wartet auf ein Augenzwinkern. Das zumindest, meint er, wäre er ihm jetzt schuldig: ein den Mitwisser als Mitwisser anerkennendes Augenzwinkern. Aber Uschis Mann versagt es ihm. »Allerdings«, entgegnet er frostig und verbirgt sein Gesicht wieder hinter der Welt am Sonntag. Weitere Steuererhöhungen sind unvermeidlich.

Uschi, frisch gekämmt und jetzt mit schneeweißer Schürze: »Kommen Sie doch morgen abend nochmal vorbei, dann sind sie ganz bestimmt fertig.« Sie sieht aus, als sei sie soeben dem Werbefernsehen entsprungen. Brötchen dagegen blickt mißmutig drein, macht ein Gesicht, als ob er sich selbst zu hassen begonnen habe.

»Sagt den Onkels Aufwiedersehn«, sagt Uschi zu den Kindern, schon damit beschäftigt, das Kaffeegeschirr abzuräumen. Knicks und Diener, Händchenschütteln, Onkel Brötchen und Onkel Kwalle bahnen sich einen Weg durch das Familienidyll, und Kwalle glaubt zu hören, wie es traulich hinter ihnen zusammenschwappt.

»Na?« fragt Kwalle in Erwartung wenn auch nicht der Wahrheit, so doch einer hübschen, aus mancherlei Fertigteilen zusammengeflickten Bettgeschichte.

Aber Brötchen antwortet nicht. Bleibt stumm, in sich gekehrt, blickt finster vor sich hin, während sie mit unbestimmtem Ziel den Damm raufgehen. Woraus Kwalle schließt, daß Brötchen diesmal eine besonders empfindliche Schlappe erlitten haben muß.

In ihren Schrebergärten schreiten Schrebergärtner im Müßiggang die Beete ab, widerstehen der Versuchung, nach Spaten und Hacke zu greifen. Im Jordan treibt ein toter Fisch. Kein Wind mehr. Schwankende Mückenpyramiden über den Baumwipfeln. Ein Erdbeeren-mit-Milch-Abend bahnt sich an. Der Löffel quirlte die roten Wolken des Erdbeersafts auf den Rest aus dem Teller schlürfen sowas tut man nicht sagte Mutti.

Vorm Blitz bleibt Brötchen stehen. »Ich sauf mir einen an«, verkündet er grimmig.

»Prima Idee«, lobt Kwalle, Hoffnung schöpfend.

»Allein«, stellt Brötchen klar.

»Geteiltes Leid ist halbes Leid«, gibt Kwalle zu bedenken.

»Du stinkst mir«, sagt Brötchen. »Ich kann dein blödes Gequatsche nicht mehr ab, mit dem Gequatsche tötest du eim den letzten Nerv. Los, verpiß dich, Mann!« Sagts, schubst Kwalle beiseite und knallt die Tür hinter sich zu.

Ein Kabrio fährt vorüber. Die Sprecherin im Autoradio verteilt Glück- und Segenswünsche. Flügel trägt eine weiße Sportmütze. Seine Augen im Rückspiegel. Das Kabrio rumpelt über das Kopfsteinpflaster und schleppt den Donauwellenwalzer hinter sich her in den Knüll.

Kwalle spürt, wie sich Verdrossenheit in ihm auszubreiten beginnt. Nach allen Abfuhren, die ihm der Sonntag schon erteilt hat, jetzt auch noch diese. Fährt einfach vorbei. Tut, als sei Kwalle Luft für ihn. Dabei würde er, um diesem Tag nicht allein ins Auge blicken zu müssen, sogar Flügel in Kauf nehmen, sein Blendaxlächeln, sein Veilchenparfüm, eine Schwärmereien von den unglaublich gutgebauten braungebrannten Jungs, die er mit Bier und hartem Rock in seine Sandburg lockte. Das und, wenn es sein muß, noch einiges mehr.

Unschlüssig, wohin er gehen soll, dreht sich Kwalle um die eigene Achse: Knüll, Damm, Deutsches Haus, Kirche, Blitz, Knüll. Dasselbe nochmal mit geschlossenen Augen. Stopp. Seine Nase zeigt auf den Friedhofsweg. Also dann, sagt er sich.

Auf dem Friedhof das übliche Sonntagsbild: die Toten, vor ihren Grabsteinen kauernd, bäuchlings im Moos liegend oder auf niedrigen Zweigen hockend, nehmen gelangweilt den Vorbeimarsch der Hinterbliebenen ab. Die rupfen hier und da ein vergilbtes Blatt, schütteln den Staub von den Rosen und tilgen rückwärtsgehend mit kleinen Harken ihre Spuren im Kies. Was einem Lebenden als Gesten verspäteter Zärtlichkeit erscheinen mag: die Toten läßt es kalt. Ohne Rührung lassen sie auch die halbe Minute stillen Gedenkens über sich ergehen, wenn, allen sichtbar, Gram das Haupt des Angehörigen beugt und die Finger sich überm Geschlecht ineinanderflechten. Von seinem allwissenden Urgroßvater weiß Kwalle, daß die meisten sich damit begnügen, langsam bis zehn zu zählen.

Auf Kwalles Grabstein hat jemand mit Kreide das Wort SAU geschrieben. Das S läßt vermuten, daß die Hand des Schreibers ein paarmal über der leeren Fläche gekreist hat, bevor die Kreide den Stein berührte, aus dem Stand gelingen solche Bögen selten. Ein Mensch mit Sinn für volle Rundungen, stellt Kwalle anerkennend fest. Demgegenüber sieht das U recht unscheinbar aus: eine lieblos auf den Stein gekritzelte, schräg nach unten auslaufende Wellenlinie. Entweder, sagt sich Kwalle, wurde der Schreiber daran gehindert, sein Werk in Ruhe zu vollenden, oder ihm fiel gerade noch rechtzeitig ein, daß dieses Wort, zu einem Kunswerk stilisiert, in Kwalle eher Bewunderung als Betroffenheit auslösen könnte. Aber wie dem auch sei: Kwalle registriert es mit Bedauern.

Aus seiner Baracke strömt ihm schaler Schnapsgeruch entgegen, Kwalle reißt die Tür auf: in seinem Bett liegt, schwitzend, stöhnend, nach Atem ringend, aber mit dem Gesichtsausdruck eines satten Säuglings, Heuer. Kragen, Weste, Hosenbund: was ihn beengte, hat er aufgeknöpft. Kein Zweifel: Heuer ist sternhagelvoll.

Rund um das Bett verstreut liegen mehrere Flaschen. Kwalle hält sie, eine nach der anderen, gegen das Licht: leer. Während er sich in der Gegend herumtreibt, sitzt Heuer hier in seiner Bude und säuft sich gemächlich durch den Sonntag. Kwalle, von einer Wut ergriffen, wie sie nur der um sein Glück Betrogene kennt, wirft eine Flasche gegen die Wand.

»Llllomiinrooh«, lallt Heuer.

Kwalle nimmt ihm das Kopfkissen weg und legt sich neben das Bett auf den Fußboden. Über die Kieswege knirschen die Schritte der Hinterbliebenen. Der Schädel seines Urgroßvaters grinst ihn an. Heuer läßt einen fahren, einen seiner dorfbekannten Trompetenstöße.

Scheißsonntag.

V.

Im Türspalt ein schmaler Streifen Hansen. Das Dichterauge möchte nicht wahrhaben, was es sieht. Es gleitet von Kwalle ab und schweift durch die Gegend, wo ein paar Frühaufsteher unter den Hähnen vorlaut den Tag beginnen lassen.

»Sie?« fragt Hansen und peilt beharrlich einen ferngelegenen Punkt an.

»Ich muß Ihnen unbedingt ne Geschichte erzählen«, sagt Kwalle.

Hansens Augen kehren widerwillig zu Kwalle zurück. Hinter gequollenen, vom Schlaf geröteten Lidern kommt Mißmut auf: »Jetzt? Mitten in der Nacht?«

»Sie ist mir grade eben eingefallen«, sagt Kwalle. »Eine ganz merkwürdige Geschichte. Ich wüßte zu gern, was Sie von ihr halten.«

»Und deswegen kommen Sie hierher, mitten in der Nacht, und reißen mich aus tiefstem Schlaf?« fragt Hansen, hörbar verstimmt. »Und außerdem: was gehn mich Ihre Geschichten an? Ich brauch Tatsachen, einwandfreie facts, Geschichten kann ich mir selber ausdenken.«

»Damit wir uns nicht falsch verstehn«, sagt Kwalle: »Es handelt sich um eine wahre Geschichte, um ein Erlebnis, also um einen knallharten Fäkt!«

»Na schön«, sagt Hansen, »aber hat das nicht Zeit bis zur nächsten Sitzung?«

»Nein, tut mir leid«, entgegnet Kwalle. »Mein Gedächtnis läßt mich in der letzten Zeit immer häufiger im Stich. Das Risiko, daß ich die Geschichte wieder vergessen könnte, ist einfach zu groß. Und grade bei dieser Geschichte wärs schade drum!«

Klirrend fällt die Türkette. »Aber machen Sies kurz«, sagt Hansen. »Ich bin hundemüde. Seit ich den Auftrag von der Spar- und Darlehnskasse am Hals hab, komm ich keine Nacht mehr vor zwei ins Bett.«

»Ich werd mich, wie üblich, auf das Wesentliche beschränken«, verspricht Kwalle, schon im Flur, schon aus geziemendem Abstand von den Dackeln beknurrt, schon umfangen von Tabakwindelbratheringschlafzimmerbohnerwachsgeruch.

»Am besten, wir gehn in mein Arbeitszimmer«, flüstert Hansen und winkt Kwalle mit dem Zeigefinger an Türen vorüber, hinter denen es aus zahlreichen Mündern leise röchelt.

In Hansens Arbeitszimmer hängen dichte Schwaden kalten Pfeifenrauchs. Rechts die Bücherwand, links der Schreibtisch, dazwischen das Fenster mit einem blassen Streifen Meer. Hansen rückt einen Stuhl ans Fenster, setzt sich, schlägt ein Bein über das andere und fordert Kwalle mit einer knappen Handbewegung auf, hinter dem Schreibtisch Platz zu nehmen.

Kwalle macht es sich im Dichtersessel bequem, verteilt sein Gewicht gleichmäßig auf beide Backen. Wenn die Muse ihn küssen möchte: er ist bereit.

»Also bitte«, sagt Hansen.

»Eine Frage noch, nur mal interessehalber«, sagt Kwalle: »Womit regen Sie Ihre Phantasie an? Oder ist das bei Ihnen nicht nötig?«

»Sie wollten mir eine Geschichte erzählen.«

»Ich hab mir sagen lassen, ein Kopfstand soll Wunder wirken.«

»Hören Sie mal, es ist halbvier!«

»Auch dem Alkohol sagt man, in Maßen genossen, eine stimulierende Wirkung nach. Stimmt das?«

Hansen unterdrückt mit bebendem Unterkiefer ein Gähnen.

»Angenommen, Sie nehmen hin und wieder einen Schluck, damits besser flutscht: ich hätte dafür volles Verständnis. Es würde Sie mir sogar ein bißchen menschlicher machen, verstehen Sie?«

»Und ob ich Sie versteh, Sie Schlawiner«, brummt Hansen, steht auf und schlurft zur Tür. »Ich glaub, da muß noch eine angebrochene Flasche Gin im Kühlschrank sein.«

»Als ob ichs nicht geahnt hätte«, grinst Kwalle.

Draußen mischen sich Grüntöne ins farblose Grau. Der Streifen Meer schimmert in verwaschenem Schlüpferrosa, die Leuchtfeuer von Aerö und Langeland zwinkern matter. Aus dem Dunkel der Bücherwand schälen sich einzelne Buchrücken, Goldprägungen signalisieren Kostbarkeit, ein Banause, wer da nicht Unvergängliches wittert.

Kwalle streckt seine Beine unter dem Schreibtisch aus, hier läßt es sich wohlsein: nur so dasitzen und zukucken, wie es hell wird, ab und zu einen Schluck aus der Pulle und dem Tag zuprosten, solange er noch nicht unter die Räder geraten ist.

»Zum Glück ist nicht mehr viel in der Flasche drin«, sagt Hansen und zieht die Tür mit dem Ellbogen hinter sich zu.

»Bei allem Sinn für makabren Humor«, sagt Kwalle: »Eine fast leere Flasche mit dem Wort Glück in Verbindung zu bringen, geht mir denn doch zu weit.«

»So kann ich wenigstens hoffen, daß ich noch ein Auge voll Schlaf kriege, bevor die Kinder aufwachen«, verdeutlicht Hansen. Er stellt die Flasche und zwei Gläser auf den Schreibtisch. Anscheinend hat er sich vorgenommen, selber daran mitzuwirken, daß die nächtliche Plauderei ein baldiges Ende nimmt. Er schenkt ein, prostet Kwalle zu, setzt das Glas an die Unterlippe und kippt sich den Inhalt mit einer kurzen Drehung des Handgelenks in den Mund. Die Technik verrät den Routinier. Solltest du, fragt sich Kwalle, in Hansen einem heimlichen Zecher begegnet sein?

»Ich hab das Gefühl, es wird höchste Zeit, daß wir uns auch menschlich etwas näherkommen«, sagt Kwalle. »Finden Sie nicht?«

»Tun Sie mir einen Gefallen und fangen Sie jetzt endlich an«, sagt Hansen. Er nimmt, mit Notizblock und Kugelschreiber versehen, wieder vor dem Fenster Platz, und zwar so, daß ihm der Streifen Meer beiderseits aus den Ohren sprießt.

»Also ne Story aus meiner Jugend«, sagt Kwalle.

Hansen runzelt die Stirn: »Story?«

»Okay, Erlebnis.«

»Sie waren wie alt?«

»Dreizehn oder vierzehn.«

»Na dann schießen Sie mal los.«

»Damals wohnten wir im Alten Bahnhof«, hebt Kwalle an. »Er sah noch nicht ganz so heruntergekommen aus wie heute, aber für jemand, der auf sich hielt, war er so ungefähr das Letzte, was man sich und den Seinen als Behausung zumuten konnte. Vati, wie ich ihn der Einfachheit halber nennen möchte, unterrichtete im ehemaligen Wartesaal dritter Klasse, und zwar auf einem Klavier, von dem er behauptete, hinter ihm habe sich einst, auf der Flucht vor einem mannstollen

Weib, der Dichter Hermann Löns versteckt. Soll ja n doller Hecht gewesen sein, dieser Löns, wie?«

Hansen wischt die Frage mit einer Handbewegung beiseite: das Liebesleben des Kollegen Löns läßt ihn offenbar kalt.

»Nebenan, im Dienstraum, Zutritt für Unbefugte verboten, wohnte meine Großmutter«, fährt Kwalle fort. »Die Leute sagen, sie sei schon damals nicht mehr richtig im Kopf gewesen, was ich für ne böswillige Unterstellung halte, denn verglichen mit dem, was sie sich in späteren Jahren geleistet hat, gebärdete sie sich damals noch ziemlich normal. Oder würden Sie jemand als verrückt bezeichnen, weil er einen auf Geier macht?«

»Tat sie das?« fragt Hansen.

»Naja, sie hatte sich sone Art Pyramide aus Tischen und Stühlen gebaut, und darauf hockte sie, ganz oben unter der Decke. Wenn ich ihr das Essen brachte, krächzte sie einmal kurz, was soviel hieß wie: komm rauf, ich tu dir nichts. Dann saßen wir beide da oben, sie aß, ich kuckte zu, und wenn sie fertig war, redete sie mich in der Geiersprache an, und was das Merkwürdige war: ich verstand sie nicht nur, ich konnte ihr sogar antworten, wir erzählten uns die irrsinnigsten Geschichten, manchmal stundenlang, aber wehe, wenn mir aus Versehen mal ein menschliches Wort entschlüpfte, dann wurde sie fuchsteufelswild, und da gabs nur noch eins: nichts wie weg, sonst hätte sie mich von ihrer Pyramide geschubst. Kommen Sie mit?«

»Das lassen Sie mal meine Sorge sein«, sagt Hansen.

»Im ersten Stock lagen das Wohnzimmer, die Küche und das elterliche Schlafzimmer, im zweiten Stock unsre Zimmer, Mechthilds und meins. Ursprünglich wars ein Zimmer gewesen, aber als Mechthild zum ersten Mal ihre Tage kriegte, ließ Vati ne Trennwand einziehn. Bis dahin hatten wir uns nichts auseinander gemacht, aber von dem Augenblick an, als die Trennwand da war, änderte sich das. Möchten Sie Einzelheiten hören?«

»Geschenkt«, antwortet Hansen. »Ihre Schwester hat mir bereits durch ihren Rechtsanwalt mitteilen lassen, daß sie mich wegen Verleumdung anzeigen wird, wenn ich sie im Zusammenhang mit Ihnen auch nur erwähne.«

»Der Wahrheit zuliebe«, sagt Kwalle mit dem gebührenden Ernst, »sollte ein Schriftsteller keine Unannehmlichkeiten scheuen.«

»Reden Sie doch keinen Unsinn!« empört sich Hansen. »Ich schreib, was ich vor mir und meinem Gewissen verantworten kann, und damit basta!« Er hält sich das eine Nasenloch zu und schnaubt geräuschvoll aus dem anderen: »Weiter.«

»Na schön«, sagt Kwalle. »Dann kommen wir jetzt zum Dachboden und damit zum eigentlichen Kern meiner Geschichte.«

»Na endlich«, sagt Hansen.

»Auf dem Dachboden nämlich wohnte der liebe Gott.«

»Wer?«

»Der liebe Gott«, wiederholt Kwalle.

Hansen legt den Kugelschreiber weg und klappt den Notizblock zu: »Los, verschwinden Sie!«

»Warum?«

»Ich schlag mir doch nicht die Nacht um die Ohren, um mich von Ihnen auf den Arm nehmen zu lassen!«

Jetzt ist auch Kwalle nahe dran, die Beherrschung zu verlieren. »Woher wollen Sie wissen, was für mich damals Wirklichkeit war und was nicht?« fragt er aufgebracht. »Wenn ich sage: auf dem Dachboden wohnte der liebe Gott, dann bitte ich, das als Tatsache zur Kenntnis zu nehmen!«

»Also meinetwegen«, lenkt Hansen nach kurzer Denkpause ein, »betrachten wir es mal aus der kindlichen Perspektive, warum auch nicht, kann mitunter ganz reizvoll sein. Fahren Sie fort.«

»Sie haben nicht zufällig noch ne Flasche im Kühlschrank?«

»Im Kühlschrank nicht«, antwortet Hansen, langt zur Seite und fummelt hinter den Büchern herum. Worauf Kwalle sich genötigt sieht, Hansen in seiner Wertschätzung einen Platz aufrücken zu lassen.

»Calvados«, sagt Hansen.

Zwei Plätze.

»Hab ich von einem Separatisten aus Bayeux«, sagt Hansen. »Wir sind uns mal auf einer Schriftstellertagung begegnet, seitdem schickt er mir ab und zu eine Flasche.«

Kwalle erhebt sein Glas und fängt einen Funken Frühlicht ein: »À votre santé!«

»À la vôtre«, sagt Hansen.

Wie der runtergeht. Kwalle glaubt zu hören, wie sein Zwölffingerdarm begeistert applaudiert. »Schönen Gruß an Ihren Mann in Bayeux«, sagt er. »Falls er Gesinnungsfreunde sucht: ich bin noch zu haben.«

»Nun mal weiter«, sagt Hansen.

»Einen Augenblick«, sagt Kwalle und nippt an seinem Glas. »Ein Calvados gehört zu den Dingen, die man schweigend genießen muß.«

»Wenn Sie ihn ganz langsam über die Zunge laufenlassen, riechen Sie die blühenden Apfelgärten der Normandie«, sagt Hansen.

Kwalle blickt dem anbrechenden Tag zuversichtlicher ins Auge. Ein Tag, der so anfängt. Er hält das Glas unter die Nase, atmet den Duft des Calvados ein, sieht ein schmales Dachzimmer schmuddelige Gardinen vorm Fenster dahinter ein Stück Dom ein zerwühltes Bett mit stämmigen Pfosten links ein abgegriffener Brokatvorhang hinter dem es tuschelte gnickerte stöhnte bevor Bettfedern rhythmisch zu quietschen begannen.

Hansen steht auf und öffnet das Fenster. Die Rauchschwaden setzen sich träge in Bewegung. Ein Windstoß beutelt den Pyjama, schwemmt eine Prise Salzluft ins Zimmer.

»Hören Sie?« sagt Hansen. »Da sind schon die ersten Lerchen. Dauert nicht mehr lange, bis die Sonne aufgeht.«

Nur noch wenige dunkle Flecken im Grün. Die Wolken über dem Meer haben rosa Ränder. Dazwischen kleine smaragdgrüne Stücke Himmel.

»Um auf Ihre Geschichte zurückzukommen«, sagt Hansen: »Ich werde sie, wie alles, was ich von Ihnen erfahre, Punkt für Punkt nachprüfen. Solange ein fact nicht sauber belegt ist, ist er für mich kein fact. Ich bin dafür bekannt, daß bei mir alles bis aufs i-Tüpfelchen stimmt. Wenn ich, um nur ein Beispiel zu nennen, in der Festschrift schreibe, der Wind wehte am Morgen des 3. August 1870 aus Südost, dann kann ich mindestens zwei Dokumente vorlegen, die diese Information bestätigen.«

»Ihre Leser werden es Ihnen zu danken wissen.«

»Versuchen Sie also gar nicht erst, mir Dinge unterzujubeln, die nicht hieb- und stichfest sind«, sagt Hansen. »Damit legen Sie einen alten Hasen wie mich nicht aufs Kreuz.«

»Warum, in aller Welt, sollte ich?« fragt Kwalle mit schöner Unschuldsmiene.

Hansen reißt den Mund auf und taumelt, von einem Gähnkrampf überwältigt, zwei Schritte rückwärts. Kurz vor der Bücherwand findet er die Balance wieder, klopft mit dem Handrücken gegen das Kinn, der Kiefer klappt hoch. »Tschuldigung«, sagt er, um etliche Falten reicher im Gesicht. Könnte einem fast leidtun, der Ärmste. Bosselt bis tief in die Nacht an der Festschrift für die Spar- und Darlehnskasse, sinkt, nimmt Kwalle, um das Maß vollzumachen, an, todmüde in die Arme seiner erwartungsvoll seufzenden Gattin, tut, halb schon im Schlaf, seine eheliche Pflicht, und kaum hat er sich der wohlverdienten Ruhe hingegeben: wer klopft an die Tür, wer bringt die Dackel zum Kläffen?

Kwalle leert mitleidig sein Glas: »Soll ich auch lieber gehn?«

»Wenns nicht der Calvados wär«, entgegnet Hansen, »würd ich sagen: nehmen Sie die Flasche und verziehen Sie sich.«

»Heißt das, wir picheln sie gemeinsam aus — jetzt und hier?«

»In Gottes Namen denn«, sagt Hansen und knallt sein Glas vor Kwalle auf den Schreibtisch. »Viel Schlaf würd ich jetzt sowieso nicht mehr kriegen. Spätestens um neun muß ich wieder am Schreibtisch sitzen, wenn die Festschrift noch rechtzeitig fertigwerden soll.«

Die Wolken über dem Meer haben violette Hängebäuche. Ihr Violett färbt ab: auf das Wasser, auf die flachen Nebelbänke über den tiefergelegenen Wiesen, auf die Tropfen an der Fensterscheibe. Sogar Hansens schütteres Blondhaar leiht sich einen violetten Schimmer. Sein Gesicht, halb im Schatten, halb im Licht, sieht aus wie aus zwei ungleichen Hälften notdürftig zusammengeflickt. Die helle altert schneller als die dunkle. Kwalle hält es nicht für ausgeschlossen, daß sie, wenn er jetzt plötzlich zu sprechen begänne, lautlos auseinanderklappen würden.

»Die Sache ist nämlich die, daß ich auf das Geld angewiesen bin«, sagt Hansen. »Oder glauben Sie, ich quäl mich zum Spaß mit dieser verdammten Festschrift ab?«

»Der Weg zum Ruhm ist mit kleinen Brötchen gepflastert«, sagt Kwalle.

»Im Grunde«, sagt Hansen, ohne Kwalles Bonmot auch nur eines Lächelns zu würdigen, »interessierts mich einen Dreck, wer wann wielange auf welchem Posten saß und wo sie überall dran beteiligt waren. Wenn ich nicht hier und da ein paar eigene Sachen unterbringen könnte, wär ich vor lauter Statistik schon rammdösig geworden. Natürlich kann ich den Leuten keine Oden vorsetzen, aber ein paar poetische Schilderungen, ein bißchen Kolorit, Atmosphärisches, will ich mal sagen, müssen sie schon in Kauf nehmen, wenn sie mich für sowas engagieren.«

»Na klar«, pflichtet ihm Kwalle bei. »Das wär ja auch noch schöner, wenn man von einem Dichter verlangen wollte, sich das Dichten zu verkneifen.«

Hinter Hansens Kopf quillt es rot auf. Seine Ohrmuscheln beginnen zu glühen, ein Strahlenfächer entrückt ihn vorübergehend allem Irdischen. Jetzt eine segnende Gebärde, und der Heilige wäre perfekt. Kwalle genießt das Schauspiel nicht ohne Ergriffenheit, irgendwie erinnert es ihn an seine fromme Periode, als ihm öfter jemand in solcher Verklärung erschien, manchmal durch hartnäckiges Knien auf kaltem Steinfußboden herbeigezwungen, manchmal von selbst.

»Auf die normannischen Apfelgärten«, sagt Kwalle.

»Man muß ihn schlürfen, damit er sein ganzes Aroma entfaltet«, sagt Hansen. Und schlürft. Schlürft ausdauernd. Kwalle, dankbar für jeden Rat, der Genußsteigerung verspricht, macht es ihm nach. Als sein Glas leer ist, schlürft Hansen immer noch.

»Und ich hab Sie für einen Abstinenzler gehalten«, sagt Kwalle.

Hansen läßt sein Glas bis zum Adamsapfel herabsinken: »Urteilt nicht nach dem Augenschein, Johannes 7, Vers 24.«

»Sehn Sie, so kann man sich täuschen«, sagt Kwalle.

»Leider hat der Alkohol eine verheerende Wirkung auf meine Gemütsverfassung«, bekennt Hansen betrübt. »Er erzeugt bei mir eindeutige Symptome von Schizophrenie. Schon nach einigen Gläsern hab ich das unangenehme Gefühl, ich stünde gewissermaßen neben mir. Ich weiß nicht, ob Sie sich das vorstellen können.«

»Oh ja«, antwortet Kwalle. »Nur hab ichs bisher noch nie als unangenehm empfunden.«

»Ich verabscheue alles, was mich aus dem seelischen Gleichgewicht bringt«, sagt Hansen. »Deshalb lebe ich schon seit Jahren strikt nach der Devise: lieber ein Gläschen zuwenig als eines zuviel.«

»Das trifft sich ja gut«, sagt Kwalle. »Ich versuch nämlich, genauso strikt nach der umgekehrten Devise zu leben.« Und füllt sein Glas aufs neue.

»Wie wärs, wenn Sie jetzt Ihre Geschichte weitererzählen?« fragt Hansen.

»Von mir aus gern«, sagt Kwalle. »Wo waren wir stehngeblieben?«

»Auf dem Dachboden, wenn ich mich nicht irre.«

»Achja richtig, beim lieben Gott«, sagt Kwalle. »Sie hätten sehn sollen, wie er sich freute, wenn ich ihn besuchte. Er wußte sich vor Freude kaum zu halten, hüpfte auf seinen langen dürren Beinen auf dem Boden herum, stupste mir seinen Ellbogen in die Rippen, und manchmal quetschte er sich sogar eine Träne ab. Ein netter Kerl, der liebe Gott, man mußte ihn einfach gern haben. Er war so um Mitte sechzig, hatte kaum noch Haare aufm Kopf und mehr Haut als Fleisch auf den Knochen. Dafür hatte er ein paar Ohrläppchen, sowas haben Sie noch nicht gesehn. Die waren so groß, daß sie ihm ins Gesicht und in den Nacken klatschten, wenn er den Kopf schüttelte. Das tat er aber nur selten, weil er die Tauben nicht erschrecken wollte, die rechts und links auf seinen Schultern saßen. Ich will nicht übertreiben, aber es müssen an die hundert gewesen sein, die da auf dem Dachboden mit ihm zusammenlebten. Und obwohl er jeden Abend einer den Hals umdrehte, sie rupfte und auf kleiner Flamme garkochen ließ, wurden es immer mehr. Haben Sie was für Tauben übrig?«

»Dackel sind mir lieber«, antwortet Hansen.

»Wir verstanden uns prima, der liebe Gott und ich«, fährt Kwalle fort. »Nur, wenn ich ihn mit seinem Namen anredete, das mochte er nicht. Ich sollte ihn doch Samuel nennen, schlug er vor, allerdings nur unter uns und auf keinen Fall vor andern Leuten. Das lehnte ich ab, ich sagte, ich würds mir nicht im Traum einfallen lassen, ihn, den lieben Gott, mit dem Vornamen anzureden, das verböte mir ganz einfach meine christliche Erziehung. Da gab ers auf. Er war überhaupt leicht umzustimmen, wenn er merkte, daß er seine Meinung nicht durchsetzen konnte.«

»Weiter«, sagt Hansen. »Oder ist die Geschichte schon zuende?«

»Nur n bißchen die Kehle anfeuchten«, sagt Kwalle. »Auf den lieben Gott!«

»Wohlsein«, sagt Hansen, führt sein Glas an die Lippen und legt den Kopf in den Nacken.

»Leider kam er eines Tages auf die Idee, sich umzubringen«, sagt Kwalle.

»Wieso?«

»Zwei Tage, bevor er sich aus dem Fenster stürzte, erzählte er mir eine Geschichte. Von einem einfachen Mann namens Samuel. Hatte sein Schäfchen ins trockne gebracht, besagter Samuel, war aufs Land gezogen, so nahe wie möglich ans Meer wegen der ozonhaltigen Luft, hatte Kürbisse und Sonnenblumen gepflanzt, den Nachbarskindern im Herbst schmunzelnde Drachen gebaut, hatte den lieben Gott einen guten Mann sein lassen. Eines Morgens waren seine Kürbisse aufgeschlitzt, seine Sonnenblumen geköpft. Da wußte Samuel, was die Stunde geschlagen hatte, packte Zahnbürste, Rasierapparat und Faust Erster Teil und Zweiter Teil in seine Aktentasche und ging zum Bahnhof. Aber von diesem Bahnhof fuhren keine Züge mehr ab, schon seit zwanzig Jahren nicht mehr. Also blieb Samuel im Bahnhof, ganz oben unterm Dach, wo er keinem im Wege war.«

»Allmählich kriegt Ihre Geschichte Kontur«, sagt Hansen.

»Einen Tag, bevor er sich aus dem Fenster stürzte, sagte der liebe Gott zu mir, er finge an, die Tauben zu hassen, ihn widre ihre Fruchtbarkeit an, ihr ewiges Gebalze und Gehecke, ihre zudringliche Anhänglichkeit. Er habe sie satt, sagte er, in jeder Beziehung satt. Als er das sagte, saßen vier Tauben, zwei rechts, zwei links, auf seinen Schultern, und der liebe Gott wagte nicht, den Kopf zu schütteln.«

Hansen, eifrig damit beschäftigt, krakelige Schriftzeichen auf das Papier zu werfen: »Also Samuel. Und wie er weiter hieß, wissen Sie nicht?«

»Als er sich aus dem Fenster stürzte, lag ich im Garten hinter den Johannisbeersträuchern. Ich sah den lieben Gott wie einen großen schwarzen Vogel vom Dach fallen. Ich dachte: gleich, gleich fängt er den Sturz ab und schießt steil wie ein Stuka zum Himmel empor. Aber er fing den Sturz nicht ab, er fiel mit wedelnden Armen, die Beine zum Spagat gespreizt, auf das Gitter der Bahnhofssperre, blieb da hängen, anderthalb Meter überm Erdboden, und die Eisenzinken ragten wie blutige Speerspitzen aus seinem Rücken hervor. Das war n Bild, kann ich Ihnen sagen, vergeß ich nie.«

»Fertig?« fragt Hansen.

»Man könnte die Geschichte natürlich noch ausschmücken«, sagt Kwalle. »Da wärn beispielsweise die Gespräche mit dem lieben Gott, an einige erinnere ich mich noch ziemlich gut. Wenn Sie wollen —«

»Ein andermal vielleicht«, sagt Hansen.

»Oder die Tauschgeschäfte, die ich mit ihm machte: ein Wunder gegen ein Stück Kandiszucker, für n Stück Kandiszucker ließ der liebe Gott irgendwo zwei D-Züge zusammenstoßen oder ne deutsche Großstadt in Schutt und Asche legen, da war er nicht kleinlich.«

»Ich werd der Sache nachgehn«, sagt Hansen. »Wenn tatsächlich ein Mann damals bei Ihnen auf dem Dachboden gehaust hat, nehmen wir mal an: einer, der Grund hatte, sich da oben zu verstecken, dann gibt es außer Ihnen sicher noch andre, die davon gewußt haben.«

»Gehn Sie der Sache nach«, sagt Kwalle. »Am besten, Sie buddeln ihn aus, dann haben Sie den Beweis.«

»Wo hat man ihn denn begraben?«

»In der Schlackenhalde zwischen Lokomotivenschuppen und Verladerampe«, antwortet Kwalle. »Ich hab selbst gesehn, wie Vati n Loch grub und den lieben Gott, mit den Füßen zuerst, hineinrutschen ließ. Das Loch war nicht tief genug, als daß der liebe Gott in voller Größe darin hätte stehn können, deshalb stellte Vati sich auf seine Schultern und drückte ihn in die Hocke runter. Dann schaufelte Vati das Loch zu. Das letzte, was ich vom lieben Gott sah, waren seine Ohrläppchen.«

Hansen füllt die Gläser. Von dem hellbraunen Strahl platzen Lichtsplitter ab. »Ihre Geschichte«, sagt er, »läßt mehrere Deutungen zu.«

»Umso besser«, sagt Kwalle.

»Die Leser habens nicht gern, wenn man ihnen Rätsel aufgibt. Deshalb werden wir uns für eine entscheiden müssen. Jedenfalls sollte man auf gar keinen Fall den zeitgeschichtlichen Hintergrund außer acht lassen. Sicher war es kein Zufall, daß der Mann Samuel hieß.«

»Machen Sie, was Sie wollen«, sagt Kwalle und genehmigt sich einen Calvados. »Ich bin die Geschichte los, alles andre ist jetzt Ihr Bier.«

»Ich hab mal eine grundsätzliche Frage«, sagt Hansen, erhebt sich und geht mit gesenktem Kopf vor der Bücherwand auf und ab, vier knappbemessene Schritte zwischen Arno Schmidt und Fritz Reuter: »Wie fing das eigentlich an? Ich meine, was gab Ihnen den Anstoß, der Gesellschaft den Rücken zu kehren?«

»Rücken ist mir zu ungenau«, sagt Kwalle.

»Dem muß doch etwas vorausgegangen sein: Erfahrungen oder Erkenntnisse, meinethalben auch ein bestimmtes Erlebnis.«

»Die Geschichte mit dem lieben Gott genügt Ihnen wohl nicht.«

»Nein«, entscheidet Hansen nach kurzem Überlegen, »jedenfalls nicht so, wie Sie sie eben erzählt haben. Der Leser hat Anspruch auf sein Aha-Erlebnis, verstehen Sie? Zum Beispiel Infragestellung bürgerlicher Lebensnormen, indem man sich genau konträr verhält: in Ordnung, da hat man was in der Hand. Aber diese alberne Ihr-könnt-mich-mal-Haltung: daraus läßt sich keine Biografie machen, geschweige denn Literatur.« Hansen bleibt stehen und kuckt Kwalle an. Sein Kopf umrahmt von Schöngeistigem: links die Brüder Karamasoff, rechts Der Zauberberg, darüber Vom Winde verweht. »Was ich von Ihnen erwarte, ist eine klare Motivation, ein Konzept, eine nachvollziehbare Absicht, meinetwegen auch eine Ideologie. Aber keine Bange: das kitzel ich schon noch aus Ihnen raus.«

»Ihr Glück«, sagt Kwalle und peilt Hansen durch das leere Glas an, »daß ich von Natur aus bestechlich bin.«

Auf der Straße stemmen sich drei Pendler, über die Lenkstangen ihrer Fahrräder gebeugt, gegen den Wind. Gesichter verkrustet von Schlaf. In ihren Bartstoppeln hängt ein Rest Morgenrot. Und dann im Zug sitzen, rummtata rummtata, vor sich hindösen, ein Nickerchen machen, den Traum zuendeträumen, rauchen, Skat kloppen, ein erster Schluck aus der Thermosflasche, wenn du dien Oolsch ehr Lock nich stoppen kannst, mußt mi mol ranloten, kein Auge für die Landschaft, die hinter stumpfen Scheiben emsig rauf und runter wippt.

»Was denn? Schon alle?« wundert sich Hansen, dreht die Calvadosflasche herum und macht die Nagelprobe: »Na sowas!«

»Ich wünschte, Sie hätten sich an Ihre guten Vorsätze gehalten«, sagt Kwalle. »Dann säß ich jetzt nicht auf dem trocknen.«

Hansen setzt eine pfiffige Miene auf: »Raten Sie mal, was ich hier noch hab.« Sein Arm verschwindet bis zur Schulter hinter Theodor Storms Gesammelten Werken. »Hab ich eigentlich für ne besondere Gelegenheit aufbewahrt.«

Ålborg-Akvavit.

»Ich kann mir nicht helfen«, sagt Kwalle, »Sie werden mir immer sympathischer.« Er leckt den letzten Tropfen Calvados aus dem Glas. Adieu, normannische Apfelgärten, velkommen, Jütlands grüne Auen.

»Wenn ich ein gewisses Quantum von dem hier intus hab«, sagt Hansen und füllt die Gläser mit glasklarem Aquavit, »bin ich für den sofortigen Anschluß Schleswig-Holsteins an Dänemark.«

»Danmark skal leve«, sagt Kwalle.

»Skål«, sagt Hansen.

Gitte deine Sommersprossen siebenundvierzig auf der linken Brust achtunddreißig auf der rechten jeg vil have den i fissen kom nu jeg vil have den i fissen.

»Wissen Sie, wann ich mich zum letzten Mal betrunken hab?« fragt Hansen.

»Ich weiß nur, daß ich nicht dabei war«, sagt Kwalle bedauernd.

»Das war, als ich meine erste Erzählung veröffentlichte. Sie wär, im Vertrauen gesagt, beinahe auf die Liste der jugendgefährdenden Schriften gekommen. Damals hielt ich es für den großen Durchbruch.«

»Wie der Fall Klinke beweist, sind große Durchbrüche ein zweischneidiges Schwert«, sagt Kwalle. »Der ging dabei drauf, wie Sie wissen.«

»Seitdem sind fünfzehn Jahre vergangen«, sagt Hansen. »Und wozu hab ichs inzwischen gebracht?«

Ein feuchter Glanz in Hansens Augen weckt Kwalles Mitgefühl. »Zu einem weit über die Grenzen unserer engeren Heimat hinaus bekannten Dichter«, zitiert er den Holsteiner Herold.

»Ich habe«, sagt Hansen mit müder Resignation, »die Linie vor Augen, die von meiner ersten Erzählung bis zur Festschrift für die Spar- und Darlehnskasse führt. Die Linie hat, da wollen wir uns nichts vormachen, eindeutig eine fallende Tendenz. Heute schreib ich, was die Leute haben wollen, je harmloser, desto besser kommts an, und wenn ich mir mal ein hartes Wort erlaube, muß ichs doppelt und dreifach in Schmus verpacken. Das Kompromisseschmieden ist mir schon so sehr zur zweiten Natur geworden, daß ich mich nicht mal mehr schäme. Früher bin ich wegen eines einzigen Wortes auf die Barrikaden gegangen.« Er lächelt, in Erinnerungen versunken. »Eine meiner Geschichten wäre beinahe ungedruckt geblieben, weil der Redakteur das Wort Arsch durch Gesäß ersetzt haben wollte. Erst als ich das Manuskript schon wieder eingepackt hatte, gab er nach.«

»Was schreiben Sie heute statt Arsch?« fragt Kwalle.

»Ja, früher«, seufzt Hansen.

»Aber jetzt haben Sie ja mich«, sagt Kwalle.

»Hm«, sagt Hansen, offenbar unschlüssig, ob er darin einen Grund zur Freude erblicken soll.

»Ich bin gewissermaßen Ihr Schatz«, sagt Kwalle. »Sie brauchen mich nur zu heben, und der Erfolg ist Ihnen sicher.«

»Ihr Wort in Gottes Ohr«, sagt Hansen. Er deutet auf die Alborgflasche: »Die machen wir jetzt leer, klar?«

»Unter diesen Umständen«, sagt Kwalle erfreut, »seh ich mich genötigt, Ihnen noch ne Geschichte zu erzählen.«

»Ihre Geschichten können Sie sonstwem erzählen«, sagt Hansen. »Die kauf ich Ihnen nicht mal in besoffenem Zustand ab.«

»Sie wollen Fäkts, nicht wahr? Schöne, runde, nietundnagelfeste Fäkts, Fäkts, die sich beweisen lassen, Fäkts mit Hand und Fuß. Ists nicht so?«

»So ist es«, bestätigt Hansen.

»Einen solchen Fäkt kann ich Ihnen bieten, sogar mit zeitgeschichtlichem Hintergrund«, sagt Kwalle: »Im Jahre vierundvierzig war ich dabei, als der Volkssturmmann Greve einen Ami von der Tragfläche seines notgelandeten Bombers schoß. Ist das n Fäkt nach Ihrem Geschmack?«

»Nicht doch«, sagt Hansen und nippelt leicht verstört an seinem Glas. »Grade fings an, gemütlich zu werden, und jetzt kommen Sie mit sowas.«

»Was heißt hier mit sowas?« fragt Kwalle gereizt. »Ein Fäkt mit zwei Zeugen, was wollen Sie mehr?«

»Und wer sind die beiden Zeugen?«

»Na, Greve und ich.«

»Mann Gottes«, sagt Hansen, »was soll ich mit zwei Zeugen anfangen, von denen der eine ein, gelinde gesagt, zwiespältiges Verhältnis zur Wahrheit hat, und der andere, mal angenommen, die Sache stimmt, mit dem Täter identisch wäre? Sie glauben doch nicht im Ernst, daß Greve sich selbst bezichtigen würde.«

»Zugegeben, Greve erzählt die Geschichte n bißchen anders«, räumt Kwalle ein. »Bei Greve hatte der Ami ne Pistole in der Hand und legte auf Greve an, woraufhin dieser sich zu seinem Leidwesen gezwungen sah, der Schnellere zu sein.«

»Sehn Sie?«

»Aber der Ami dachte gar nicht dran, Wildwest zu spielen«, sagt Kwalle, »der war froh, daß er heil runtergekommen war. Ich seh ihn noch vor mir sitzen, er grinste, sagte Haudujudu zu mir, da machte es Päng, und der Ami kippte nach vorn von der Tragfläche. Als er aufm Boden lag, zappelte er noch n bißchen, dann streckte er sich und war tot. Soweit der Fäkt.«

Hansen geht um den Schreibtisch herum und läßt sich in den Sessel plumpsen. Er legt den Kopf in den Nacken und öffnet den Mund, als ob er gähnen will, gähnt aber nicht, sondern atmet nur tief ein.

»Überlegen Sie doch mal«, sagt Hansen zur Decke hin. »Weshalb hätte Greve den Ami ohne Grund erschießen sollen? Da steckt doch kein Sinn drin.«

»Fäkts alleine genügen Ihnen wohl nicht, wie?« trumpft Kwalle auf. »Jetzt wollen Sie auch noch Fäkts mitm Sinn drin.«

Hansen schließt die Augen: »Ich kenn Greve seit Jahren, wir sind sogar befreundet, wir duzen uns. Er ist ein durch und durch anständiger Mensch. Was Sie ihm da unterstellen, kann er einfach nicht getan haben.«

»Mit anderen Worten: wenn einer von uns beiden lügt, dann ich.«

»So hart möchte ichs nun auch wieder nicht ausdrücken«, sagt Hansen. »Aber bedenken Sie doch mal, wie alt Sie damals waren.«

»Das Lied kenn ich«, sagt Kwalle. »Greve singts mir jedesmal vor, wenn wir auf die Sache zu sprechen kommen. Er hat mir sogar Bücher zu lesen gegeben über das Verhältnis der kindlichen Psyche zur Realität und so weiter.«

»Da können Sie mal sehn«, sagt Hansen, »er ist nicht nur ein anständiger, er ist auch ein kultivierter Mann.« Und nach einer gedankenvollen Pause: »Ob nicht vielleicht auch sowas wie Aggression im Spiel ist?«

»Wieso?«

»Mir ist da inzwischen einiges zu Ohren gekommen«, sagt Hansen vorsichtig. »Wenn es nun Haß auf den mutmaßlichen Vater wär, der Sie dazu bringt, ihn einer solch abscheulichen Tat zu beschuldigen? Nur mal als Denkmodell.«

»Geben Sie sich keine Mühe«, sagt Kwalle eisig. »Was immer Sie sich zusammenreimen: hier gehts um ne glasklare Tatsache, und ich besteh drauf, daß diese Tatsache in meine Biografie aufgenommen wird.«

»Für wie blöd halten Sie mich eigentlich?« poltert Hansen los. »Ich müßte doch bekloppt sein, wenn ich Greve vor aller Öffentlichkeit in die Pfanne hau! Noch dazu mit ner Geschichte, die ich selber nicht für wahr halte!«

»Ein Ehrenmann hackt dem andern kein Auge aus, was?«

»Quatsch!« sagt Hansen.

»Aber könnte es nicht sein, daß Sie meine Geschichte für etwas wahrer halten würden, wenn Greve nicht zufällig im Vorstand der Spar- und Darlehnskasse säße?«

»Versetzen Sie sich doch mal in meine Lage«, sagt Hansen mit einem Gesicht, als habe man es gegen den Strich gebürstet. »Ich hab hier ein Haus gebaut, meine Kinder sind hier geboren, dieses Dorf ist mir zur zweiten Heimat geworden. Soll ich das alles aufs Spiel setzen, soll ich mir das Leben hier zur Hölle machen, nur weil Sie Greve aus Gottweißwas für Gründen eins auswischen wollen?«

»Das bringt mich auf ne Idee«, sagt Kwalle. »Schreiben Sie doch Greves Biografie, dann sind Sie ausm Schneider. Die wird auf jeden Fall erbaulicher als meine, lauter Fäkts mitm Sinn drin und Siege an allen Fronten, von der Heimat- bis zur Wirtschaftsfront.«

»Kommen Sie, trinken Sie noch einen«, sagt Hansen und bietet ihm die Aquavitflasche an, eine Versöhnungsgeste, die zu übersehen Kwalle sich, und sei es nur anstandshalber, denn doch nicht entschließen kann.

By appointment to the Royal Danish Court. Im Flaschenbauch runden sich Wiesen und Meer. Ein langes hellblaues Frauenbein hängt, in Wolkenschaum gebettet, über Sinjens Scheune. Skål, Kong Frederik. Der Aquavit beißt zärtlich ins Zäpfchen, kitzelt die Mandelstümpfe und füllt den Magen mit wohliger Glut.

»Vergessen Sie eins nicht«, sagt Kwalle: »Sie sind auf mich angewiesen. Stellen Sie sich vor, ich erzähl Ihnen nichts mehr, wenn Sie mir die Geschichte mit dem Ami nicht abkaufen, was dann?«

Hansen fährt sich mit der Zungenspitze ein paarmal über die Schneidezähne, bevor er antwortet: »Damit können Sie mich nicht ins Bockshorn jagen, mein Bester. Oder glauben Sie, ich wär noch nicht dahintergekommen, daß Sie auch auf mich angewiesen sind?«

»Jetzt bin ich aber baff«, sagt Kwalle.

»Warum sind Sie mir heute nacht auf die Bude gerückt?« fragt Hansen. »Doch nicht nur, um meinen Schnaps auszusaufen. Sie konnten ja nicht mal wissen, ob ich welchen im Haus hab.«

»Für Schnaps hab ich ne eingebaute Wünschelrute«, sagt Kwalle.

»Unsinn«, sagt Hansen. »Sie sind hergekommen, weil Sie das Bedürfnis hatten, mit jemandem zu reden. Sie brauchen wie jeder andre von Zeit zu Zeit einen, bei dem Sie sich mal richtig ausquatschen können.«

»Sieh einer an«, sagt Kwalle. »Und da blieb mir natürlich keine andre Wahl, als zu Ihnen zu kommen.«

»Sie wollen doch nicht behaupten, daß die Typen, mit denen Sie in den Kneipen zusammenhocken, Gesprächspartner für Sie sind. Oder die Weiber, die sich von Ihnen beschälen lassen.«

»Ihre Ausdrucksweise wird zusehends menschlicher«, lobt Kwalle. »Noch ne Pulle Schnaps, und wir können uns mühelos verständigen.«

Aber Hansen läßt sich nicht aus dem Konzept bringen: »Sonst will doch niemand mehr was mit Ihnen zu tun haben. Für die andren sind Sie doch Luft, oder seh ich das falsch?«

»Nein, das sehn Sie richtig«, bestätigt Kwalle. »Ein behaartes, dreckiges, versoffenes Stück Luft mit Kodderschnauze und nem strammen Bengel zwischen den Beinen.«

»Na bitte«, sagt Hansen befriedigt. »Der einzige unter den halbwegs Gebildeten hier im Dorf, der Ihnen nicht die kalte Schulter zeigt, bin ich.«

»Weil Sie mich brauchen.«

»Richtig«, sagt Hansen und nimmt einen tüchtigen Schluck aus der Flasche. »Ich brauch Sie, und Sie brauchen mich, so ist die Lage.«

»Nachdem wir das nun klargestellt hätten, mal ne organisatorische Frage: birgt Ihre Bibliothek noch mehr Schätze?«

»Leider nicht«, antwortet Hansen.

»Dann werden wir jetzt eine Kleine Tour ins Auge fassen müssen«, sagt Kwalle. »Wenn Sie gut bei Kasse sind, wird vielleicht sogar ne große draus.«

»Ohne mich«, sagt Hansen. »Erstens bin ich schon blau, und zweitens muß ich gewisse Rücksichten nehmen. Schließlich hab ich ne Frau und vier unmündige Kinder am Bein.«

»Wir wollen ja nicht gleich das ganze Haus versaufen«, beruhigt Kwalle ihn.

»Darum gehts nicht«, sagt Hansen. »Aber als Schriftsteller haben sie mich sowieso schon aufm Kieker. Wenn ich jetzt mit Ihnen n Zug durch die Gemeinde mach, ist mein Renommee ein für allemal im Eimer.«

»So leicht hätte ichs auch haben mögen«, sagt Kwalle, »ich hab Jahre dazu gebraucht.«

»Wenn ich könnte, wie ich wollte«, sagt Hansen wehmütig. »Mal wieder so richtig einen draufmachen, mit allem Drum und Dran, das wär schon was.«

»Der Konjunktiv ist aus der Mode gekommen«, sagt Kwalle. »Kratzen Sie Ihre Piepen zusammen, und die Sache geht in Ordnung.«

»Glauben Sie ja nicht, Sie kennen mich«, sagt Hansen unvermittelt. »Sie kennen mich genausowenig wie die andern.«

»Dem kann abgeholfen werden«, sagt Kwalle. »Zum gegenseitigen Kennenlernen bietet die Kleine Tour ungeahnte Möglichkeiten.«

»Niemand kennt mich, nicht mal meine Frau«, murmelt Hansen.

»Darf man Abgründiges vermuten?« fragt Kwalle artig.

»Da drinnen«, sagt Hansen und klopft mit der Faust heftig gegen sein Brustbein, »da lauert was, das möchte raus, möchte so leben wie Sie, alles über Bord schmeißen: Familie, Beruf, Verpflichtungen, Besitz. Einfach drauflosleben, nach mir die Sintflut, nur noch das tun, wozu ich Lust hab, und mich einen Scheißdreck drum kümmern, was die Leute von mir denken!«

»Hugh, der Mensch hat gesprochen«, sagt Kwalle. »Folgender Vorschlag: wir trinken jetzt die Flasche aus, gehn zur Herberge und holen Schorsch ausm Bett, einverstanden?«

»Alle Brücken hinter mir abbrechen«, fährt Hansen fort, »nur noch die elementarsten Bedürfnisse befriedigen und sonst nichts.«

»Also auf zur Kleinen Tour«, sagt Kwalle.

Hansen erhebt sich mühsam aus dem Sessel und beugt sich über den Schreibtisch. Kwalle sieht sein Gesicht ganz nah vor sich, sieht, wie durch eine Lupe vergrößert, Poren, Bartstoppeln, zwei mit rotem Aderngespinst gemaserte Augäpfel.

»Entweder ich mach dich zu ner literarischen Figur, oder ich geh an dir kaputt!« bricht es, in eine Kümmelfahne gebettet, aus Hansens Mund hervor. »Du bist mein zweites Ich, wenn ichs nicht fertigbring, dich mir von der Seele zu schreiben, geh ich an dir kaputt, dann ende ich, wie du, in der Gosse!«

»Eine bemerkenswerte Erkenntnis«, sagt Kwalle, milde gestimmt durch scharfe Spirituosen. »Wobei zu überlegen wär, ob ein Ende als zweites Ich in der Gosse nicht einem Ende als erstes Ich am Schreibtisch vorzuziehn wär. Die Nachwelt liebt solche Pointen.«

»Ich hasse dich«, sagt Hansen leise. Er krallt seine Finger in Kwalles Hemdbrust. »Weils dich gibt«, flüstert er, »weil du so verdammt wirklich bist. Als reine Wunschvorstellung hätt ich dich vielleicht noch verkraftet, aber als Mensch aus Fleisch und Blut machst du mich fertig, wenns mir nicht gelingt, dich zu Literatur zu verarbeiten. Warum, zum Teufel, mußtest du mir auch übern Weg laufen, warum bist du nicht geblieben, wo du warst?«

»Nennen wirs Heimweh«, antwortet Kwalle. »Immerhin hab ich in diesem Kaff, bezeichnenderweise mit dem Steiß zuerst, das Licht der Welt erblickt.«

»Man hätte dich mit nem Tritt in den Arsch wieder zurückbefördern sollen«, sagt Hansen brutal, »dann wär uns allen manches erspart geblieben.«

Kwalle nimmt die Aquavitflasche vom Schreibtisch und schiebt ihm den Flaschenhals zwischen die Lippen. Hansen richtet seine Augen auf einen Punkt an der Decke, als sei von dort Vergebung aller Sünden, einschließlich des unmäßigen Alkoholgenusses, zu erwarten, und versucht, der hereinbrechenden Flut durch eifriges Schlucken Herr zu werden. »Was ich bisher nicht geglaubt hab«, sagt Kwalle, »in dir steckt, wenn auch unter ner dicken Zivilisationskruste verborgen, ein Mensch. Wenn du so weitermachst, hast du die besten Aussichten, ein Mensch zu werden.«

Hansen drückt den Flaschenhals mit der Zunge aus dem Mund. Ein Gemisch aus Speichel und Aquavit schwappt über seine Unterlippe und versickert zwischen den blonden Kinnstoppeln. »Ein Mensch wie du, was?« keucht er.

»Das ist doppelt gemoppelt«, sagt Kwalle. Er setzt die Flasche an und schwebt von Hvide Sande über den Limfjord nach Skagen rauf, wo die Luft flüssig ist und der Wind besoffen macht.

»Das Schicksal hat es gewollt, daß sich unsere Wege kreuzen«, sagt Hansen mit Heimatabendschmelz in der Stimme. »Jetzt gibts nur noch zwei Möglichkeiten: entweder du wirst mein Opfer oder ich deins.«

»Ihr immer mit eurem verdammten Entwederoder«, sagt Kwalle. »Wenn schon Opfer, dann Opfer des Alkohols, und zwar gemeinsam. Du hast die finanzielle Rückendeckung, ich das Nohau, das schreit doch geradezu nach Solidarität.«

»Entweder ich deins oder du meins«, knurrt Hansen starrköpfig.

»Also meinetwegen«, sagt Kwalle. »Aber vorher gehn wir einen saufen, klar?«

»Du Schwein hast den ganzen Aquavit ausgesoffen«, stellt Hansen mit reichlicher Verspätung fest.

»Ein Grund mehr, daß wir uns jetzt schleunigst auf die Socken machen«, sagt Kwalle. »Ein anständiges Besäufnis duldet keine Unterbrechungen, da muß man dranbleiben, sonst ist das rausgeschmissenes Geld.«

»Als ob ich nicht schon total besoffen wär«, sagt Hansen, geht in die Knie und legt seinen Kopf auf den Schreibtisch.

»Was du jetzt brauchst, ist ne anständige Nummer«, sagt Kwalle. »Ich kenn eine, die wickelt dir den Pimmel ein, daß du im Handumdrehn wieder in Form bist.«

Hansen stößt die Flasche mit dem Ellbogen vom Schreibtisch, sie zerschellt mit einem schrillen Orgelton zwischen den Heizungsrippen. »Wenn ich blau bin, tut sich bei mir nichts mehr«, murmelt er.

»Blödsinn«, sagt Kwalle. »Wir gehn jetzt zu Schorsch, essen einen strammen Max, und dann führ ich dir die betreffende Dame vor. Spätestens nach dem ersten Zungentriller steht er dir wie ne Eins, da geh ich jede Wette ein.«

»Wer ist es denn?« fragt Hansen mit erwachendem Interesse.

Auf dem Flur platscht es barfüßig näher. Die Tür geht auf. Vor dämmrigem Hintergrund hebt sich ein zerknautschtes Nachthemd ab, darüber eine das Licht abwehrende Handfläche.

»Was ist denn hier los?« fragt Frau Hansen.

»Goddag, fru Hansen«, sagt Kwalle, »hvordan har De det?«

»Achduliebergott«, sagt Frau Hansen, kaum daß sie Kwalles Stimme vernommen hat.

Hansen wechselt die Wange, so daß er seiner Frau in die vom Licht geblendeten Augen sehen kann. »Leg mir neue Socken raus«, sagt er, »ich geh mit Kwalle aufn Swutsch.«

»Was tust du?«

Ihr Gatte entblößt die Schneidezähne und diktiert Einsilbiges: »Ich-bin-jetzt-nicht-zu-Dis-kus-sio-nen-auf-ge-legt-die-Sok-ken-und-da-mit-bas-ta!«

Frau Hansen hält sich mit vier Fingern den Mund zu: »Du kannst doch so nicht —«

»Und ob ich kann«, braust Hansen auf, »ich werd dir beweisen, daß ich kann und was ich kann, und wenn du dich aufn Kopf stellst, ich geht jetzt mit Kwalle einen saufen! Los, die Socken!«

»In diesem Zustand kommst du mir nicht aus dem Haus«, entscheidet seine Frau.

»Nein?« fragt Hansen.

»Nie und nimmer!«

Hansen verzieht das Gesicht, als habe er auf Granit gebissen, und schmiegt sich enger an den Schreibtisch. »Blas mir den Hobel, Weib«, sagt er mit widerspenstiger Zunge. Und schließt die Augen. Die blonden Härchen auf seinem Handrücken zittern, wenn sein Atem sie streift. Hansen schläft. Oder tut nur so. Möchte jedenfalls als gegenstandslos betrachtet werden.

»Schade«, sagt Kwalle, »das wär ne Tour geworden, von der die Leute noch lange geredet hätten.«

»Sie sollten sich was schämen«, sagt Frau Hansen. »Meinen Mann um die wohlverdiente Nachtruhe bringen. Und ihn dann auch noch zum Trinken animieren, wo er sich doch nichts aus Alkohol macht.«

Kwalle hält es für überflüssig, Widerspruch anzumelden. Frau Hansens scharfem Blick dürfte kaum entgangen sein, wer hier blau ist und wer nicht. Stattdessen sagt er: »Passen sie gut auf ihn auf, ja?«

»Daß ausgerechnet Sie das sagen, find ich nun allerdings komisch«, sagt Frau Hansen.

»In Ihrem Mann steckt nämlich ein Mensch«, sagt Kwalle so schonungsvoll wie möglich.

Frau Hansen knüllt das Nachthemd über ihrer Brust zusammen, als habe Kwalle eine anzügliche Bemerkung gemacht: »Was soll das heißen?«

»Keine Bange«, beruhigt Kwalle sie, »er sitzt so tief in ihm drin, daß er unter normalen Umständen nicht zum Vorschein kommen wird, aber ich finde doch, Sie sollten es wissen. Leute, in denen ein Mensch steckt, haben es schwerer als andre, sie reagieren empfindlicher auf Störungen ihres Seelenlebens, und wenn sie in eine ernsthafte Krise geraten, kann es sogar passieren, daß der Mensch in ihnen die Oberhand gewinnt, was gleichbedeutend mit ner Katastrophe wäre. Aber Sie werden schon dafür sorgen, daß es nicht soweit kommt, nicht wahr?«

»Ich weiß beim besten Willen nicht, wovon Sie reden«, sagt Frau Hansen.

Kwalle kuckt auf ihre nackten Füße: »Bei Frauen sitzt der Mensch meistens näher unter der Oberfläche. Manchmal braucht man nur ein bißchen zu kratzen, und schon ist er da.«

»Besser, Sie gehn jetzt«, sagt Frau Hansen.

«Ihre großen Zehen berechtigen zu einigen Hoffnungen«, sagt Kwalle.

»Bitte, gehn Sie«, sagt Frau Hansen.

Kwalle tätschelt Hansens Hinterkopf: »Kein übler Kerl, Ihr Mann. Wenn er nicht Schriftsteller wär, hätte vielleicht ein Mensch aus ihm werden können.« Und pliert den großen Zehen abschiednehmend zu.

Draußen greift ihm der Wind unters Hemd, knallt ihm Milchkannenscheppern Treckerblubbern Spatzengeschrei um die Ohren. Der Weg ist quergestreift mit den langen schmalen Schatten der Pappeln. Kwalle hüpft von Schatten zu Schatten, von Sprosse zu Sprosse die Leiter hinauf, bis er mitten im Sprung gegen ein Hindernis prallt. Das Hindernis schwankt, droht umzukippen, pendelt sich aber durch rasche Verlagerung des Schwerpunkts wieder in die Vertikale ein. Das Hindernis trägt Heuers braune Manchesterhose, Heuers Wampe, Heuers Kopf. Heuer grinst über sämtliche geplatzten Äderchen.

»Weest du, wer dood is?« fragt er.

»Adolf«, sagt Kwalle.

»Nee«, sagt Heuer, »mien Oolsch.« Und läßt seine riesige Totengräberpranke auf Kwalles Schulter fallen. »Kumm, mien Jung, dat mööt wi fiern.«

Kwalle, halbseitig gelähmt, verschiebt die Beileidsbekundungen auf später.

VI

Unter der niedrigen Balkendecke ballt sich Stille. Sie lastet auf den Köpfen der Trauergäste, läßt Doppelkinne schwellen, macht die Lider schwer. Greves Kinn beginnt zu zittern, er kneift die Augen zu und zerdrückt ein Gähnen zwischen Zunge und Gaumen. Die andern dösen reglos vor sich hin, auf ihren Stirnen glitzert Schweiß, Schweiß rinnt über ihre Gesichter, näßt ihre Nacken. Was sie an Flüssigem zu sich genommen haben, treibt die Hitze wieder aus den Poren. Fünfundzwanzig schwarzumhüllte Körper schmoren im eigenen Saft, sättigen die Luft mit säuerlichem Schweißgeruch.

Kwalle atmet flacher, Übelkeit kriecht ihm die Speiseröhre hoch, er greift nach dem Glas und füllt seinen Mund mit lauwarmer Kalter Ente.

Jemand sagt mit ostpreußischem Akzent: »So warm haben wirs seit siebenundvierzig nich mehr jehabt.« Seine Wenigkeit Geldmacher.

»Könnten wir nicht vielleicht das Fenster?« fragt Frau Bachmann.

Greve gibt ihre Frage geprüft und gebilligt an Heuer weiter. Der hängt in seinem Sessel wie ein Buddha, dem das Lächeln vergangen ist, seine Hemdbrust mit den Schweißplacken beiderseits des Schlipses hebt und senkt sich gleichmäßig. Heuer macht sein Nachmittagsnickerchen, weder der Leibhaftige noch dessen Widerpart, geschweige denn eine nach Luft schnappende, dem Erstickungstod nahe Trauergesellschaft könnten ihn dazu bewegen, es vorzeitig abzubrechen.

Greve, der Allesverzeihende, legt den Zeigefinger auf die Lippen, erhebt sich, geht auf Zehenspitzen, der Schlaf des Leidtragenden sei uns heilig, zum Fenster und öffnet es behutsam. Frau Bachmann dankt es ihm mit jungfräulichem Augenaufschlag.

Draußen knattern Rasenmäher, schnalzen Schwalben, kreischen Kinder. Fliegen tanzen geometrische Figuren, Schmetterlinge torkeln durch das quadratische Blickfeld. Über Heuers Misthaufen wabert ein glasiges Stück Landschaft.

Tick, macht die Standuhr.

Der Pastor räuspert sich in die hohle Hand. Die Lähmung läßt vorübergehend nach. Wenn einem das Recht zusteht, es mit dem Engel aufzunehmen, der träge durch den Raum schwebt, dann ihm. Schon von berufswegen. Aber statt eines erlösenden Worts räuspert sich der Pastor ein zweites Mal, ausgiebiger als zuvor, fördert allen vernehmbar Schleimiges und zerkaut es gründlich, bevor es wieder hinunterschluckt.

Tack, macht die Standuhr.

Kwalles Großmutter drückt ihre knochige Brust gegen die Tischplatte, reckt den Hals und schießt eine Garbe böser Blicke auf die Gesellschaft ab. Niemand zeigt Wirkung, nur der Pastor zuckt zusammen und kratzt sich, als habe ihn dort ein Insekt gestochen, hinterm Ohr. Kwalles Großmutter begießt den Treffer mit einem Schluck Kalter Ente.

Tick, macht die Standuhr.

Greve holt tief Luft. Wenn Greve tief Luft holt, will er was sagen. Zweiundzwanzig Augenpaare richten sich erwartungsvoll auf ihn. »Tjaaa«, sagt Greve. Der Engel erschrickt, die Rücken straffen sich, ein zaghaftes aber unüberhörbares Aufatmen macht die Runde.

»So ist das nun«, sagt Greve. Köpfe nicken ihm Mut zu, eine Welle der Ermunterung schlägt ihm entgegen, der Engel sucht verstört das Weite, die Standuhr ticktackt schneller.

»Wer hätte gedacht, daß es so rasch gehn würde?« fragt Greve die Tafel einmal hinauf und hinab. Die Anwesenden, außer Heuer, Kwalle und Kwalles Großmutter, schütteln die Köpfe, keiner von ihnen, geben sie nachdrücklich zu verstehen, habe das Denkbare zu denken gewagt.

»So kregel wie Meta noch war«, sagt Frau Misch.

»Und immer kreuzfidel«, sagt Frau Witthinrich.

»Dabei wußte sie, daß sie nur noch n paar Monate zu leben hatte«, sagt Erna. »Sie hats mir selbst erzählt.«

»Aber wer, wenn er selbst der Betroffene ist, glaubt das schon?« fragt Frau Bachmann. »Wissen und glauben, ist das nicht zweierlei?« Letzteres an die zuständige Stelle gerichtet.

»Der Mensch hofft, solange er lebt«, sagt der Pastor.

Heuer schlägt die Augen auf, hat Mühe, sich zurechtzufinden, braucht eine Weile, bis er sich seiner Gastgeberpflichten erinnert. Dann läßt er den lehmbraunen Zeigefinger über den kalten Platten kreisen: »Langt tau.«

Der Pastor hält, da der Leidtragende nun erwacht ist, den Augenblick für gekommen, sich für Speis und Trank erkenntlich zu zeigen. »Ich glaube, es ist keiner unter uns, der nicht Bewunderung empfände für die schlechthin beispielhafte Haltung, mit der die liebe Dahingeschiedene ihr schweres Los ertragen hat«, sagt er und holt sich zur Belohnung ein Käsebrötchen unter den Ei-mit-Anchovis-Brötchen hervor.

In das beifällige Gemurmel mischt sich ein leises Zischen. Aller Augen wenden sich Kwalles Großmutter zu, die sich wie eine Viper, die zum Biß ausholt, kerzengerade aufgerichtet hat und den Pastor anfunkelt. Von ihren schwarzen Eckzähnen trieft Geifer. Wer kaut, kaut langsamer, kommt aus dem Takt, hört auf zu kauen. Frau Misch, Frau Westermann und Frau Witthinrich lehnen sich, in Erwartung einer gräßlichen Verwünschung, behaglich zurück. Aber Greve kommt ihr zuvor. Greve, der Besänftiger, der Abwiegler, der Ölaufdiewogengießer, sagt mit schmerzlichem Lächeln: »Vor drei Wochen, auf dem Sommerfest des Landwirtschaftlichen Vereins, hab ich noch Wiener Walzer mit ihr getanzt. Und ich kann euch sagen, sie hat getanzt wie ein junges Mädel. Ich war ganz aus der Puste, hinterher.«

»Ja, im Tanzen war ihr keiner über«, bestätigt Frau Hinze.

»Weißt du noch, auf eurer Silberhochzeit?« fragt der Eckkröger den Hinterbliebenen und blickt, als dieser sich nicht mal zu einem Nicken bereitfindet, Zustimmung suchend in die Runde. Die Trauergäste schmunzeln pietätvoll vor sich hin.

»Nu loot jo nich nödigen«, sagt Heuer. Er stopft sich ein Stück Wellfleisch in den Mund und fügt zur allgemeinen Beruhigung hinzu: »Buten is noch mehr.«

»Kampf dem Hungertod«, sagt Guschi.

Kwalles Großmutter zerkaut den Fluch und atmet ihn stoßweise durch die Nase aus. Aber wenn der Pastor glaubt, er käme ungeschoren davon, kennt er Kwalles Großmutter schlecht. Aufgeschoben ist nicht aufgehoben, sie weiß, was sie ihrem Ruf schuldig ist, und wer, wie Kwalle, das Glitzern in ihren Basedowaugen zu deuten versteht, wartet gespannt auf das, was kommen muß.

Zunächst aber macht sich Kwalles Großmutter über die kalten Platten her. Sie nimmt ein Schinkenbrot vom Teller, zerschneidet es zu Würfeln, piekt diese auf die Messerspitze und schiebt sie zwischen ihre schwarzen Eckzähne. Wenn sie zubeißt, verschwindet ihr Kinn im Oberkiefer, dann sieht sie aus wie ein kleines verhutzeltes Kaninchen, das die Zeit der Schlachtreife längst hinter sich hat und geduldig sein Gnadenbrot mümmelt. Als ob sie kein Wässerchen trüben könnte, eine Bratäpfel-, Es-war-einmal-, eine Lieber-Gott-mach-mich-fromm-Oma, aber nur solange, bis das Kinn wieder aus dem Oberkiefer hervorkommt, das kleine spitze Kinn mit der Warze unterhalb der Lippe, dieses Hexenkinn, wo sie, denkt Kwalle manchmal, ihren unerschöpflichen Vorrat an Bosheit speichert.

Heuers Augen ruhen wohlgefällig auf Kwalles emsig spachtelnder Großmutter. »Wenn ji jo nich ranhoolt«, sagt er zu den anderen, »fritt se allens alleen op.«

Seine Gäste fassen sich, wie es der Brauch will, stöhnend an den Magen, mimen durch einen Blick gen Himmel totale Sättigung und greifen tapfer zu. Zwischen Tick und Tack öffnen sich vierundzwanzig Münder, werden mit Hackepeter, Sülze, hartgekochten Eiern, Mettwurst, Schweinebauch, Schinken, Käse gefüllt, mahlen vierundzwanzig Unterkiefer, setzen vierundzwanzig mehr oder weniger schwielige Hände vierundzwanzig mehr oder weniger große Gläser an die Lippen, lassen vierundzwanzig entblößte Gebisse ein scharfgehauchtes Aaaah entweichen, erleben zwei dunkelgekleidete Oberkörper kurze aber heftige Anfälle von Schüttelfrost, knöpft sich Heuer den Hosenbund auf, pult Flügel eine blonde Schweinewimper aus der Sülze, giftet Kwalles Großmutter über runde vier Meter Entfernung den Pastor an. Meta ist mit Anstand und dem ortsüblichen Maß an Mitgefühl unter die Erde gebracht, Friede ihrem Kadaver, jetzt wird verputzt, was sie überdauerte, was sie während langer Wintermonate salzte, pfefferte, durch den Fleischwolf drehte, in Därme stopfte. Was Meta an irdischen Spuren hinterließ, wird vertilgt. Zurück bleiben etwas borstige Schwarte, ein paar Knorpel und das befriedigende Gefühl, seine verdammte Pflicht und Schuldigkeit getan zu haben. Der Kahlfraß als allerletzte Ehre.

»Na denn Prost«, sagt Heuer. Und zu Kwalle: »Guschi hett nix mehr tau drinken.«

Erna legt ihre Hand flach über Guschis Glas. »Danke«, sagt sie steif, »mein Mann muß noch fahrn.«

»Ich hab doch man erst zwei gehabt«, sagt Guschi zu Erna.

»Doh em een in!« befiehlt Heuer.

Kwalle kuckt in Ernas bernsteingelbe Augen. Ihre Pupillen morsen Unnachgiebigkeit. Kwalle versucht, die Lage mit einem Lächeln zu entschärfen, läßt ein bißchen Schnaps auf ihren Handrücken tropfen. Erna zuckt mit keiner Wimper.

»Augen wie n Schäferhund«, stellt Kwalle arglos fest. »Sie müßten sich prima auf Mann dressiern lassen.«

»Wenn du n Kerl bist«, sagt Erna zu Guschi, ohne jedoch die Augen von Kwalle zu wenden, »weißt du, was du jetzt zu tun hast.«

Greve, der Sittenwächter: »Nun mal friedlich. Wir sind hier auf ner Trauerfeier.«

»Wer d e n einlädt, ist selber schuld«, sagt Erna.

Heuer wuchtet sich aus dem Sessel hoch, hält mit der einen Hand die Hose fest, packt mit der andern die Schnapsflasche und stellt sie vor Guschi auf den Tisch. »Drink, mien Jung«, sagt er. Und aus der Tiefe seiner mächtig vorgewölbten Wampe: »Inloden doh ick, wen ick will, is dat klor?«

»Bitte, meine Herrschaften«, beschwichtigt Greve, »bitte!«

Guschi nimmt hinter Heuers Schmerbauch Deckung, schraubt den Verschluß ab und zwängt den Flaschenhals zwischen die trichterförmig vorgestülpten Lippen. Luftblasen steigen auf, zerplatzen und bringen den Schnaps zum Brodeln. Nach dieser gründlichen inneren Spülung, schätzt Kwalle, wird der Verräter der Arbeiterklasse nicht mehr lange auf sich warten lassen.

Nachdem Heuer nun jedermann unmißverständlich vor Augen geführt hat, wer hier den Ton angibt, stampft er zu seinem Platz zurück und läßt sich in den Sessel fallen. Er faltet die Hände überm Bauch, schnauft zufrieden und bietet seinen Specknacken dem Sonnenlicht dar, das vierkantig gebündelt durch das kleine Fenster in die Stube fällt.

Der Pastor tupft sich mit der Serviette den Schweiß von Nase und Stirn. »Es wird gewiß nicht leicht für Sie sein, über den Schmerz hinwegzukommen«, sagt er, zu Heuer gewandt, »aber vielleicht tröstet es Sie ein wenig, daß wir alle mit Ihnen fühlen. Denn wie ich vorhin schon am Grabe sagte: es gibt wohl keinen unter uns, der Ihre liebe Frau nicht in sein Herz geschlossen hatte.«

»Papperlapapp«, sagt Kwalles Großmutter.

»Wie?« fragt der Pastor verdattert. Auf seinen Backenknochen bilden sich in Sekundenschnelle violette Flecken.

»Wer Meta auch nur n ganz klein büschen gekannt hat«, sagt Kwalles Großmutter und plaziert ihre Worte mitten in des Pastors entgeistertes Gesicht, »ist heilfroh, daß sie den Mors endlich zugekniffen hat.«

Diesmal kann Kwalles Großmutter einen Volltreffer verbuchen. Betretenes Schweigen breitet sich aus. Kwalle kommt es vor wie im Kino, wenn der Film plötzlich stehenbleibt: erstarrte Bewegungen, unterbrochenes Mienenspiel, Stille.

»Wie können Sie so etwas sagen«, stammelt der Pastor. »Sind Sie denn ganz und gar von Gott verlassen?«

»Das sowieso«, antwortet Kwalles Großmutter, während sich ihre Lippe über den Eckzähnen zu einem boshaften Lächeln spannt. »Oder glaubst du, der hätts lange bei mir ausgehalten?«

»Also wirklich, das geht zu weit«, sagt Greve mit maßvoll gezügelter Empörung. »Wenn du schon keine Achtung vor der Toten hast, dann nimm wenigstens Rücksicht auf den Leidtragenden.«

»Du, damit meint er dich«, sagt Kwalles Großmutter zu Heuer und krümmt sich vor Lachen.

Der Leidtragende trichtert sich schmunzelnd einen Schnaps ein. »Geev dien Oma wat tau drinken«, sagt er zu Kwalle.

Der Pastor, inzwischen violett vom Hemdkragen bis zum Haaransatz, erhebt sich. »Nichts für ungut«, sagt er heftig atmend zu Heuer, »aber Sie werden verstehen, wenn ich unter diesen Umständen — derart pietätlose Äußerungen, zumal sie allem Anschein nach auch noch von Ihnen gebilligt werden, kann ich einfach nicht — Sie entschuldigen!« Er macht auf dem Absatz kehrt und schreitet unter mühsamer Wahrung seiner geistlichen Würde davon.

»Den sünd wi los«, sagt Heuer ungerührt.

Kwalles Großmutter ist mit sich zufrieden. Entspannt wie jemand, der lange angestautem Ärger Luft verschafft hat, trinkt sie ein Glas Kalte Ente leer. »Pißwarm«, sagt sie, wischt sich den Mund am Ärmel ab und rülpst.

Kopfschütteln Achselzucken Augenzwinkern. Die Trauergäste werfen einander vielsagende Blicke zu: plemplem, meschugge, nicht alle Tassen im Schrank. Auch die Natur baut manchmal Mist. Aber wenn es keine Verrückten gäbe, wüßte man nicht, wie normal man selber ist. Die Ausnahme bestätigt die Regel. So hat eben alles seinen Sinn. Und solange sich die Verrückten als solche zu erkennen geben, ist man geneigt, Nachsicht zu üben. Die Mienen rund um Kwalles Großmutter glätten sich. Der Jagdschein erspart ihnen die Entrüstung.

»Du!« sagt Kwalles Großmutter plötzlich in die einträchtige Stille hinein. Ihre Glupschaugen richten sich auf Greves Schlipsknoten. Die Runde wartet gespannt.

»Ja?« fragt Greve und lächelt, wie man einen bissigen Hund anlächelt, um ihn gnädig zu stimmen.

»Sing was!« sagt Kwalles Großmutter.

Greves Lächeln entkrampft sich. Wahrscheinlich hatte er Schlimmeres befürchtet. »Doch nicht jetzt«, sagt er sanft.

»Ich hab ne Menge Beerdigungen mitgemacht, da hast du gesungen.«

»Ja, in der Kirche.«

»Nein, hinterher«, sagt Kwalles Großmutter halsstarrig. »Hinterher, wenns Fell versoffen wurde.«

Greve vergewissert sich rasch, daß ihm nach wie vor die Sympathie der überwiegenden Mehrheit gilt: »Wenn, dann muß das lange her sein.«

»Los, wir singen«, sagt Kwalles Großmutter und fängt schon mal an: Lott is dood Lott is dood Jule licht int Starben. Heuer klopft den Takt mit, die anderen starren peinlich berührt auf das Tischtuch.

Kwalles Großmutter bricht das Lied ab und kuckt sich die Trauergäste der Reihe nach an. »Meta war n Aas«, sagt sie grimmig, »n Miststück war sie, und wenn sie einen mit Dreck beschmeißen konnte, hat sies getan. Aber das ist noch lange kein Grund, ihr die Beerdigung zu versaun. Ihr solltet euch was schämen, ihr Kacker!« Sie schüttelt sich angewidert, ihr runzliges Gesicht zeigt abgrundtiefe Verachtung, sie lehnt sich zurück, verschwindet fast unter dem Tisch, möchte mit denen, die da sauertöpfisch Trauer heucheln, nicht in einen Topf geworfen werden.

»Hoch die Tassen!« läßt sich jetzt Guschi vernehmen. Und setzt die

Schnapsflasche an. Erna will sie ihm entreißen, aber Guschi packt ihr Handgelenk, schraubt es nach vorn und dreht die Flasche gleichzeitig in die entgegengesetzte Richtung, bis es knackt, bis Erna vor Schmerz aufschreit und die Flasche losläßt. Doch damit gibt sich Guschi nicht zufrieden: mit dem Mut dessen, der nichts mehr zu verlieren hat, setzt er die Kraftprobe fort, zwingt er Erna zu einer tiefen Verbeugung, und erst, als ihre Stirn die Tischplatte berührt, gibt er ihr Handgelenk frei. Krebsrot im Gesicht, ein siegreicher Gladiator, nimmt er den stummen Applaus seines Publikums entgegen. Aber lange kann er seinen Triumph nicht genießen, denn Erna richtet sich jäh wieder auf und setzt die geballte Rechte mitten in Guschis Siegerlächeln.

»Aufhörn!« schreit Greve. »Reißt euch gefälligst zusammen!«

Aus Guschis Nase rinnt es rot hervor. Er wischt das Blut mit dem Handrücken ab, betrachtet es nachdenklich, kuckt Erna an, die beide Arme abwehrend vor der Brust angewinkelt hat, sieht aus wie einer, der komplizierte Zusammenhänge zu ergründen versucht, und klatscht ihr den blutigen Handrücken ins Gesicht.

Allgemeiner Tumult: Geldmacher, Sinjen und Frau Westermann greifen von mehreren Seiten zugleich in den ehelichen Schlagabtausch ein, Greve beugt sich weit über den Tisch, ringt die Hände, redet gut zu, beschwört, beschwichtigt, Frau Bachmann und Frau Hinze versuchen zu retten, was zu retten ist, räumen eilig Teller, Flaschen, Gläser beiseite, Kwalles Großmutter mischt sich mit schriller Stimme in den Kampfeslärm, kreischt: »Gut so! Jawoll! Gibs ihr!« und feixt über sämtliche Runzeln: endlich kommt Leben in die Bude.

Der einzige, der tut, als ginge ihn das alles nichts an, ist Heuer. In sich versunken, stillvergnügt, mit der heiteren Gelassenheit des Trinkers, der ein totales Besäufnis auf sich zukommen sieht, thront er am Kopfende der Tafel. Kwalle denkt sich einen Heiligenschein rund um Heuers Quadratschädel, und der liebe Gott ist komplett: unbeteiligter kann selbst der nicht zukucken, wie die da unten sich gegenseitig die Köpfe einschlagen.

Aus dem Knäuel ineinanderverschlungener Körperteile dringt haßerfüllt Guschis Stimme hervor: »Ich mach dich kalt, du Sau!« Die Zuschauer halten den Atem an: da geht jemand aufs Ganze, schreckt nicht vor dem Äußersten zurück, scheint fest entschlossen, kurzen Prozeß zu machen.

»Mann, geh doch dazwischen!« brüllt Greve Geldmacher an.

Seine Wenigkeit fackelt nicht lange, wirft sich, wie weiland Pionier Klinke, ins Getümmel und sprengt eine Bresche. Das Knäuel platzt auseinander, löst sich in seine Bestandteile auf. Ebenso plötzlich, wie der Sturm losbrach, legt er sich wieder. Die Friedensstifter ordnen ihre Kleidung und kehren zu ihren Plätzen zurück. Flinke Hände richten auf, was umgefallen ist, rücken zurecht, breiten Servietten über Flecken aus, wedeln Asche vom Tisch.

«Ihr habt wohl den Verstand verloren«, schimpft Greve, an Erna und Guschi gerichtet. »Wenn ihr euch prügeln wollt, dann prügelt euch gefälligst zuhaus!«

»Die Sau bring ich um, so oder so«, sagt Guschi und tupft sich Blut von der Oberlippe.

»Das wolln wir erstmal sehn«, sagt Erna, gleichfalls damit beschäftigt, die Spuren des Ehezwists notdürftig zu tilgen. »Zum Umbringen gehörn immer noch zwei.«

»Und wenn ich dafür lebenslänglich krieg«, sagt Guschi.

»Schluß jetzt!« kommandiert Greve.

Kwalles Großmutter beißt einer Brasil mit einem ihrer Eckzähne die Spitze ab, spuckt die Tabakbrösel nach hinten über die Schulter und läßt sich vom Eckkröger Feuer geben.

»Als Emil Schneekloth gestorben war«, sagt sie, »das ist jetzt vielleicht zwanzig Jahre her, können auch n paar mehr sein, das war die letzte schöne Beerdigung, wo ich bei war. Ich seh Minna Schnoor noch mit dem nackten Mors auf der Boole sitzen, weil sie dachte, das wär n Pißpott, so duhn war sie.« Kwalles Großmutter kichert Rauchkringel. »Dann kamen da noch n paar Fraun ausser Stadt, die wollten hamstern, war ja die schlimme Zeit damals, eine hatte n Perser mit, wo sie Eier und Speck für haben wollte, und diese Fraun, zuerst stellten sie sich ja mächtig an, warn sich wohl zu fein dazu, aber half ihnen alles nix, Hein Ruser oder war das Paul Muhs, na ist ja egal, jedenfalls sagte einer zu den Fraun: wenn ihr mit uns ins Geschäft kommen wollt, dann zieht euch erstmal aus, ohne Ausziehn ist bei uns nix zu machen. Das haben die denn auch getan, die Fraun ausser Stadt, waren alle so um die dreißig, vierzig rum, und dann sagte Hein oder kann auch Paul gewesen sein: nu müssen wir erstmal sehn, wer von euch die dickste Wurst kriegt, legt euch hier mal aufn Tisch.«

»Igittegitt!« sagt Frau Misch.

»Müssen wir uns das anhören?« fragt Frau Bachmann Greve.

»Nein also wirklich«, wendet sich Greve, stellvertretend für alle, an Kwalles Großmutter, »den Rest behältst du wohl besser für dich.«

Ringsum beifälliges Kopfnicken.

Mit dem Gleichmut des Geschichtenerzählers, der sein Publikum fest im Griff hat, pafft Kwalles Großmutter eine Rauchwolke über den Tisch.

»Nu loot se doch mol«, sagt Heuer und wendet sich, stellvertretend für alle, an Kwalles Großmutter: »Vertell wieter.«

»Wenn hier Schweinkram erzählt wird, geh ich«, sagt Frau Bachmann und holt ihre Handtasche unter dem Stuhl hervor. Damit ihr niemand nachsagen kann, sie habe Kwalles Großmutter ein williges Ohr geliehen.

»Na, schön und gut«, fährt Kwalles Großmutter fort, »Grete holte n paar Mettwürste ausser Speisekammer, und dann wurde probiert. Ich kann euch sagen, das war n Hallo, wie die Weiber da aufm Tisch lagen mit nix an, Beine ausnander, und die Mannsleute steckten ihnen die Würste rein, und Minna Schnoor, duhn wie sie war, schrie immer: bi mi ok, bi mi ok!« Kwalles Großmutter erbebt von lautlosem Lachen, der Zigarrenrauch quillt ihr schubweise aus Nase und Mund.

»Jetzt reichts mir aber«, sagt Frau Bachmann.

»Pfuideibel«, sagt Frau Westermann mit wohligem Erschauern.

»Ihr Pißnelken seid ja man bloß neidisch«, sagt Kwalles Großmutter. »Jedenfalls war das die letzte schöne Beerdigung, die ich mitgemacht hab. Alles was danach kam, war kalter Kaffe. Da hab ich mich jedesmal gefragt, was der Tote bloß verbrochen hat, daß man ihm nicht mal ne anständige Beerdigung gönnt.«

Guschi steht auf, mustert die Anwesenden mit kernigem Thälmannblick und erhebt sein Glas: »Auf die brüderliche Sowjetunion!«

»Kommunistenschwein«, brummelt Geldmacher leise.

»Genossen und Genossinnen«, ruft Guschi.

»Setz dich hin und halt den Mund!« schnaubt ihn Greve an.

»Du bist der nächste, den die Iwans beim Kanthaken kriegen«, droht Guschi und läßt sich auf seinen Stuhl zurückfallen. »Erst stelln sie mich an die Wand, und dann kommst du dran.«

Kwalles Großmutter, von trägen Rauchschwaden umhüllt: »Das eine will ich euch sagen: wenn von euch Trauerklößen einer zu meiner Beerdigung kommt, steig ich ausm Sarg und spring ihm mitm nackten Mors ins Gesicht. Ich will ne anständige Beerdigung haben, wo die Leute lustig sind, wo was los ist, Juppheidi und Juppheida!« Ihr knochiger Zeigefinger bohrt sich in den Zigarrenrauch und beschreibt einen weiten Bogen: »Von euch Arschlöchern laß ich mir nicht die Beerdigung vermasseln!«

Hinter einer Batterie von Schnapsflaschen verborgen, die ihn für Kwalles Großmutter unsichtbar macht, massiert sich Greve nachdrücklich die Schläfe. Die Geste wird, ein allgemeines Kopfnicken deutet es an, ringsum verstanden.

»Ich für mein Teil find, das war eine schöne Beerdigung«, sagt die Witwe Bachmann. Wohin sie blickt: Zustimmung. Wohlweislich blickt sie nicht überall hin.

»Gib mir schnell n Schnaps«, sagt Kwalles Großmutter zu Heuer, »sonst rutscht mir was Unpassendes raus.«

Das Stichwort Schnaps holt Heuer aus dem Säuferhimmel zurück. Er zählt die Terrinen mit Kalter Ente, zählt die Schnapsflaschen, die vollen Gläser, und von Glas zu Glas vertieft sich die Unmutsfalte über seiner Nasenwurzel. »Nu hoolt jo mol n beten ran«, sagt er ungehalten, »oder schall ick dat allns alleen utsupen?«

»Du schaffst das schon«, tröstet ihn Greve, »wenn nicht heute, dann morgen.«

Heuer wischt ein paar Gläser und Teller vom Tisch, schafft Platz für seine Arme, damit er sich aufstützen, sich vorbeugen, seinen Worten den nötigen Nachdruck verleihen kann. »Ick will jo mol wat seggen«, sagt er mit störrischer Zunge: »Ehr de Buddels nich leddig sünd, loot ick hier keen ruut.« Er wartet, ob sich irgendwo Widerspruch regt. Regt sich nicht.

»Auf daß unsere Kinder lange Hälse kriegen!« ruft Geldmacher so übertrieben fröhlich, daß jeder gleich merkt, wie sehr das seiner wirklichen Stimmung widerspricht.

»Nastroffje«, sagt Guschi.

Kwalle protest Greve zu. Wies der Komment will: den Arm knapp unter Schulterhöhe angewinkelt, das Glas zwischen dem dritten und vierten Hemdknopf, so mögen es die Alten Herren. Greve tut belustigt über soviel Förmlichkeit, quittiert den Spott mit väterlichem

Wohlwollen, würde sich, man siehts ihm an, am liebsten mit einem derben Knuff revanchieren.

»Ex«, sagt Greve. Ein Mann ist ein Mann. Ein Mann läßt sich nicht lumpen. Ein Mann muß einen Stiefel vertragen können. Auch ein reifer Sechziger ist noch ein Mann. Einmal tief Luft holen, das wars.

»Sechsundvierzigsiebenundvierzig«, sagt Guschi, »wenn wir da aufm Kiwiew gewesen wärn, würds hier jetzt anders aussehn.« Sein Blick pendelt sich auf Greve ein: »Mit Leuten wie dir, mit euch verdammten Kapitalisten, hätten wir kurzen Prozeß gemacht. Aufgehängt hätten wir euch, verstehstu, aufgehängt, mitm Kopf nach unten!«

»Das glaub ich dir gern, Guschi«, sagt Greve mit einem Lächeln, hinter dessen Milde Unmut lauert. »Deshalb dank ich dem Herrgott auch dreimal täglich, daß wir jetzt in derselben Partei sind.«

»Aber laß die Iwans erst hier sein«, fährt Guschi unbeirrt fort. »Die holen das nach, die ziehn euch das Fell über die Ohrn, euch Aasgeiern!«

Jetzt reißt Geldmacher denn doch der Geduldsfaden: »Was weißtn du schon von den Iwans«, blafft er Guschi an. »Haste überhaupt schon mal einen aus der Nähe jesehn?«

»Halt die Klappe, mit dir red ich nicht«, sagt Guschi.

»Wenn einer den Russen kennt«, sagt Geldmacher und räumt allein durch Stimmhebung und Mimik jeden Zweifel an seiner Kompetenz aus, »dann ist es meine Wenigkeit.«

»Nochn Piep, und ich mach dich zur Schnecke«, sagt Guschi finster.

Frau Bachmann zu Frau Hinze: »Ich glaub, wir gehn jetzt wohl besser.«

»Sittenblieben!« brüllt Heuer. »Wenn ji afhaut, mook ick den Hund los!«

Ein Seufzer entringt sich Frau Bachmanns Brust: »Ich war ja auf einiges gefaßt, aber daß es solche Formen annehmen würde, damit hab ich nun doch nicht gerechnet.«

»Ich meine auch, wir sollten versuchen, uns wie gesittete Menschen zu benehmen«, sagt Greve.

»Scheißkapitalist«, sagt Guschi.

»Wie wärs, wenn du mal ne andere Platte auflegst?« fragt Greve. Unter seinen Tränensäcken spannt sich die Haut.

Kwalles Großmutter nimmt einen letzten Anlauf zu retten, was an dieser Trauerfeier noch zu retten ist. Sie rammt Geldmacher ihren spitzen Ellbogen zwischen die Rippen: »Kannst du Schieber?«

»Jetzt?« fragt Geldmacher betroffen.

»Schieber kann man, oder man kann ihn nicht. Und wenn man kann, kann man immer.«

Geldmacher käme nicht aus dem Land der Denker, wenn er von derart glasklarer Logik unbeeindruckt bliebe. »Friher, bei uns zuhaus in Astpreißen, haben wir viel Schieber jetanzt«, sagt er, hin und hergerissen zwischen lieber Erinnerung und böser Ahnung.

»Na also«, sagt Kwalles Großmutter, zieht Geldmacher am Schlips vom Stuhl hoch, stimmt das Lied vom treuen Husaren an und schlägt, seine Wenigkeit als Rammbock benutzend, eine Schneise durch die Trauergesellschaft. Aus Porzellanscheppern Glasklirren Frauenkreischen dringt schrill ihre Stimme hervor: der liebt sein Mädel so manches Jahr.

Heuer, offensichtlich erfreut über den plötzlichen Ausbruch von Fröhlichkeit, tut ein übriges: er packt den vor ihm stehenden Tisch mit beiden Händen, stemmt ihn, ohne sich aus dem Sessel zu erheben, hoch und stellt ihn in die Ecke. Eine Geste, die auch dem Begriffsstutzigsten klarmacht, daß jetzt der heitere Teil des Festes begonnen hat.

»Musik!« befiehlt Heuer.

Jemand stellt das Radio an: Bornholm, Südsüdwest drei, diesig. Wellensalat. Why don't you all f-f-f-fade away don't try and dig what we all say...

«Musik, heff ick secht!«

»Is nix drin«, sagt Frau Westermann.

Guschi steigt auf seinen Stuhl, singt: Tante Hedwig Tante Hedwig die Nähmaschine geht nicht... Erna stößt ihm eine Flasche ins Kreuz, Guschi fällt auf den Tisch, wälzt sich in splitterndem Glas, singt weiter: der Faden ist gerissen das Leben ist beschissen. Kwalles Großmutter zieht Frau Bachmann vorbeitanzend den Stuhl unterm Hintern weg, es gibt einen schweren Plumps, die Witwe bleibt mit gespreizten Beinen auf dem Fußboden liegen, schamlos vor Wut, die Fettwülste an ihren Oberschenkeln wabbeln, sogar Greve riskiert rasch einen Blick, bevor er ihr wieder auf die Beine hilft.

»Hast dir wehgetan?« fragt er Frau Bachmann.

»Achwas«, antwortet Kwalles Großmutter anstelle der Witwe, die noch um Worte ringt, »die hat n dicken Arsch, die fällt weich.«

»Du bist wohl nicht mehr bei Trost, wie!?« schreit Greve.

»Früher haben wir mit solchen Transusen noch ganz andre Sachen gemacht», sagt Kwalles Großmutter über Geldmachers Schulter hinweg. »In n Schweinestall gejagt haben wir sie, und denn haben die Mannsleute einer nachm andern den Eber gespielt.«

»Dudududu Subjekt, du!« faucht Frau Bachmann, »du gemeingefährliches Subjekt! Ich zeig dich an! Ich sorg dafür, daß du bis an dein Lebensende in die Klapsmühle kommst!«

»Hasch mich, ich bin der Frühling!« ruft Kwalles Großmutter fröhlich und walzt mit Geldmacher davon.

»Bei Adolf hätten sie die schon längst um die Ecke gebracht«, sagt Erna.

Kwalle spürt plötzlich einen Fuß zwischen den Schenkeln, flinke Zehen streicheln seine Eier. Ihm gegenüber sitzen Frau Hinze, Flügel und Frau Westermann. Frau Hinzes Beine sind zu kurz, bleiben also Flügel und Frau Westermann. Möchte Flügel Versöhnungsbereitschaft zu erkennen geben? Oder sticht Frau Westermann, vom Alkohol enthemmt, der Hafer? Kwalle beschließt, der Sache auf den Grund zu gehen: er preßt die Knie zusammen.

»Bezahlt das die Kasse?« fragt Frau Westermann.

»Etwa die Hälfte«, antwortet Flügel.

Kwalle biegt den großen Zeh um.

»Haaach!« stöhnt Frau Westermann auf.

Flügel mustert sie erstaunt: »Hatten Sie mit mehr gerechnet?«

Kwalle gibt den Fuß frei: immer nur das eine im Kopf, diese Weiber. Aber mal sehn, wie sich das Fest entwickelt, vielleicht kommt er auf das Angebot zurück.

»Ich geh jetzt«, verkündet Frau Bachmann, laut genug, daß kein Zweifel an ihrer Entschlossenheit aufkommen kann. »Keine Minute bleib ich hier länger!«

»Ich bring dich nachhaus«, sagt Greve und bietet ihr, ganz Kavalier, den Arm.

Gedämpfte Aufbruchsstimmung. Wer Heuer kennt, weiß, daß er imstande ist, seine Drohungen wahrzumachen. Aber der Gastgeber kuckt durch seine Gäste, als ob sie aus Glas wären, in seinen Säuferaugen spiegelt sich das Nichts, er sieht aus, als habe er sich im Zustand der Volltrunkenheit in eine Wachsfigur verwandelt.

Leise, um ihn nicht wieder zum Leben zu erwecken, auf Zehenspitzen, mit geflüsterten Abschiedsworten, stehlen sich seine Gäste, bis auf Kwalle, Kwalles Großmutter, Guschi und Frau Westermann, davon. Kwalle hört die Trauergesellschaft über die Diele hasten, hört das ärgerliche Summen einer Mistfliege, die, von Guschis Schnarchen aufgescheucht, im Tiefflug über dem Schlachtfeld kurvt.

»Aasbande!« schimpft Kwalles Großmutter. »Haun sich die Bäuche voll und verduften. Sowas hätts früher nicht gegeben.«

Die Hausfrau in Frau Westermann erträgt den Anblick der zahlreichen vollen und halbvollen Gläser nicht länger. »Schade um das schöne Geld«, sagt sie und nippt, nicht ohne anzuzeigen, wieviel Überwindung es sie kostet, mal hier, mal da, erbarmt sich allmählich immer zügiger des flüssigen Kapitals, kippt runter, was, dem Sonnenlicht ausgesetzt, schal zu werden und zu verdunsten droht.

»So isses richtig, mein Deern«, lobt Kwalles Großmutter, »schnassel dir einen, weg mit Schaden, im Himmel gibts Kakau.«

»Wär doch ne Sünde, wenn das alles weggegossen würd«, sagt Frau Westermann. »So dick hats Gustav ja nun auch wieder nicht.« Suff als Kampf dem Verderb, mal was anderes, denkt Kwalle und läßt geistesgegenwärtig eine Flasche unter dem Tisch verschwinden.

Heuer rutscht aus dem Sessel, geht in die Hocke, klappt langsam nach vorn, soweit es ihm sein Bauch gestattet, schwankt nach rechts, läßt sich mit der Schulter vom Büfett abprallen und rollt unter den Tisch, wo er sich mit zufriedenem Grunzen ausstreckt.

»Nu kuck dir das sogenannte starke Geschlecht an«, sagt Kwalles Großmutter voller Verachtung. »Da waren die Kerls früher aus anderm Holz geschnitzt.«

Und Kwalle? Hält er nicht, wenn auch zermürbt von Hitze und Alkohol, die Stellung, der letzte seines Geschlechts, ein Mahnmal der Standfestigkeit?

Mannhaft, die Alte soll nicht glauben, er ließe sich mirnichtsdirnichts mit diesen Schlappschwänzen über einen Kamm scheren, nimmt er einen Schluck aus der Flasche, mannhaft steht er auf, setzt mit einer etwas zu flach angelegten Flanke über den Tisch, mannhaft greift er Frau Westermann zwischen die Schenkel, daß sie aufjuchzt, das Glas fallenläßt und Kwalle ihren üppigen Hintern entgegenstreckt.

»Nanu«, sagt Kwalles Großmutter überrascht, »wo kommst du mitn Mal her?«

Kwalle schiebt Frau Westermanns Rock hoch, streift den Schlüpfer herunter, schiebt den Daumen in ihre Möse. „Nichtdochnichtdoch«, wimmert Frau Westermann, »was tust du denn da?« Kwalle holt seinen Schwanz hervor, dem es im Hosenbein schon längst zu eng geworden war, und läßt ihn sich recken, bis er wie ein geschwungenes Horn im Sonnenschein steht.

»Donnerwetter!« sagt Kwalles Großmutter. »Was mein Zweiter war, der hatte auch son strammen Bengel. Nur anfangen konnte er damit leider nix.«

Die Eichel treibt die Schamlippen auseinander und stülpt sie nach innen. Stoßseufzer Stoßschrei Stoßgebet. »Oh du lieber Gott, ohduliebergott!« stammelt Frau Westermann inbrünstig, »mach das nochmal.« Langsamer Rückzieher, harter Stoß. »Ja, so!« keucht Frau Westermann, »tut das gut oh tut das gut!« Kwalle drängt sich zwischen ihre Schenkel und legt ein flotteres Tempo vor. »Joyjoyjoyjoyjoy!« jubelt Frau Westermann.

Guschi erwacht, hebt den Kopf, betrachtet mit stumpfem Blick, was sich vor seinen Augen abspielt, fragt: »Sind die Iwans da?« und dreht sich auf die andere Seite.

»Ja«, kreischt Frau Westermann, »jajajajaja! Ich bin gleich soweit!« Sie reißt ihre Beine auseinander, preßt sich gegen ihn, Kwalle spürt den Saft in seinen Schwanz schießen. »Jetzt!« schreit Frau Westermann, »je-je-je-he-he-he-hetzt!« Kwalle stößt wuchtiger zu, es sprudelt strömt fließt aus ihm hervor, mit jedem Stoß aufs neue, immer nochmal, bis der Quell versiegt ist und der Krampf in den Muskeln sich lockert.

»Himmel!« schnaubt Frau Westermann, »wenn mein Mann das auch so könnte!«

»Wenn man das so sieht, möchte man direkt nochmal sechzig sein«, sagt Kwalles Großmutter und streichelt Kwalles Schwanz mit lüsternem Blick.

Frau Westermann schiebt sich vom Tisch und zieht ihren Schlüpfer hoch. »Wahrscheinlich denkst du jetzt Gottweißwas von mir«, sagt sie zu Kwalles Großmutter. »Aber man ist ja schließlich auch nur n Mensch.«

»Kuck mal, jetzt schämt sie sich«, sagt Kwalles Großmutter und entblößt ihre schwarzen Eckzähne. Eine Pythonschlange könnte nicht hämischer grinsen.

Frau Westermann sucht ihren Schuh und findet ihn unter Heuers Nacken. »Das viele Trinken, alles durcheinander, und das bei dieser Hitze: kein Wunder, wenns da mit einem durchgeht.«

»Weißt du was?« sagt Kwalles Großmutter. »Ich erzähl im Dorf, als du mal n Moment weggetreten warst, hat er dich schändlich mißbraucht, der Lümmel.«

»Um Gotteswillen, bloß das nicht!« sagt Frau Westermann. »Am besten, du erzählst überhaupt nix.« Und fügt mit verschämtem Lächeln hinzu: »Das nimmt mir ja doch keiner ab.«

»Kommt drauf an, wers erzählt«, sagt Kwalles Großmutter. »Mir glauben sie alles, das ist der Vorteil, wenn man n Haschmich hat.«

Frau Westermann streift Kwalle mit einem Seitenblick: »Im Grunde wars ja auch beinahe so. Wenn einer so rangeht wie der, was soll man da machen?«

»Beine breit und stillhalten«, sagt Kwalles Großmutter von Frau zu Frau.

»Trotzdem: wenn mein Mann das zu wissen kriegt, haut er mich grün und blau«, sagt Frau Westermann und betastet, von bösen Ahnungen erfüllt, ihr Hinterteil. »Ich bring dir heute abend ne Mettwurst vorbei, eine mit Rum drin, die magst du doch so gerne.«

»Wie groß?« fragt Kwalles Großmutter sachlich.

Frau Westermann breitet ihre Arme nach jeder Seite ein gutes Stück über ihre Schultern aus.

»Na schön«, sagt Kwalles Großmutter. »Entweder ne saftige Geschichte oder ne saftige Mettwurst, n büschen was muß für mich auch dabei rausspringen.«

»Bis nachher denn«, sagt Frau Westermann und bahnt sich einen Weg durch Heuers arg ramponierten Hausrat. Draußen rast der Hund kettenrasselnd hinter ihr her und quittiert mit wütendem Bellen, daß sich die Letzte fluchtartig ihrem sprichwörtlichen Schicksal entzieht.

»Hoolt Muul, Hasso«, murmelt Heuer schlaftrunken. Hasso erstickt an seiner eigenen Wut.

Stille. Dicke Scheiben Stille zwischen Tick und Tack. Die Sonnenstrahlen liegen jetzt fast waagerecht über dem Tisch. Fliegen fliegen unsichtbare Schnittmuster ab. Kwalles Großmutter füllt ihr Glas je zur Hälfte mit Schnaps und Kalter Ente und rührt das Gemisch mit dem Finger um.

»Prost, mein Schieter«, sagt sie. Der Ärmel ihres Kleids rutscht bis zum Ellbogen herunter und entblößt einen kantigen, in zerknitterte Haut gehüllten Knochen.

»Prost, Oma«, sagt Kwalle.

»Du kommst nach mir«, sagt seine Großmutter, nachdem sie das Glas in einem Zug geleert hat. »Früher konnte ich dich nicht riechen, die hatten dich mächtig untergebuttert, du hättst dich mal sehn sollen damals, zum Kotzen, aber mit den Jahren hast du dich ganz schön rausgemacht, heute muß ich mich nicht mal mehr schämen, wenn ich sage: das ist mein Sohn.«

»Enkel«, stellt Kwalle richtig.

»War denn noch einer zwischen uns?« fragt sie mit Grübelfalten auf der Stirn.

»Ja, aber der zählt nicht«, sagt Kwalle.

»Wir beide«, sagt sie, »du und ich, was glaubst du, wie froh die wärn, wenn sie uns vom Hals hätten.«

Sie lacht. Es hört sich an, als ob jemand ein Stück Zwieback schmirgelt. »Aber eins sag ich dir: vonwegen sang- und klanglos abnibbeln, den Gefallen tu ich ihnen nicht.« In ihren Augen züngeln Flammen. Lodernder Pyromanenblick. »Wenn ich merk, es geht mit mir aufn Rest, steck ich das ganze Dorf in Brand. Damit sie noch lange an mich denken.«

»Zu schade, daß ich das nicht mehr erleben werd«, sagt Kwalle.

Seine Großmutter wirft ihm einen warnenden Blick zu: »Willst du mich veräppeln, Muschiblix?«

»Nein, ehrlich, Oma! Ich machs nicht mehr lange.«

Sie grinst mit zahnlosem Unterkiefer: »Legt hier ne Nummer hin, daß die Wände wackeln, und sagt, er machts nicht mehr lange. Da muß ich aber lachen.«

»Ich denk bei jeder, es könnt die letzte sein«, sagt Kwalle. »Das spornt an.«

Die Sonne rutscht langsam hinter Heuers Misthaufen und verwandelt ihn in gleißendes Gold. Weit dahinter, winzig klein, schwebt ein taubenblauer Hut durch sattes Grün. Wird allmählich Zeit, dich wieder mit Flügel zu vertragen, sagt sich Kwalle, die paar Kröten dann und wann machen den Kohl zwar auch nicht fett, aber sie sichern das Existenzminimum.

»Jeder muß sehn, wie er über die Runden kommt«, sagt Kwalles Großmutter und beweist damit, daß sie die Kunst des Gedankenlesens immer noch beherrscht. »Als ich jung war, bin ich mal ne Zeitlang aufn Strich gegangen. Von allen Arten, sein Geld zu verdienen, ist das noch die reellste.«

»Wir beide — was, Oma?« sagt Kwalle und ist einen Moment lang versucht, das Wort Seelenverwandtschaft wieder in seinen Wortschatz aufzunehmen.

»Ja, du hast ne Menge von mir«, sagt sie, »du bist überhaupt der einzige, der mir das Wasser reichen kann, und wenn dus nicht so eilig mitm Abkratzen hättest, würd ich dich sogar zu meiner Beerdigung einladen, dich ganz allein.«

»Nett von dir, Oma«, sagt Kwalle gerührt. »Aber, wie gesagt: ich bin vor dir dran. Deshalb kann ich, so leids mir tut —«

»Hast du n bestimmten Grund?« unterbricht sie ihn.

»Allerdings«, antwortet Kwalle. »Ich hab den Höhepunkt meines Lebens erreicht, von jetzt an kanns nur noch bergab gehn.«

Eine knochige Hand tätschelt Kwalles Hinterkopf: »Recht so, mein Schieter. Wenn du nicht willst, daß sie dich unterkriegen, diese Kacker, dann sieh zu, daß du rechtzeitig die Kurve kratzt. Auf die Dauer sitzen die nämlich doch am längern Hebel. Wenn ich nicht verrückt wär, ich wär auch schon längst übern Jordan gegangen, aber weiß ich, obs mir bei denen drüben genausoviel Spaß macht?«

Kwalle denkt an seinen durchsichtigen Urgroßvater: »Das ist die Frage.«

»Eben«, sagt Kwalles Großmutter. Sie prostet ihm zu, ein riesiges Basedowauge im Glas: »Ick seh di.«

»Ick di ok«, sagt Kwalle.

Seine Großmutter schleckt sich ein paar Tropfen vom Kinn. »Na gut«, sagt sie, »dann komm ich eben zu deiner, und ich versprech dir: das wird ne anständige Beerdigung, eine von der guten alten Art, dafür leg ich meine Hand ins Feuer.«

«Juppheidi und Juppheida«, sagt Kwalle, den Tränen nahe.

»Jawoll!« sagt seine Großmutter und schlägt auf den Tisch, daß Guschi sekundenlang der Atem stockt.

Etwas Klumpiges zwängt sich durch Kwalles Hals nach oben. »Das werd ich dir nie vergessen, Oma«, sagt er mit zitterndem Unterkiefer.

Ihr Kopf bläht sich auf, verschwimmt, ertrinkt. Kwalle preßt die Augenlider zusammen, quetscht ab, was sich da glitzernd vor seinen Pupillen sammelt, er kann sich nicht erinnern, jemals so von Rührung gepackt worden zu sein.

»Komm, trink n Schluck«, sagt Kwalles Großmutter mit brüchiger Stimme. »Und reiß dich zusammen, verdammtnochmal, sonst fang ich auch noch an!«

Kwalle schluckt. Schluckt Schnaps und Tränen. Aber es hilft nichts: er spürt, wie sich sein Kinn verkrampft, wie es sich vor den Augäpfeln staut, wie es ihm immer dicker von den Wimpern tropft.

»Schluß jetzt!« schreit Kwalles Großmutter. »Hör mit dem Blarrn auf, oder ich schmier dir eine, daß dir Hörn und Sehn vergeht! Stell dir mal vor, die andern könnten dich so sehn: dein ganzes Immitsch wär im Eimer.«

»Mein was?« fragt Kwalle, wie durch ein Zauberwort von seiner Traurigkeit erlöst.

»Glaub ja nicht, du bist hier der einzige, der mit Fremdwörtern um sich schmeißen kann«, sagt seine Großmutter. »In der Klapsmühle hab ich das ganze Lexikon auswendig gelernt, von Aa bis Zytotoxin. Und das hab ich bloß getan, weil ich nicht in Versuchung kommen wollte, die Bibel zu lesen, denn außer der Bibel und dem Fremdwörterlexikon gabs da sonst nix.«

Kwalle wischt sich die Tränen aus dem Gesicht.

»Prost, Oma«, sagt er.

»Prost, mein Schieter.« Ihr Adamsapfel hüpft einmal rauf und runter: ex. Normalerweise, sagt sich Kwalle, müßte sie längst besoffen sein, aber was an meiner Oma ist schon normal?

»Was ich dich schon immer mal fragen wollte«, sagt Kwalle: »Wie wird man eigentlich verrückt?«

Ein Lächeln huscht über ihr runzliges Gesicht: »Möchtest du wohl wissen, hm? Aber fürs Verrücktwerden gibts kein Rezept, und wenn ich eins hätte, würd ichs dir nicht verraten. Spaß macht die Sache nämlich nur, solange man der einzige Verrückte unter lauter Normalen ist, bei zweien fängts schon wieder an, langweilig zu werden.« Sie setzt sich auf die Fensterbank und schwingt ihre Beine nach draußen. »Denn man tschüß, mein Schieter. Und für den Fall, daß wir uns nicht mehr sehn sollten: sieh zu, daß du dir n anständigen Abgang verschaffst.«

Ihr Kopf nickt seinem Schatten an der gegenüberliegenden Wand zu, der Schatten nickt zurück, schwillt an, zerfließt. Wenig später ertönt draußen das Lied vom treuen Husaren und verklingt zwischen Heuers Apfelbäumen.

»Und was jetzt?« fragt Kwalle sein Spiegelbild in der Fensterscheibe.

»Sauf dir einen«, antwortet das Spiegelbild. »Was du im Bauch hast, kannst du getrost nachhause tragen.«

Kwalle nimmt einen tüchtigen Schluck aus der Flasche: »Und was jetzt?«

»Sauf«, sagt das Spiegelbild. »Jeder Schluck kann der letzte sein.«

Kwalle tut, wie ihm geheißen. »Und jetzt?«

»Sauf!«

»Immer mit der Ruhe«, sagt Kwalle, »uns nimmt ja keiner was weg.« Vier, fünf volle Flaschen noch und jede Menge Kalte Ente. Meta hat ein dickes Fell.

»Komm, Verräter der Arbeiterklasse«, sagt Kwalle, »sollst auch nicht leben wie n Hund«, und füllt Guschis weitgeöffneten Mund mit Schnaps. Guschi schluckt, atmet tief durch und schnarcht weiter. Den Seinen gibts Herr Marx im Schlaf.

»Guschi, die Russen sind da!« brüllt Kwalle, imitiert eine metallisch hüstelnde Kalaschnikow und zertrümmert eine Flasche unmittelbar neben Guschis Ohr. Aber Guschi denkt nicht daran, der roten Gefahr ins Auge zu blicken, er wälzt sich vom Rücken auf den Bauch und hält ihr sein scherbengespicktes Hinterteil hin.

Kwalle prostet seinem Spiegelbild zu.

»Weg mit Schaden, mein Schieter«, sagt Kwalles Spiegelbild, das jetzt, Kwalle sieht es mit Erstaunen, unverkennbar die Züge seiner Großmutter trägt.

»Prost, Oma«, sagt Kwalle. »Du bist die Verrückteste im ganzen Land, aber hinter den sieben Bergen wohnen welche, die sind noch tausendmal verrückter als du!«

Die Dinge kreißen und gebären sich selbst: das Fenster das Fenster, der Tisch den Tisch, die Standuhr die Standuhr, Guschi Guschi. Wohin Kwalle auch blickt: überall schlüpft etwas aus sich selbst hervor und bietet sich ihm in doppelter Ausfertigung dar.

»Himmelarsch und Wolkenbruch, bin ich blau!« jauchzt Kwalle, wirft sich der Länge nach auf den Tisch und singt so laut er kann: bimmelbammelbeier wie dick sind meine Eier. Immer noch zwei, wie gehabt. Steck de Klöten ok mit rin, wer war das noch gleich? Achja, Tine. Die zwischen den Schenkeln nach Anchovis roch. Mann, das waren noch Zeiten!

Ein schwarzer Schatten segelt durch das Zimmer.

»Grüß Gott, Freund Hein«, sagt Kwalle tapfer. »Du hasts doch wohl nicht auf mich abgesehn?«

»Das hab ich mir beinah gedacht«, antwortet der Tod. »Wieder mal sinnlos betrunken.«

»Falls überhaupt was einen Sinn hat, dann der Suff«, muckt Kwalle auf.

»Ist wohl besser, ich hol meinen Wagen«, sagt der Tod.

»Nun mal langsam«, sagt Kwalle. »Ganz so eilig hab ichs auch wieder nicht. Kannst du dich nicht noch n büschen gedulden?«

»Wenn du wüßtest, was für eine Sehnsucht ich nach dir gehabt hab«, sagt der Tod. Sanfte Finger kraulen Kwalles Nackenhaar.

»Alles schön und gut«, sagt Kwalle, »aber ich hab noch einiges vor. Ich muß mir n guten Abgang verschaffen, den bin ich mir selbst und meiner Oma schuldig. Also sei so gut und verpiß dich, Gevatter.«

»Ach, du kannst mich mal!« schreit da der Tod und hat plötzlich Flügels Gesicht, trägt Flügels Hut, duftet nach Flügels Veilchenparfüm.

Kwalle atmet auf. »Mensch, Edwin, alte Tunte«, sagt er, maßlos erleichtert, »dafür, daß dus bist, tu ichs sogar gratis.«

VII

Wenns hier bloß nicht so dunkel wär. Kwalle watet hinter seinen ausgestreckten Armen her, ein Schlafwandler im Keller, bei jedem Schritt darauf gefaßt, gegen ein Hindernis zu prallen. Nach Brötchens Plan müßte gleich linkerhand die Treppe sein, aber was, fragt er sich, wenn du im Kreis läufst oder die falsche Richtung eingeschlagen hast und ganz woanders landest, wo es keine Treppe gibt und keine Tür?

Halt. Seine Fingerspitzen treffen auf etwas Kaltes, Glattes. Glas. Ein Weckglas. Noch eins. Lauter Weckgläser, eins so voll wie das andere. Kwalle tastet sich an den Weckgläsern entlang, das nimmt und nimmt kein Ende, immer wieder stoßen seine Finger gegen kaltes rundes Glas. Wer, zum Teufel, soll das alles verputzen? Oder hat da jemand für Notzeiten vorgesorgt, weitblickend Weckglas an Weckglas gereiht, sich in Erwartung des nächsten Zusammenbruchs eine eiserne Reserve zugelegt? Kwalle schmunzelt ins Dunkel: Gottvertrauen ist gut, auf dem Quivive sein ist besser. Wenns hart auf hart kommt, bleibt einem immer noch das Eingemachte.

Die Treppe, na endlich.

Kwalle kriecht sie auf allen vieren hinauf. Die Tür ist angelehnt, er gibt ihr einen Stoß.

Rechts im Fenster das ewig grinsende Mondgesicht, davor ein buckliger Schatten. Kwalle schließt die Tür auf, öffnet sie, ein Schwall Mondlicht ergießt sich in die Küche.

»Alles in Ordnung?« fragt Brötchen mit mahlendem Unterkiefer.

»Tritt ein, bring Glück herein«, sagt Kwalle.

Brötchen hält ihm die Pistolenmündung unter die Nase: »Du weißt, was ich dir gesagt hab.«

»Keinen Blödsinn«, erinnert sich Kwalle rasch.

»Genau«, sagt Brötchen. Der Mondschein verleiht ihm eine gewisse Ähnlichkeit mit Eleanor Roosevelt. »Also halt dich dran.«

»Okay, Boß«, sagt Kwalle.

Brötchen geht voran. Auf Zehenspitzen, den Kopf zwischen den Schultern, die Pistole im Anschlag schleicht er durch den Flur, bleibt vor Türen stehen, horcht, geht weiter.

Kwalle nimmt im Vorübergehen einen Hut von der Garderobe, wirft ihn über die Schulter nach hinten: ein kurzes schlurfendes Geräusch erschreckt die Stille.

Brötchen fährt herum: »Was war das?«

»Keine Ahnung«, flüstert Kwalle. »Vielleicht ist doch jemand im Haus?«

»Quatsch!« sagt Brötchen.

»Warum ziehst du dann sone Schau ab?« fragt Kwalle mit normaler Lautstärke. Er schraubt eine der blankpolierten Holzkugeln vom Treppengeländer und wiegt sie in der flachen Hand.

»Idiot!« zischt Brötchen. »Da sind jetzt überall deine Fingerabdrücke drauf.«

Kwalle preßt die Kugel unterhalb des rechten Ohrs gegen den Hals, streckt den linken Arm waagerecht nach vorn aus, neigt den Oberkörper zurück, winkelt das linke Bein an und dreht sich einbeinig um die eigene Achse. »Mal sehn, wer weiter kann?«

Brötchen geht vorsichtshalber aus der Wurfrichtung, legt auf Kwalle an, die Hand mit der Pistole droht als überlebensgroßer Schatten von der Wand: »Leg das Ding weg, oder ich pust dir n Loch in die Figur!« Wer so spricht, spaßt nicht, sagt sich Kwalle, Humor ist ohnehin nicht Brötchens starke Seite, der kriegts fertig und versaut sich aus Prestigegründen das ganze Unternehmen.

»Besten Dank für das Angebot«, sagt Kwalle, »aber meinen Mörder such ich mir selber aus.« Und schraubt die Kugel wieder fest.

Der Pistolenlauf taucht ins Dunkel zurück: »Noch son Mätzchen, unds knallt. Ist das klar?«

»Alles klar, Boß«, sagt Kwalle.

»Also weiter«, sagt Brötchen. »Das hier muß das Schlafzimmer sein.«

Weiße Mondlichtsplitter auf den Ehebetten. Über dem Kopfende streckt ein nackter Jüngling den Zeigefinger aus, in seinem Brustkorb spiegelt sich das Fensterkreuz. Auf einem Stuhl, Naht auf Naht gefaltet, Greves Pyjama. Davor seine Hausschuhe, Hacke an Hacke, die Spitzen drei Finger breit auseinander.

»Rührt euch!« sagt Kwalle und kickt den rechten Schuh unter das Bett.

Auf der Straße fährt ein Auto vorbei.

»Psssst!« macht Brötchen.

Zweigschatten wandern über die Wände.

»Opel Rekord«, stellt Brötchen fest. »Der Bulle fährt zum Campingplatz raus, da ist eine, die machts für fünf Mark.«

Auf Greves Nachttisch liegt ein Notizblock. Kwalle hält ihn gegen das Licht. 30. 8. F. Meier 75, Luftbildatlas Schl. -Holst., steht da in spitzer deutscher Schrift. Weiter unten ein Wort, das mehrfach durchgestrichen ist.

»Los, such die Schubladen durch!« befiehlt Brötchen und macht sich an Frau Greves Nachttisch zu schaffen.

Kwalle zieht die obere Schublade auf. Taschentücher, sauber gestapelt, eine Rolle Vivil, ein leeres Brillenfutteral, Sigmund Freud: Über Träume und Traumdeutungen. Was stört den Schlaf des Gerechten?

»Lauter Plünnkram«, schimpft Brötchen.

Die mittlere Schublade ist voll von Tuben, Dosen, Schachteln, Fläschchen. Was ein Mann so braucht, wenn er in die Jahre kommt. Eine gedrängte Übersicht über Greves Beschwerden, von den Hühneraugen bis zum Hexenschuß. Ein Grund mehr, findet Kwalle, im besten Mannesalter das Zeitliche zu segnen.

In der unteren Schublade: Socken. Socken über Socken. Kwalle denkt an den nächsten Winter und bedient sich, Greve wirds verschmerzen können. Unter den Socken ein Briefumschlag. Darin ein Foto: eine helle Masse Mensch, den Umrissen nach könnte es Greve sein, daneben etwas Schlankes, Langhaariges, Anschmiegsames, im Hintergrund Berge. Auf der Rückseite, in weicher Frauenhandschrift: Denkst du noch manchmal daran? Rimini 1964. Kwalle staunt: nun kuck sich einer den alten Lustmolch an! Nicht daß er Greve für einen Ausbund an Tugendhaftigkeit gehalten hätte, aber den Sündenfall des Sittenwächters so klar vor Augen zu haben, überrascht denn doch. Kwalle steckt das Foto ein. Für alle Fälle.

»Stell dir vor, du hast sone alte Schraube neben dir im Bett«, sagt Brötchen.

»Dafür ist mir meine Phantasie zu schade«, sagt Kwalle.

»Ich hab mal die Fud von meiner Alten gesehn«, sagt Brötchen,

»ich krieg heute noch ne Gänsehaut, wenn ich daran denk.« Er schlägt eine Delle in Frau Greves Kopfkissen: »Nicht fürn Hundertmarkschein würd ich die bürsten!«

»Kommt ganz drauf an, wie nötig man den Hundertmarkschein braucht», gibt Kwalle zu bedenken.

Brötchen beult mit der Zunge seine Wange aus: »Du hast da keine Hemmungen, was? Dir ists ja sogar schnuppe, ob dus mit ner Frau machst oder mitm Mann. Wieviel bezahlt er dir eigentlich dafür, der Zahnklempner?«

»Was ist jetzt?« fragt Kwalle muffig. »Drehn wir n Ding, oder wollen wir Intimitäten austauschen?«

»Immer mit der Ruhe«, sagt Brötchen. »Der ihre Juwelen laufen uns schon nicht weg.«

»Falls sie überhaupt hier sind.«

»Wo sollen sie denn sonst sein?«

»Vielleicht hat sie sie bei sich.«

»Aber doch nicht alle, Mann! Da würd die n Koffer brauchen, für ihrn ganzen Klimbim. Glaubst du, das schleppt sie alles mit sich rum?«

»Also lassen wir uns überraschen«, sagt Kwalle.

Im Wohnzimmer riecht es nach Zigarren, Kamillentee und frischgeputztem Messing. Schimmerndes Mahagoni, Bücher hinter Glas und Schnörkelgitter, zwei Herren im Stuckrahmen, Grevegesichter von markanter Ausdruckslosigkeit, gespenstisch bleich vor schwarzem Hintergrund. Rechts ein Klavier mit hochgeklapptem Deckel, Steinway & Sons, ein bestickter Samtschal bedeckt die Tasten. Zwischen den Fenstern müht sich eine Bronzefigur mit einem trichterförmigen Gegenstand ab, den Kwalle gern für ein Symbol der Fleischeslust gehalten hätte, aber was man weiß, weiß man, gegen eine solide humanistische Bildung ist kein Kraut gewachsen.

»Das ist hier nicht wie bei armen Leuten, was?« sagt Brötchen, sichtlich beeindruckt.

»Bei armen Leuten wärs leichter, die Juwelen zu finden«, sagt Kwalle. »Bis wir hier alles durchgestöbert haben, da brauchen wir Tage.«

Brötchen drückt mit dem Zeigefinger sein linkes Augenlid herunter, Holzauge sei wach, geht zielstrebig auf die blassen Zwillinge zu und nimmt sie vom Haken. Aber keine Safetür samt Zahlenschloß belohnt seinen Spürsinn. Zur Strafe bohrt er einem der beiden Ahnherren die Stiefelspitze ins Gesicht.

»Ich möcht wissen, wasses da zu grinsen gibt«, sagt Brötchen. »In neun von zehn Fällen haben die ihrn Safe hinter som Schinken versteckt.«

»In neun von zehn Krimis, sagen wir mal.«

Brötchen betrachtet Kwalle aus schmalen Augenschlitzen: »Du kannst eim verdammt aufn Wecker gehn, weißt du das?«

»Darf ich das so verstehn, daß du die Sache doch lieber allein machen möchtest?« fragt Kwalle höflich.

»Irgendwann stopf ich dir nochmal das Maul, und zwar gründlich«, knurrt Brötchen. Er drückt sich in gebückter Haltung an den Fenstern vorbei: »Ich geh nach nebenan, kuck du da in der Kommode nach.«

Der Schlüssel steckt. Kwalle öffnet die Kommode. Etwas Sperriges, Glänzendes fällt ihm entgegen, bohrt sich in seine Kniescheibe und plumpst dumpf in den Teppich. Ein Pferd auf schwarzem Marmorsockel. Für 25jährige treue Mitgliedschaft Der Probsteier Reiterverein. Herrenreiter Greve. Unser Neckermann. Unser Reitet-für-Deutschland-Willy. Bis er sich bei der Military fast den Hals gebrochen hätte. Kwalle schiebt den Gaul beiseite, läßt sich im Schneidersitz vor der Kommode nieder und fängt an, sie auszukramen.

Fotoalben, zwei, vier, sieben, jede Menge Fotoalben.

Kwalle knipst die Stehlampe an.

Wer schreitet denn da Hand in Hand durch niedriges Gestrüpp, eine Klampfe über der Schulter, in windbewegten Knickerbockern? Lüneburger Heide, Sommer 1930.

Das Hermannsdenkmal aus der Froschperspektive, im Vordergrund, leicht verwackelt, ein scharfgescheitelter Kopf. Der Teufel soll Kwalle holen, wenn das nicht Hannes Bachmann ist.

Schneekloths alte Räucherkate, darunter weiß auf schwarz: Wieviele Generationen mögen unter diesem Dach gehaust haben Punktpunktpunkt.

Dekaweh Meisterklasse, ein stolzer Volksgenosse steckt seinen Ellbogen lässig aus dem Seitenfenster. Wieder daheim.

Daheim von wo?

Kwalle blättert ein paar Seiten zurück. Lachende Gesichter vor einer Ju 52. Cadiz 1938. Im Basar von Tetuan. Rast in Toledo. Drei von der Legion Condor. Jüngling Greve, melancholisch, mit bemüht abwesendem Blick. Also da hat er auch mitgemischt. Kein Krieg ohne Greve.

Etwas Rotsamtiges zieht Kwalles Blick auf sich, ein Kästchen mit Messingbeschlägen und verschnörkeltem Griff, wie geschaffen, Kostbarkeiten zu bergen. Kwalles Herzschlag setzt vorübergehend aus: Frau Greves Pretiosen! Er nimmt das Kästchen in die Hand, es ist leichter als erwartet, aber ein metallisches Klirren zeigt an, daß es nicht leer ist.

Was jetzt?

Die Stimme der Vernunft rät ihm, das Kästchen ungeöffnet dorthin zurückzustellen, wo er es gefunden hat, der Anblick funkelnder Brillanten hat schon stärkere Charaktere schwach gemacht. Andererseits: je größer die Versuchung, desto befriedigender das Gefühl, ihr widerstanden zu haben. Kwalle läßt den Deckel aufspringen.

Was erblickt sein Auge und weigert sich eine Weile, damit vorliebzunehmen? Eine Ansammlung zackigen Buntmetalls an überwiegend schwarzweißroten Bändchen, den Dank des Vaterlandes in kleiner Münze, vom Ekazwo über das Verwundetenabzeichen bis zum Gefrierfleischorden. Alles da, womit sich einer seinerzeit schmücken konnte, ohne die Tapferkeit in Heldentum ausarten zu lassen. Natürlich auch das Kreuz der Legion Condor. Kwalle nimmt es aus dem Kasten und heftet es an seine Brust.

Weiter. Aschenbecher, Zigarrenkisten voller Fotos und Briefe, Zeitungsausschnitte.

Ein Barometer. Das Laboer Ehrenmal als Tischfeuerzeug. Ein Holzkasten mit Dias: Madeira 1968. Ein getrocknetes Akazienblatt. Geschlecht und Liebe heute.

»Nanu«, wundert sich Kwalle. Sollte sich Greve neuerdings an der Theorie ergötzen, weil es mit der Praxis nicht mehr klappt?

Noch ein Buch.

Ein Tagebuch.

Greves Tagebuch?

Unverkennbar seine Schrift: scharfer Strich, verklebte Enge. Viele Ausrufezeichen und Pünktchen.

Kwalle macht es sich bequem, Frau Greves Juwelen können ihm gestohlen bleiben.

Lustige Gesellschaft, darunter Herr und Frau Petersen aus Neumünster sowie Oberbaurat Schneider/Kiel, mit dem ich ein längeres Gespräch über die Sanierung des Ortskerns führte. Habe ihn eingeladen, im Rahmen einer Volkshochschulveranstaltung einmal seine Vorstellungen zu entwickeln. Apotheker Stengel wieder groß in Form. Seine Theo-Lingen-Imitation ist bühnenreif. Wir haben herzlich gelacht ...

Weil ich wußte, daß der Minister selber frei spricht (man hat ja so seine Beziehungen!), hatte ich meine Dankesrede von Anfang bis Ende auswendig gelernt. Ein paar kleine Schnitzer (einmal sagte ich statt »Zone« »DDR«, verbesserte mich aber sofort) verstärkten noch den Eindruck, daß es sich um eine improvisierte Rede handelte.

Mehr denn je sind wir heute in Gefahr, zu modernen Nomaden zu werden. Wer keine Heimat hat oder keinen Ort der Erde als solche empfindet und liebt, ist wie eine Pflanze, die nicht Wurzel schlagen kann: sie wird vom Winde verweht, kommt unter die Räder oder fault in der Gosse.

Bei herrlichem Mondschein mit T. am Strand spazierengegangen. Dabei fiel mir ein Gedicht wieder ein, das ich als 17jähriger Gymnasiast auswendig gelernt hatte. Von Arno Holz, glaube ich. T. war zu Tränen gerührt und küßte mich. Wir gingen bis zum Bottsand. Dort, in den Dünen, »vom Mondschein übergossen«, überkam es uns wie ein Rausch ...

Im zweiten Gang ist er im Nu auf 120. Ich fürchte nur, daß man ihn auf unseren Straßen gar nicht richtig ausfahren kann.

Auch so ein Kapitel für sich. Ein überaus begabter Bengel, nur leider total verkommen. Inwiefern gewisse Erbanlagen dabei eine Rolle spielen, wage ich nicht zu entscheiden. Er ist das typische Beispiel eines entwurzelten Intellektuellen, eines Menschen, der aus geordneten Verhältnissen ausbrach und dann keinen Halt mehr fand. Mit Disziplin und einem Minimum an Fleiß hätte aus ihm etwas Ordentliches werden können, vielleicht auch mehr! Ich habe immer wieder versucht, ihm klarzumachen, daß die Natur einen Menschen nicht mit überdurchschnittlicher Intelligenz ausstattet, damit er sie sinnlos verschwendet, aber wenn ich für meine gutgemeinten Vorhaltungen überhaupt etwas erntete, dann war es Spott. Manchmal ließ er sich mir gegenüber sogar zu Beschuldigungen übelster Art hinreißen, auf die hier einzugehen ich mir versage, weil sie nicht nur aus der Luft gegriffen, sondern einfach absurd sind! Absurd und lächerlich! Wie hätte ich, ein fronterfahrener Soldat, mich jemals dazu hinreißen lassen, auf einen wehrlosen Gegner zu schießen.

Moment mal, überlegt Kwalle, wann war das noch? Neunzehnhundertvierundvierzig, im Sommer. Spätsommer, genauer gesagt. Er war vom Baden gekommen, das Wasser war schon ziemlich kalt, das Gras der Salzwiesen von Spinnennetzen durchwoben. Altweibersommer. September?

Kwalle blättert hastig zurück, die erste Eintragung stammt vom 20. März 1944: Für mich ist der Krieg zuende Punktpunktpunkt.

Die nächste vom Juni. Jetzt wirds interessant. 2. August 1944: Unter Hinweis auf meine schweren Verwundungen (ohne Krückstock geht es noch immer nicht!) gelang es mir, die Gauleitung davon zu überzeugen, daß das Amt des Ortsgruppenleiters bei Sinjen in besseren Händen wäre. Anschließend zum Tee beim Gauleiter und dessen reizender Gattin (Rilke-Verehrerin, wie ich!)

24. August: bunt zusammengewürfelter Haufen, fast ausschließlich alte Männer und Halbwüchsige. Die Ausbildung a. d. Panzerfaust nimmt meine ganze Zeit in Anspruch. Im Geschäft geht alles drunter und drüber. Frl. Krützfeld ist mit schweren Phosphorverbrennungen ins Krankenhaus gekommen.

7. September: Klaus-Werner spielte die Mondscheinsonate, wie ich sie noch nie gehört hatte; es war wie ein Abschied für immer. Mutter hat sich seit Tagen in ihrem Zimmer eingeschlossen. Es sieht ganz so aus, als ob das Ende nahe bevorsteht, ein Ende mit Schrecken ..

15. September: zwei Waggonladungen Kartoffeln abgefertigt, das war alles. Während eines Spaziergangs zum Holm endzeitliche Gedanken gewälzt. Wie soll es danach weitergehen? Die Frage nach der Schuld: wer unter uns dürfte von sich behaupten, er sei frei davon? Die Ahnung von großen Umwälzungen wirkt sich bei mir in einer krankhaft gesteigerten Triebhaftigkeit aus; ich onaniere nicht selten bis zu dreimal täglich ...

6. Oktober: Noch einmal Grimms »Volk ohne Raum« gelesen. Was immer man demnächst über dieses Buch sagen wird: ein Werk von

einsamer Größe! Sinjen hat den Freitod gewählt; heute morgen fand man ihn im Kuhstall. Ich habe mich daraufhin sofort mit dem Gauleiter in Verbindung gesetzt und ihm einen Nachfolger vorgeschlagen (Fr. W.). Ob das ein guter Schachzug war, wird sich herausstellen ...

23. Januar 1945: Als ich heute morgen aus dem Fenster blickte, war die Welt wie verzaubert! Mit einer weichen Decke von makellosem Weiß hatte der Winter Einzug gehalten.

Und die Sache mit dem Ami? Kwalle vergewissert sich, ob vielleicht eine Seite herausgerissen ist. Anscheinend nicht. Daß er sich dreimal täglich einen abgeleiert hat, wird der Nachwelt überliefert, aber die Heldentat in den Salzwiesen bleibt unerwähnt.

Oder steht sie zwischen den Zeilen?

Etwa dort: Wer unter uns dürfte von sich behaupten undsoweiter? Das könnte ein versteckter Hinweis sein, muß aber nicht. Sich unverbindlich an die eigene Brust zu klopfen, macht sich immer gut, das schmeckt nach Aufrichtigkeit und intaktem Gewissen. Kwalles Enttäuschung schlägt in Ärger um, er klappt das Buch zu, daß es laut knallt.

»Bist du verrückt geworden?« schnauzt ihn Brötchen von der Tür her an. »Mach sofort das Licht aus!«

Haudujudu, sagte der Ami. Du bist mein Zeuge, sagte Greve. Und in seinem Tagebuch steht kein Wort darüber.

»Ich ziel jetzt genau auf deinen Hinterkopf«, sagt Brötchen. »Wenn du bei drei nicht das Licht ausgemacht hast, bist du n toter Mann. Eins!«

Auch eine Art, sich selbst zu belügen, so ein Tagebuch. Zwanzig Jahre später liest es sich wie ein Tatsachenbericht.

»Zwei!« zählt Brötchen.

Kwalle knipst die Lampe aus. Man soll das Schicksal nicht ohne Not herausfordern, sagt er sich, schon gar nicht, wenn es zufällig Brötchens kümmerliche Gestalt angenommen hat.

Brötchen atmet hörbar auf. Auch ihm scheint in der Rolle nicht ganz wohl gewesen zu sein. Er kommt näher, den Blick auf Kwalles Brust gerichtet: »Was hast du da?«

»Einen Orden.«

»Gold?«

»Messing.«

Brötchen tritt dem zweiten Ahnherren ins Gesicht. Wo eben noch ein helles Oval Verbindlichkeit und Härte, Bauernschläue und Arglosigkeit, kurz: all die widersprüchlichen Merkmale eines Grevegesichts in sich vereinte, klafft jetzt ein handtellergroßes Loch.

»Wenn wir nichts finden, schlag ich hier alles kaputt!« schimpft Brötchen. Er nimmt eine Vase vom Büfett und bolzt sie in die Ecke, sie zerplatzt mit bauchigem Klang. Er schwingt sich aufs Sofa, benutzt es als Trampolin, springt, springt immer höher, bis sein Kopf fast die Decke berührt, bis die Federn brechen und seine Beine bis zu den Knien im Polster versinken. So ist Brötchen: Mißerfolg löst bei ihm eine wilde Zerstörungswut aus, Kwalle sieht schwarz für Greves Mobiliar, wenn die Suche nach den Pretiosen weiterhin ergebnislos bleibt.

»Weißt du, wo meine Eltern ihre Wertsachen versteckten?« fragt er.

Brötchen, verdrossen, aber doch ganz Ohr: »Hatten die überhaupt welche?«

»Aufm Klo«, sagt Kwalle und macht sich unverzüglich auf den Weg.

Brötchen hinter ihm her. »Die haben hier drei«, keucht er, noch kurzatmig von der akrobatischen Kür.

Den Flur entlang, die Treppe hinauf, Brötchen bleibt ihm dicht auf den Fersen: »Wo denn da?«

»Wirst du gleich sehn«, sagt Kwalle und ist schon im erstbesten Lokus. Er klettert auf die Brille, greift von oben in den Spülwassertank: hol mich der Geier, wundert er sich, da ist tatsächlich was!

»Mach mal das Licht an«, sagt Kwalle.

»Den Deubel tu ich«, sagt Brötchen.

»Wie willst du denn im Dunkeln die echten Brillanten von den nachgemachten unterscheiden?«

Brötchen stockt der Atem: »Sag bloß, du hast was gefunden!«

Klack, macht der Schalter.

Ein längliches, triefendes, mit einer streuseligen Rostschicht überzogenes Stück Metall.

»Gib her«, sagt Brötchen und betrachtet den Fund von allen Seiten: »Weißt du, was das ist?«

»Ein Witwentröster?«

»Blödsinn«, sagt Brötchen, »das ist n SA-Dolch. So einen hatte mein Alter auch.«

Klack, macht der Schalter.

»Na, immerhin«, sagt Kwalle. »Ebensogut hätte er da oben seine Wertsachen verstecken können.«

»Hätte, hätte«, sagt Brötchen vergrätzt. »Wenn der Hund nicht geschissen hätte, wär er geplatzt!«

»Da bringst du mich auf ne Idee«, sagt Kwalle. Er läßt die Hose runter und setzt sich auf die Brille.

»Was jetzt?« fragt Brötchen.

»Lange nicht mehr so feudal gekackt«, antwortet Kwalle.

»Das ist doch nicht dein Ernst«, stammelt Brötchen.

»Und ob«, sagt Kwalle. »Man muß die Feste feiern, wie sie fallen, und ein guter Schiß gehört nun mal zu den Höhepunkten des menschlichen Daseins. Möchte wissen, welcher Idiot dafür das Wort Notdurft erfunden hat.«

»Ich krieg zuviel!« stöhnt Brötchen und schlägt die Tür hinter sich zu. Ein kackender Komplize scheint nicht in seine Vorstellungswelt zu passen.

Kwalle fühlt, wie es sich breit durch den Schließmuskel zwängt, wie es ihn dehnt, seine Elastizität auf eine harte Probe stellt. Ein wollüstiges Kribbeln kriecht ihm das Rückgrat hinauf, sein Darm grunzt schmatzt blubbert, schwer und kompakt plumpst es ins Becken, aber das war noch nicht alles, jetzt kommt es weicher, geschmeidiger, con brio sozusagen, und der Anus bläst dazu eine tiefe Kadenz. Das ist für Kwalle Glück: nur noch Darm sein, die Wonnen seiner Entleerung bis zum letzten Furz auskosten, sich von der unverwechselbaren Würze des Geruchs bestätigen lassen, daß hier nicht irgendwer scheißt, sondern Kwalle höchstpersönlich. Einmal gut geschissen ist besser als zweimal schlecht gefickt. Wie wahr, wie wahr, pflichtet er sich selber bei. Sag mir, wie du scheißt, und ich sag dir, wer du bist. Auch nicht übel. Charakter als Resultat des Stuhlgangs: Blähungen machen böse, Verstopfung macht neidisch, Dünnschiß fromm. Nur mal als Hypothese. Man sollte, meint Kwalle, auch die Menschheitsgeschichte mal von dieser Seite betrachten: Historie als Ergebnis allerhöchster Verdauungsbeschwerden. Vielleicht wäre das ein Thema für Hansen, mal sehn, was ihm dieser Knüller wert ist.

Kwalle wischt sich die Tränen von den Wangen: kommt noch was? Der Schließmuskel zeigt sich unentschlossen, also warten wirs ab.

Ein weißer Lichtstrahl schwenkt durch den Lokus und verglüht auf den Kacheln über der Badewanne. Leise Schritte vor dem Haus, polternde auf der Treppe. Brötchen bollert gegen die Tür: »Los, abhaun!« Aber Kwalle denkt nicht daran. Einen guten Schiß bricht er nicht ab, bevor der After das Amen gesprochen hat, das käme ihm gleichermaßen sündhaft vor wie mit dem Saufen aufzuhören, bevor er blau ist, vom Vögeln ganz zu schweigen. Soviele Genüsse bietet einem das Leben nun auch wieder nicht, daß man darauf verzichten könnte, einen bis zur Neige auszukosten.

Unten schleicht jemand durch das Haus, Türen werden vorsichtig geöffnet und wieder geschlossen, Brötchen hat offenbar rechtzeitig die Flucht ergriffen, vermutet Kwalle, sonst hätte es bestimmt schon geknallt.

Er überlegt, wie er sich bemerkbar machen kann, ohne den da unten, wer immer es sei, zu unüberlegtem Handeln anzustiften, da entdeckt er schräg hinter sich den Porzellangriff der Wasserspülung. Das Rauschen bricht wie ein Orkan in die hellhörige Stille, geht in ein Gurgeln über, verröchelt.

Unter der Tür ein fingerbreiter Streifen Licht. Jemand kommt die Treppe hoch, tritt kräftig auf, damit jeder gleich merkt: hier kommt einer, der keine Angst kennt, und bleibt vor der Klotür stehen.

»Besetzt«, sagt Kwalle.

»Kommen Sie da raus!« sagt Greve.

»Augenblick«, sagt Kwalle, »ich bin noch nicht fertig.«

Es wird hell. Im Türrahmen Greves breite Silhouette: »Also du.«

»Ganz recht«, bestätigt Kwalle.

»Da lief einer weg, wer war das?«

»Al Capone, falls Ihnen der Name was sagt.«

Greve schaltet das Licht an. Er trägt einen Totschläger in der Hand. Sein Gesicht zeigt eine hitzige Röte. »Das hab ich kommen sehn«, sagt er. »Vom Asozialen zum Kriminellen ist es nur ein kleiner Schritt, den hast du jetzt getan.«

»Immerhin ist es das erste Mal, daß ich Sie nicht enttäuscht hab«, gibt Kwalle zu bedenken.

»Schade«, sagt Greve, »wirklich schade um dich. Nur gut, daß dein

Vater das nicht mehr erlebt hat. Er war trotz allem überzeugt, daß du dich eines Tages wieder fangen würdest.«

»Er war noch von ganz anderen Dingen überzeugt«, sagt Kwalle. »Er glaubte alles, was er glauben wollte. In puncto Selbsttäuschung war er einsame Klasse.«

Greve entdeckt ein Härchen auf seinem Smokingrevers, er schnippt es weg. »Dann ruf ich jetzt die Polizei an.« Eine halbe Drehung zur Treppe hin, Kopfschütteln, Zögern: »Womit, um alles in der Welt, hab ich das bloß verdient?«

Kwalle zieht einen guten Meter Klopapier von der Rolle und wischt sich umständlich ab. Bei aller Verachtung für gutbürgerliche Hygiene: Klopapier ist Klopapier. Da kommt der Holsteiner Herold nicht mit, nicht mal die Kieler Nachrichten.

»Falls du dir die Hände waschen möchtest: das rosa Handtuch ist für Gäste da.«

Gäste, sagt Greve.

Kwalle setzt die Wasserspülung ein zweites Mal in Gang und erhebt sich von der Brille. »Nett von Ihnen«, sagt er, »aber bei einem, der jahrelang unter Waschzwang litt, genügt schon ein harmloses Händewaschen, um rückfällig zu werden.« Er zieht die Hose hoch, den Reißverschluß zu, sein Lebenslauf ist um ein beglückendes Ereignis reicher.

»Gehn wir«, sagt Greve.

Sie gehen die Treppe hinunter, Greve immer eine Stufe hinter ihm, so führt man Gefangene ab. Wenn du jetzt einen Fluchtversuch machtest, fragt sich Kwalle: ob er zuschlagen würde?

»Wer war der andere?« fragt Greve.

»Billy the Kid.« Kwalle wiederholt sich nicht gern.

»Das kriegen wir schon raus.«

Wir, sagt Greve.

»Etwa einsachtundfünfzig, pockennarbig, geduckte Haltung, schleppender Gang, Halbjude, schwul, ohne festen Wohnsitz«, sagt Kwalle.

»Ich weiß, ein Ganove verpfeift den andern nicht«, sagt Greve. »Aber denk mal darüber nach, ob es klug ist, alles auf deine Kappe zu nehmen. Vielleicht hat der andere dich sogar dazu angestiftet.«

»Rührend, wie Sie bemüht sind, mir mildernde Umstände zu verschaffen«, sagt Kwalle. »Aber ich hätt da noch ne bessere Idee: weshalb drehen wir die Sache nicht so hin, daß der Anstifter ein, sagen wir, menschliches Bedürfnis war? Haben Sie mich nicht bezeichnenderweise aufm Lokus entdeckt, gewissermaßen in flagranti?«

»An dir ist Hopfen und Malz verloren«, sagt Greve bitter. Er öffnet die Tür zum Wohnzimmer, läßt Kwalle vorangehen und schaltet das Licht an.

Was der Mondschein eben noch silbrig vertuschte, bietet sich jetzt schonungslos Greves Augen dar. Er lehnt sich gegen den Türpfosten, schluckt, ringt nach Atem. Am meisten scheint ihn der Zustand seiner Ahnherren zu erschüttern. Sie ähneln sich wie ein Loch dem andern.

»Was ist das?« flüstert Greve. »Das — — das — nein — das — « Er hebt, als könne er den Anblick nicht länger ertragen, die Hand vor sein Gesicht.

»Nein, das geht zu weit«, stammelt er, »das geht wirklich zu weit.« Er tastet sich, einer Ohnmacht nahe, an der Wand entlang und läßt sich auf den Klavierbock fallen. Sein Ellbogen schlägt einen mißtönenden Akkord an. Ein Mann am Ende seiner Kraft und Toleranz. Als er dann auch noch die ausgekramte Kommode bemerkt, ist das Maß endgültig voll. Greve schließt die Augen, er will nichts mehr sehen. Was er gesehen hat, reicht, seinen Glauben an das Gute im Menschen ein für allemal zu erschüttern. »Wie die Vandalen«, murmelt Greve, »wie die Vandalen!«

»Mir scheint, Sie haben dringend n Schnaps nötig«, sagt Kwalle teilnahmsvoll. »Soll ich Ihnen einen holen?«

»Dafür bring ich dich hinter Schloß und Riegel.«

»Fragt sich nur, für wielange.«

»Diesmal bist du dran«, knurrt Greve.

»Überlegen Sie mal«, sagt Kwalle. »Für Einbruch gibts höchstens n paar Jahre, und anschließend sitz ich euch dann wieder auf der Pelle. Wärs nicht besser, Sie schlagen mir mit dem Ding da kurzerhand den Schädel ein? Dann sind Sie mich für immer los, und kein Mensch wird bezweifeln, daß es Notwehr war.«

Der Totschläger liegt auf dem Fußboden, Kwalle hebt ihn auf und hält ihn Greve einladend hin. Aber der grapscht stattdessen nach dem Kreuz der Legion Condor, reißt es Kwalle von der Brust, reißt ein faustgroßes, dreieckiges Loch in Kwalles Hemd.

»Du Scheusal!« keucht Greve und umklammert den Orden, bis seine Finger weiß werden, »du widerliches dreckiges Scheusal!«

»Mit Verbalinjurien ist mir nicht gedient«, sagt Kwalle, »außerdem bin ich in der Hinsicht ziemlich verwöhnt.« Er drückt ihm den Griff des Totschlägers in die Hand: »Na los, haun Sie mir einen übern Dassel, und ihr habt eure Ruhe!«

»Das könnt dir so passen«, sagt Greve, schon wieder um einiges gefaßter. Anscheinend ist er trotz allem bestrebt, Haltung zu bewahren. Dagegen muß was getan werden, sagt sich Kwalle.

Er holt das Foto aus der Tasche: »Kennen Sie den hier?« Greve kneift nach Art der Kurzsichtigen die Augen zusammen. »Rimini 1964«, liest Kwalle vor. »Ein flotter Käfer, muß ich schon sagen. Die hätt ich auch nicht von der Bettkante geschubst.«

Greve schnellt hoch und wirft sich auf Kwalle, aber der ist diesmal auf der Hut, er weicht aus, Greve schießt an ihm vorbei und landet im Sofa. Die Federn ächzen, Greves Hintern sackt fast bis zum Fußboden durch, auf seinem Gesicht halten sich Verblüffung und Wut die Waage. »Gib das Foto her!« schreit er mit einer Stimme, die bei jedem Wort in den Diskant auszurutschen droht.

»Und sowas liegt in Ihrem Nachttisch rum, wenn auch unter den Socken«, sagt Kwalle kopfschüttelnd. »Stellen Sie sich vor, Ihre Frau hätte das gefunden.«

»Ohgott!« schnauft Greve, »was hab ich dir getan?« Er versucht aufzustehen, aber es will ihm nicht gelingen, das Polster gibt seinen Körper nicht frei, sosehr er sich auch anstrengt und mit den Beinen strampelt. »Was!« schreit er, »waswaswaswas?!«

Kwalle wirft ihm den Totschläger zu, er rollt bis vor Greves Füße: »Nun machen Sie schon! Je schneller dabei, je schneller davon. Bei dem Ami haben Sie doch auch nicht lange gefackelt.«

Greve hält seinen Kopf mit beiden Händen fest, als fürchte er, er könne bersten. »Jetzt fang um Gotteswillen nicht auch noch davon an«, stöhnt er.

»Klarer Fall von Notwehr, oder?«

»Es *war* Notwehr« entgegnet Greve matt.

»Genau wie jetzt, wenn Sie mich um die Ecke bringen. Soll mal einer das Gegenteil behaupten. Sie haben außer dem Recht auch noch das gesunde Volksempfinden auf Ihrer Seite, was wollen Sie mehr?«

»Ich hab keine Lust, darüber auch nur ein einziges Wort zu verlieren«, sagt Greve. »Du warst dabei, du weißt genau, was passiert ist.«

»Stimmt«, sagt Kwalle. »Ich bin Ihr Zeuge. Ein Grund mehr, mich mundtot zu machen.«

»Das Thema ist für mich erledigt«, sagt Greve.

Kwalle spielt seinen letzten Trumpf aus: »Eins versteh ich nicht ganz, Herr Greve. Wenns Notwehr war, weshalb verschweigen Sies?«

»Wieso?«

»In Ihrem Tagebuch steht kein Wort darüber.«

Greve erstarrt. Sein Gesicht ist ein birnenförmiges Oval mit drei waagerechten Schlitzen. Das Wort Tagebuch hat den letzten Funken Verbindlichkeit gelöscht.

Kwalle bohrt weiter: »Was Sie mit T. aufm Bottsand getrieben haben, steht drin. Wie oft Sie sich einen runtergeholt haben, auch. Aber die Sache mit dem Ami unterschlagen Sie. Warum, Herr Greve?«

Jetzt ist es mit Greves Beherrschung endgültig vorbei. Er trommelt mit beiden Fäusten auf seine Knie. »Ich mach dich fertig!« brüllt er, »ich mach dich kaputt kaputt kaputt!«

Ein anderer Greve sitzt da im Sofa und verströmt aus sämtlichen Poren Haß, ein Greve, den Kwalle bisher noch nicht kennengelernt hat, obwohl er ahnte, daß es ihn gibt, ein Greve, der Wohlwollen, Überlegenheit und Würde wie eine Haut von sich abgestreift hat, ein nackter Greve, sozusagen. Kwalle kann nicht umhin, ihm ein gewisses Maß an Zuneigung entgegenzubringen, der ungehemmte Gefühlsausbruch macht ihn beinahe menschlich. Wobei er großzügig darüber hinwegsieht, daß eben dieser Greve ihm ganz offensichtlich übel will.

»Dann tun Sies doch endlich!« schreit Kwalle. »Hier bin ich, schlagen Sie zu, ich halt auch ganz still!«

Greve unternimmt einen zweiten Versuch, sich aus der Umklammerung des Sofas zu befreien: er wirft Oberkörper und Arme ruckartig nach vorn und stemmt sich gleichzeitig mit den Beinen vom Boden hoch. Solcher Akrobatik ist das Polster nicht gewachsen, es gibt ihn federnknirschend frei. Greve sieht sich die Kuhle an, die ihn gefangenhielt, ein weiterer Grund zu ausgiebigem Kopfschütteln. Dann dreht er sich jäh um und spuckt Kwalle ins Gesicht. Der Qualster bleibt knapp unter Kwalles rechtem Auge hängen. Wenn er scharf nach unten kuckt, kann er ihn sehn.

»Ist das alles?« fragt Kwalle enttäuscht.

»An dir mach ich mir nicht die Hände schmutzig«, sagt Greve. »Aber es gibt ein paar Leute hier im Dorf, die warten nur darauf, daß ich ihnen grünes Licht geb. Und dann kannst du dich auf was gefaßt machen.«

Also wieder nichts, sagt sich Kwalle. Da glaubst du, endlich hast du ihn soweit, und im letzten Moment macht er einen Rückzieher. Mit deinen Mördern hast du ausgesprochenes Pech. Wenn das so weitergeht, ist dein baldiges Ende ernstlich infragegestellt. Das Schreckensbild eines langsam dahindämmernden Lebensabends taucht vor seinem inneren Auge auf. Was machst du falsch? Mangelt es dir an der nötigen Entschlossenheit? Wirkst du nicht überzeugend genug in der Rolle des Opfers?

»Die einzige Chance, die du hast, ist, so schnell wie möglich von hier zu verschwinden«, sagt Greve.

»Ihre Drohung stimmt mich eher zuversichtlich«, sagt Kwalle. »Ob Sies vielleicht so einrichten können, daß es auf eine Steinigung hinausläuft? Ich hab nun mal ne Schwäche für effektvolle Abgänge.«

»Du tätst gut daran, mich ausnahmsweise mal ernstzunehmen«, sagt Greve. »Entweder du verschwindest, oder ich garantier für nichts mehr.«

»Über kurz oder lang gehts mit mir so und so zuende, das hab ich im Urin«, sagt Kwalle. »Wollen Sie mir das Recht verweigern, in der Heimaterde begraben zu werden? Wie Sie wissen, steht mir ein einmalzwei Meter großes Stück unseres Familiengrabs zu.«

»Einer, der aus der Kirche ausgetreten ist, hat auf dem Friedhof nichts zu suchen.«

»Dann tret ich eben wieder ein.«

»Nicht solange ich im Kirchenvorstand bin.«

»Aber auf reuige Sünder wart ihr doch schon immer scharf.«

Greve durchmißt das Zimmer mit ein paar Schritten und bleibt vor dem Fenster stehen. »Im Grunde bin ich ja selber schuld«, sagt er zerknirscht.

»Jetzt nicht weich werden, Herr Greve.«

»Wenn ich mich nicht immer wieder vor dich gestellt hätte, wärs gar nicht erst soweit gekommen. Die Leute hätten dich schon zur Räson gebracht, das kannst du mir glauben.«

»Da wär ich nicht der erste«, stimmt ihm Kwalle zu.

Greve schlägt sich heftig auf die Stirn: »Meingott, was bin ich doch bloß für ein Idiot gewesen, daß ich geglaubt hab, du würdst nochmal die Kurve kriegen! Wenn ich daran denk, wie ich mir den Mund fusselig geredet hab, was ich alles getan hab, um dir den Rückweg offenzuhalten für den Fall, daß du dich nochmal besinnen würdest! Ich muß, im wahrsten Sinne des Wortes, mit Blindheit geschlagen gewesen sein!«

»Allmählich kriegt die Sache biblisches Format«, sagt Kwalle. »Irgendwie fühl ich mich an die Geschichte vom verlorenen Sohn erinnert, Sie auch?«

»Du hättest alles von mir haben können, alles! Um dich davor zu bewahren, noch weiter abzurutschen, wär mir kein Opfer zu groß gewesen!«

Kwalle tritt ans Klavier und intoniert einhändig den Fröhlichen Landmann: »Nun spucken Sies schon aus, Herr Greve. Ich werds mit Fassung tragen.«

»Was?«

»Daß Sie, wie sag ichs möglichst unpathetisch? naja, an meinem Zustandekommen nicht ganz unbeteiligt sind.«

»Weibertratsch! Dummes Zeug!« sagt Greve, vielleicht eine Spur zu hastig.

»Aber es würde manches erklären. Eigentlich alles, wenn mans sich genau überlegt.«

»Unsinn!« ereifert sich Greve. »Ich hab deine Mutter sehr geschätzt, vielleicht war ich sogar mal eine Zeitlang in sie verliebt, aber für einen Seitensprung hätte ich mir doch nicht ausgerechnet die Frau meines besten Jugendfreundes ausgesucht!«

»Warum nicht?« fragt Kwalle. »Grade weil er Ihr Freund war, hätts doch nahegelegen, für ihn einzuspringen, als Sie merkten, daß Not am Mann war.«

»Ich lehne es ab, mich auf diesem Niveau mit dir auseinanderzusetzen«, sagt Greve steif.

»Kurz und gut: Sie warens nicht.«

»Menschenskind«, sagt Greve, »kuck dich an und kuck mich an: sehn wir uns irgendwo ähnlich? Wir sind so grundverschieden, wie Menschen überhaupt sein können, und das nicht nur äußerlich!«

»Ein schlichtes Nein wär mir lieber.«

»Nein«, sagt Greve, ohne mit der Wimper zu zucken.

Kwalle vernimmt es mit Erleichterung. »Sie ahnen nicht, wie froh mich das macht«, sagt er. »Ich hab seit Jahren gefürchtet, Sie würden sich eines Tages als mein Erzeuger zu erkennen geben. Ich glaub, das hätte mir den Rest meines Lebens versaut.«

»Dasselbe könnte ich von mir behaupten«, sagt Greve.

»Na fein«, sagt Kwalle. »Nachdem wir nun unser Verwandtschaftsverhältnis zur beiderseitigen Zufriedenheit geklärt haben: wie wärs, wenn wir ne Art Waffenstillstand schließen?«

Ehe er sich versieht, ist Greve bei ihm und knallt den Klavierdeckel zu, daß es vielstimmig durch das Haus dröhnt. »Raus jetzt!« brüllt er, »geh mir aus den Augen, ich will dich nicht mehr sehn!«

Kein Zweifel, sagt sich Kwalle, mit Greve hast dus ein für allemal verdorben. Den stimmt kein Kniefall wieder um. Wenn du jetzt vor ihn hinträtest, artig gescheitelt, mit Schlips und Kragen, von lauter guten Vorsätzen erfüllt: Greve bliebe hart.

»Raus!« brüllt Greve.

Kwalle geht zur Tür. Die Ahnherren glotzen ihm mit riesigen Zyklopenaugen nach.

»Das Foto!« ruft Greve.

Ja, richtig, das Foto. Kwalle greift in die Gesäßtasche: da ist es. Foto und Socken, eine magere Beute, aber immerhin.

»Her mit dem Foto!« schreit Greve.

»Das behalt ich«, sagt Kwalle. »Vielleicht brauch ichs nochmal.« Und ist schon im Flur. Läuft durch die Küche, reißt die Tür auf, tritt ins Leere, fällt mit dem Gesicht in groben Kies, rappelt sich wieder hoch und springt halsüberkopf in Greves Johannisbeerbüsche.

In der Küche geht das Licht an. Vor dem Fenster erscheint Greves füllige Gestalt. Die personifizierte Drohung. Wo andere sich mit der geballten Faust begnügen, droht Greve mit Kopf, Brust und Bauch.

Kwalle saugt den Duft der Johannisbeersträucher ein. In dem Licht, das an Greve vorbei nach draußen dringt, funkelt es rot. Kwalle pflückt eine Traube, streift die Beeren mit den Zähnen ab und zerdrückt sie zwischen Zunge und Gaumen. Sein Mund füllt sich mit säuerlichem Saft. Damals in Opas kleinem Garten hinterm Alten Bahnhof. Boskop, Beurregris, Frühkartoffeln, Rhabarber, Johannisbeeren. Außen pralle, saftig strotzende Fruchtbarkeit, innen das Dickicht abgestorbener, faulender Zweige, bleicher Schwamm, zerzauste Spinnennetze, Modergeruch. Nachmittage in den Johannisbeersträuchern, fern vom Ablativus absolutus und den Lehrsätzen des Pythagoras. Kwalle allein mit seinem Pimmel. Wenn er die Augen schloß, hingen Tante Hedis Titten zungennah vor seinem Gesicht.

Kwalle kriecht auf allen vieren weiter, unter seinen Knien brechen Zweige, seine Finger sind feucht und klebrig vom Saft der Johannisbeeren. Er zwängt seinen Körper durch widerspenstiges Gestrüpp, Motten umschwirren ihn, aus dem Schlaf geschreckte Vögel nehmen vor ihm Reißaus, von oben regnet es Beeren.

Dann eine Lichtung. Mondschein auf taufeuchtem Rasen. Kwalle läßt sich bäuchlings ins Gras fallen. Die Erde riecht nach Herbst.

In den Rhododendronbüschen an der Straße ballt sich Dunkelheit zusammen, ein Klumpen bewegt sich auf Kwalle zu, nimmt, je näher er kommt, desto deutlicher menschliche Gestalt an, hat Brötchens Beine, Brötchens Kopf zwischen den Schultern.

»Hello, Al Capone«, sagt Kwalle.

»Mann, warum bist du nicht abgehaun?« flüstert Brötchen.

»Ich hatt noch was zu erledigen«, sagt Kwalle. Er streckt Brötchen beide Handflächen entgegen. Ob Blut oder Johannisbeersaft: das Mondlicht macht da keinen Unterschied. »Er hat nicht mal geschrien. Oder hast du was gehört?«

Brötchen schnappt nach Luft: »Ich werd verrückt! Du hast ihn — «

Kwalle steht auf. »Nun mach dir nicht ins Hemd«, sagt er, fröstelnd vor Kaltblütigkeit. »Der war doch schon lange fällig.«

Brötchen geht ein paar Schritte rückwärts. »Mann!« sagt er, »Mann o Mann! Jetzt sitzt du aber in der Scheiße!«

»Wenn, dann wir beide.«

»Ich? Wieso denn ich?« fragt Brötchen. »Hab ich ihn kaltgemacht?« Er geht immer schneller rückwärts. Kwalle folgt ihm mit wiegendem Killerschritt.

»Junge, du machst mir Spaß«, sagt Kwalle. »Erst große Töne spukken und dann nichts damit zu tun haben wollen.«

»Bleib stehn, oder ich schieß!« stottert Brötchen.

»Na los doch!« sagt Kwalle. »Auf eine Leiche mehr oder weniger kommts jetzt auch nicht an.«

Brötchen hechtet sich schräg nach hinten in die Rhododendronbüsche. Zweige knacken, Blätter rascheln: Brötchen ist verschwunden.

»Mensch, du hast wohl noch nie n Mörder gesehn, was?« ruft Kwalle hinter ihm her.

Keine Antwort. Stattdessen quietschen Kreppsohlen im Laufschritt über Kopfsteinpflaster, das Quietschen wird leiser, verliert sich in der nächtlichen Stille.

Kwalle klettert über den Jägerzaun. So verschafft man sich Respekt, sagt er sich nicht ohne Stolz. In Brötchens Achtung rangierst du jetzt ganz oben. Über mir nur noch Al Capone. Eine Zeitlang jedenfalls. Bis Brötchen merkt, daß du ihn reingelegt hast. Und dann ist die Kacke am Dampfen, um mit Guschi zu sprechen. Einen Brötchen jagt man nicht ungestraft ins Bockshorn, der gibt nicht eher Ruhe, bis er sein angeknacktes Selbstbewußtsein durch allerlei Handgreiflichkeiten wieder aufgerichtet hat. Das mit Brötchen hättest du dir sparen können. Als ob von Greve und Konsorten nicht schon genügend Scherereien zu erwarten sind. Die Gewißheit, sich auf einen Schlag zwei neue Feinde geschaffen zu haben, läßt Kwalle mit gemischten Gefühlen in die Zukunft blicken. So ist das, wenn man in die Jahre kommt: es macht nicht mehr soviel Spaß wie früher, sich mit Gott und der Welt anzulegen, der alte Schwung ist hin, man fängt an, sich nach einem ruhigen Plätzchen zu sehnen, wo man nicht ständig darauf gefaßt sein muß, daß einem einer ans Leder will.

Die Straße übersät mit spitzen Schattenscherben. Auf den Dächern schmalziges Mondlicht. Ein Bild des Friedens, beherrscht vom Kirchturm und dem Silo der Spar- und Darlehnskasse. Kwalle geht den Damm hinauf, mit jedem Schritt rückt der Mond ein Stückchen höher. Hier hat sogar der Mond ein vollgefressenes Grevegesicht, denkt Kwalle und lacht gehässig. Die Häuser kichern leise mit. Er bleibt stehn und horcht. Das Dorf scheint den Atem anzuhalten, es belauscht Kwalle wie Kwalle das Dorf belauscht. Erst als er weitergeht, fängt es wieder an zu atmen. Das Dorf hat ihn auf dem Kieker, es mag ihn nicht, traut ihm alles zu, nur nichts Gutes. Den Häusern kuckt das blanke Mißtrauen aus sämtlichen Fugen: wer bist du, was willst du, was hast du hier verloren? Kwalle geht über den Marktplatz, im Blitz ist alles dunkel, im Deutschen Haus ebenfalls. Du bist hier unerwünscht, sagen die dunklen Fenster, scher dich weg, los, verkrümel dich. Kwalle geht schneller, er fängt an zu laufen, rennt den Friedhofsweg entlang, stürzt in seine Bude und schlägt die Tür hinter sich zu.

»Mach bitte kein Licht«, sagt jemand. »Ich will nich, daß du mich so siehst, er hat mir ins Gesicht gehaun.«

»Wer ist denn da?« fragt Kwalle ins Dunkel.

»Ich bins nur«, sagt die kleine Dicke.

VIII

»Kuck dir mal dies Nachthemd an. Wie findst du das?«

»Mit oder ohne was drin?«

»Ooooch du, sei doch mal ernst«, schmollt sie und verbirgt ihr Gesicht wieder hinter dem Quellekatalog.

Mode im Safari-Look, liest Kwalle. Herrlich so ein Sonnenurlaub!

»Gar nich mal teuer«, sagt die kleine Dicke. »Mit einviertel Arm ab dreiundzwanzig Mark fünfzig.«

Das Kamel auf der Rückseite erinnert ihn an jemand. Diese verlogene Duldermiene. Aber an wen? Kwalle kommt nicht drauf, so sehr er auch nachgrübelt. Die ersten Anzeichen von Gedächtnisschwund?

»Stickerei-Feinbatist«, entziffert die kleine Dicke.

Kwalle nimmt eine ihrer Brustwarzen zwischen Daumen und Zeigefinger und zwirbelt sie.

»Muß nich«, sagt die kleine Dicke.

»Muß nicht was?«

»Nich immer dieselbe.«

Draußen tobt eine Bö durch die Trauerweiden, biegt die Wacholderbüsche um und knattert über das Dach. Nasse schlaffe Blätter klatschen gegen das Fenster. Von den Rändern des Lochs in der Decke lösen sich dicke Tropfen und zerplatzen in der Waschschüssel, jeder Tropfen ein kurzer Schrei.

»Wie findst du durchsichtige Behas?« fragt die kleine Dicke.

»Sobald ich zu Wohlstand gelangt bin, schenk ich dir einen«, sagt Kwalle.

»Von dir kriegt man aber auch nie ne vernünftige Antwort«, mault sie.

»Mädchen«, droht Kwalle, »leg dieses Scheißbuch weg, sonst gibts Ärger.«

»Nu laß mich doch mal«, bettelt sie, »da sind so viele hübsche Sachen drin.«

Kwalle reißt ihr den Quellekatalog aus den Händen: »Und das da, was ich in dir drin hab, ist das nichts?«

Die kleine Dicke lehnt sich zurück und zeigt auf die Falte, in der sich irgendwo ihr Nabel verbirgt: »Ich fühl ihn bis hier.«

»Na also«, sagt Kwalle. »Dann auf ein neues.«

Sie hockt sich breitbeinig über ihn und schließt die Augen. Wenn Kwalle zustößt, erbebt ihr ganzer Körper, ihr Kopf fällt nach hinten, kippt wieder nach vorn. »Hoppehoppereiter«, sagt Kwalle, »wenn er fällt, dann schreit er.« Ihr Becken wippt schneller rauf und runter, ihre Brüste schwappen hastiger auf und ab, von ihren Lippen sprüht Speichel, sie beugt sich nach vorn, krallt ihre Finger in Kwalles Brusthaar, wimmert schnauft stöhnt. So weiter, immer so weiter, denkt Kwalle, ficken bis zum Gehtnichtmehr, bis du alle bist, bis du dich ums Leben gerammelt hast, das wär ein schöner Tod. Aber da reckt sich die kleine Dicke auf, preßt ihre Schenkel gegen Kwalles Rippen, stößt einen markundbeindurchdringenden Schrei aus und sackt auf ihm zusammen. Fällt er in den Graben, fressen ihn die Raben.

»Laß ihn drin«, hechelt sie, »bittebitte, laß ihn noch n büschen drin!«

»Von mir aus kannst du ihn behalten«, sagt Kwalle.

Die kleine Dicke hat ein feines Gehör. Sie hebt den Kopf, tastet mit den Augen Kwalles Gesicht ab: »Was hast du?«

»Nichts.«

»Doch, du hast was.«

Sie schielt, stellt Kwalle fest. Oder liegt es am geringen Abstand?

»Isses bei dir nich gekommen?«

»Und wie!«

»Ich hab aber nix gemerkt.«

»Na wenn schon«, sagt Kwalle. »Hauptsache, bei dir hats geklingelt, oder?« Auch das vermutlich eine Alterserscheinung. Früher, erinnert er sich, brauchte ihn eine Frau nur an den Schwanz zu fassen, und schon ging ihm einer ab. Damals mußte er mit Gewalt an etwas anderes denken, um den Samenerguß noch eine Weile hinauszuzögern, an den Kleinen Katechismus etwa oder das Große Einmaleins. Und jetzt? Aus Kwalles Brust stiehlt sich ein Seufzer.

»Soll ich dir einen ablutschen?« fragt die kleine Dicke.

Kwalle streichelt ihren Hintern. Kein Zweifel, sie meint es gut mit ihm. »Man merkt, du hast Erfahrung im Verkehr mit Greisen«, sagt er.

»Blödmann«, sagt die kleine Dicke zärtlich. »Du bist doch erst eben über vierzig. Mit vierzig könnens die Männer am besten.«

»Aber nicht mehr so oft.«

»Ich hab einen gekannt, der ging auf die sechzig und konnts noch zweimal hinternander.«

»Endlich jemand, zu dem man aufblicken kann«, sagt Kwalle.

»Das war, als ich fünfzehn war«, sagt die kleine Dicke wehmütig: »Onkel Herbert.«

»Jaja, wenns die guten Onkels und Tanten nicht gäb«, sagt Kwalle. »Ist er immer noch so kregel?«

»Er lebt nich mehr.«

»Siehst du, das kommt dabei raus«, sagt Kwalle. »Zweimal hintereinander steht auf die Dauer keiner durch.«

»Wie der ficken konnte«, sagt die kleine Dicke.

Der Regen pladdert heftiger auf das Dach. Die Waschschüssel stimmt einen monotonen Singsang an. Wenn das so beibleibt, sagt sich Kwalle, gibts ne schöne Überschwemmung, dann stehst du hier bald bis zu den Knöcheln im Schlamm.

»Er war der erste bei mir«, sagt die kleine Dicke. »Ich kriegte jedesmal ne Tafel Schokolade dafür, manchmal auch ne Schachtel Pralinen. Erst hatte ich Angst, weil er son großes Ding hatte, aber dann hats mir Spaß gemacht, und ich konnts gar nich abwarten. Einmal hat uns meine Mutti dabei erwischt, die war vielleicht sauer, kann ich dir sagen. Weil Onkel Herbert, das war nämlich so: wegen ihre Rente konnten sie nich heiraten, sonst wär die futsch gewesen, und mit dem büschen, was Onkel Herbert bei der Bahn verdiente, wärn sie nich längsgekommen. Da bin ich dann nach Hamburg gegangen, der ewige Krach immer, das war nich zum Aushalten, bloß weg hier, hab ich mir gesagt, und Onkel Herbert hat mich dann noch n paarmal in Hamburg besucht, aber das war längst nich mehr so schön, weil, wo sollten wir hin? In dem Heim gings nich, da warn wir mit vier Mädchen in eim Zimmer, und fürn Hotelzimmer hatte Onkel Herbert kein Geld, also was sollten wir machen? Im Park, naja, aber immer auf die Schnelle und aufpassen, daß keiner kommt, das war nix Halbes und nix Ganzes.«

»Und jetzt ist er bei den Würmern, dein Onkel Herbert mit seinem großen Ding«, sagt Kwalle voller Mitgefühl. Was der einen ihr Onkel Herbert, ist dem andern seine Tante Hedi. Auch ihre prachtvollen Titten sind schon längst zu Humus zerfallen. Wie es klatschte, wenn sie sie ihm um die Ohren schlug. Manchmal hört er es noch, ganz leise.

»Sie haben ihm n Bein abgefahren, daran isser gestorben«, sagt die kleine Dicke. »Bei der Beerdigung hätt nich viel gefehlt, und Mutti und ich hätten uns in die Kladden gekriegt, weil sie nich wollte, daß ich neben ihr hinterm Sarg ging. Wo sie doch mit ihm so gut wie verheiratet war, und mich hat er nur n paarmal vernascht, sagte sie. Und das vor allen Leuten!«

»Wir müssen was nachlegen, sonst geht der Ofen aus«, sagt Kwalle.

»Mach ich«, sagt die kleine Dicke. Sie hebt ihren Hintern an und läßt Kwalles Pimmel aus ihrer Möse rutschen.

»Drinnen wars wärmer«, sagt Kwalle.

»Kannst ihn ja gleich wieder reinstecken.« Sie geht zum Ofen. Bei jedem Schritt schneidet ihr Gesäß eine feiste Grimasse.

»Sag mal, wie heißt du eigentlich?« fragt Kwalle.

Die kleine Dicke schüttelt verwundert den Kopf: »Hast dus schon wieder vergessen?«

»Tut mir leid«, sagt Kwalle. »Aber falls dus noch nicht wissen solltest: ich leide an galoppierendem Gedächtnisschwund.«

»Irmtraud«, sagt die kleine Dicke.

»Achja, richtig«, sagt Kwalle. »Ein hübscher Name, er paßt zu dir. In Zukunft werd ich an die Grübchen in deinen Arschbacken denken, dann fällt er mir bestimmt ein.«

»Issen das fürn komisches Holz?« fragt die kleine Dicke.

»Das ist kein Holz.«

»Was denn?«

»Ein Knochen«, antwortet Kwalle. »Genauer gesagt: ein Wadenbein. Wenn ich mich nicht irre, stammt es von Gretje Pieper, geborene Untiedt, 1876 bis 1938.«

»Igittegitt!« entsetzt sich die kleine Dicke und läßt den Knochen fallen. »Wie kommst das hierher?«

»Du vergißt, daß ich stellvertretender Totengräber bin«, sagt Kwalle. »Wenn kein Holz mehr da ist, nehm ich Knochen, von irgendwas muß der Schornstein schließlich rauchen.«

»Das faß ich nich an!«

»Dann frieren wir eben.«

Die kleine Dicke bückt sich, wickelt ein Stück Holsteiner Herold um das Wadenbein, hebt es mit spitzen Fingern wieder auf und wirft es in den Ofen: »Wenn die wüßte, was du mit ihren Knochen machst.«

»Sie weiß es.«

»Wieso?«

»Ich hab sie natürlich um Erlaubnis gefragt«, antwortet Kwalle.

Die kleine Dicke beschnuppert ihre Fingerspitzen. »Manchmal glaub ich, ich bin bloß dazu da, damit du einen hast, den du veräppeln kannst.« Sie gießt Regenwasser aus der Waschschüssel in den Kessel und stellt ihn auf die Ofenplatte: »Ich mach uns jetzt Kaffe, nich?«

»Hoffentlich kriegen wir keinen strengen Winter«, sagt Kwalle. »Vor zwei Jahren hab ich vier komplette Jahrgänge verheizt. Das war vielleicht ne Schinderei, kann ich dir sagen. Der Boden war n halben Meter tief gefroren.«

»Hör jetzt endlich auf damit!« erregt sich die kleine Dicke.

»Mit dir besprech ich nochmal Haushaltsprobleme«, sagt Kwalle eingeschnappt und wickelt sich in die Bettdecke.

»Sowas kann ich nich ab«, sagt die kleine Dicke. »Ich brauch nur an Tote denken, und schon wird mir übel.«

»Komisch«, sagt Kwalle. »Mir wird übel, wenn ich an die Lebenden denk.«

»Auch wenn du an mich denkst?«

»Von gewissen Ausnahmen natürlich abgesehn.«

Die kleine Dicke kommt zurück, kriecht unter die Decke, schmiegt ihre warmen Brüste an Kwalles Bauch. »Was würdest du sagen, wenn ich bei dir bleib?« Ihre Hand schließt sich fest um Kwalles Schwanz.

»Wielange?«

»Für immer.«

Kwalle spürt, wie sich die Härchen an seinen Gliedern aufrichten. Es gibt Wörter, gegen die sich sogar sein Körper sträubt, eins davon ist das Wort immer.

»Ich könnt für dich kochen«, sagt die kleine Dicke, »das hab ich im Heim gelernt. Stell dir mal vor: wenn du von der Arbeit kommst, steht das Essen fertig aufm Tisch.«

Ein andres das Wort Arbeit.

»Und gründlich saubergemacht werden müßte auch mal, du kommst hier ja um vor lauter Dreck. Aber sollst mal sehn: in Nullkommanix siehts hier anders aus, dann kennst du deine Bude nich wieder!« Sie läßt Kwalles Pimmel los, setzt sich auf, ist Feuer und Flamme: »Weißt du was? Ich hab n büschen was aufm Sparbuch, davon schaffen wir uns ne Eckcouch an. Eine mit Blumenmuster, weißt du? Die sind jetzt modern.«

»Eine Eckcouch mit Blumenmuster war schon immer mein Traum«, bekennt Kwalle.

»Ich hätt mir schon längst eine angeschafft, wenn ich gewußt hätte, wohin damit«, sagt die kleine Dicke. »Am besten würd sie sich da in der Ecke zwischen Ofen und Kommode machen, was meinst du?«

»Die Ecke schreit gradezu nach ner Eckcouch«, pflichtet ihr Kwalle bei.

»Und nach und nach kaufen wir uns dann die passenden Sessel dazu.«

»Eine Clubgarnitur.«

»Achduliebegüte«, belustigt sich die kleine Dicke. »Jetzt redet der schon vonner Clubgarnitur! Du hast ja keine Ahnung, was die kostet.«

»Irmtraud«, sagt Kwalle mit mildem Tadel, »wenns um Wohnkultur geht, darf Geld keine Rolle spielen.«

»Das sagst du so. Aber woher nehmen und nich stehln?«

Kwalle wiegt eine ihrer Brüste in der flachen Hand. »Not macht erfinderisch«, sagt er hintersinnig.

Die kleine Dicke entzieht sich ihm mit einer kurzen Hüftdrehung: »An was du denkst, ist bei mir nich drin!«

»Ich denk an die Clubgarnitur«, sagt Kwalle.

»So eine bin ich nich«, sagt die kleine Dicke. »Für Geld hab ichs noch nie getan.«

»Ich hatte auch mal Grundsätze«, sagt Kwalle. »Bis ich auf den Trichter kam, daß es sich ohne besser lebt.«

»Aufn Strich gehn, was?« faucht ihn die kleine Dicke an. »Nee!«

»Und wie nennst du das, womit du im Blitz dein Geld verdienst: abwaschen, saubermachen, die Kotze wegwischen?«

»Das ist was andres.«

»Ich seh da keinen Unterschied«, sagt Kwalle. »Wer arbeitet, verkauft seinen Körper, wer sich hinlegt und die Beine breitmacht, auch. Wobei letzteres den Vorzug hat, daß dus schneller hinter dir hast und es mehr einbringt. Vom Spaß ganz zu schweigen.«

»Du kannst alles von mir verlangen, nur das nich!« sagt die kleine Dicke. »Die Leute im Dorf behandeln mich so schon wie n Stück Dreck. Wie soll das erst werden, wenn sie rauskriegen, daß ichs für Geld mach?«

»Wenn ich du wär, würd ich ihnen das Stück Dreck so teuer wie möglich verkaufen«, sagt Kwalle.

»Das ist mir zu hoch«, sagt die kleine Dicke.

»Also lassen wirs«, sagt Kwalle. »Eine Eckcouch ist ja auch ohne Clubgarnitur ganz hübsch.«

Schräg schraffierter Himmel, grau in grau. Segelnde Blätter. Möwen, die leicht schaukelnd im Wind stehen, dann plötzlich nach unten wegkippen. Durch die Ritzen zwischen den Brettern weht es Kwalle kühl an, riecht nach Fäulnis und verbranntem Kartoffelkraut. Im Ofen singt der Wind ein Klagelied auf Gretjes Wadenbein. Friede ihrer Asche.

»Liebst du mich eigentlich?« fragt die kleine Dicke.

»So gut ich kann«, antwortet Kwalle. »Und wenns sein muß, bis zur totalen Erschöpfung.«

»Das mein ich nich.«

»Sondern?«

»Liebe, das ist doch was andres«, sagt die kleine Dicke. »Nich nur im Bett und so. Ich mein, wenn man sich richtig liebt, das ist doch mehr, oder?«

»Hör mal«, sagt Kwalle, »wenn du mir noch ne Zeitlang Gesellschaft leisten willst, dann verschon mich mit diesem Kintoppgeschwafel! Damit kannst du bei mir nichts werden, ist das klar?«

Das Wasser im Kessel beginnt zu brodeln. Die kleine Dicke steigt aus dem Bett und geht zum Ofen. Ihr Hintern allein, überlegt Kwalle, wäre es wert, sich Gedanken über eine gemeinsame Zukunft zu machen. Diese Rundungen, diese Grübchen! Fast ein bißchen zu ausladend, zu füllig, um in den Händen eines Geistesschaffenden Platz zu finden, eher etwas für Arbeiter- und Bauernpranken, aber Kwalle liebt nun mal üppige Formen, Fleisch, in das er sich hineinwühlen, in dem er versinken kann. Wenn er sich die kleine Dicke so ansieht, wird der Wunsch wieder in ihm wach, in den Armen einer unmäßig dicken Frau zu sterben, den Kopf zwischen ihren Brüsten, ringsum eingebettet in warmes, weiches, atmendes Fleisch. Die kleine Dicke hätte gute Aussichten, seinem Wunschbild ähnlich zu werden, in zwei, drei Jahren müßte es zu schaffen sein, aber wie kann jemand ein Weib mästen, der sich selbst nur mit Mühe über Wasser hält? Also schlag dirs aus dem Kopf, sagt er sich, und hoffe weiter auf das Wunder, daß sie plötzlich in der Tür steht, nackt, rosig, feist, daß sie dich umschlingt und sagt: da bin ich, Kwalle, jetzt kannst du den Löffel wegschmeißen.

»Du willst mich nur ficken«, murrt die kleine Dicke, »das ist alles, was du willst.«

»Stimmt«, sagt Kwalle. »Aber ist das n Grund zum Traurigsein?«

»Und wenn du dein Vergnügen gehabt hast, jagst du mich weg. Genauso wie die andern!«

»Komm, nun bleib mal aufm Teppich«, sagt Kwalle. »Soviel ich weiß, war vom Wegjagen bisher noch nicht die Rede.«

Die kleine Dicke dreht sich um. In ihren Augen funkeln Tränen. »Ihr seid einer wie der andre«, sagt sie wütend. »Solange ihr euren Schwanz drinhabt, ist man die Beste und achmeingott wie lieb ich dich und versprecht eim das Blaue vom Himmel, aber wenn ihr eure Soße losgeworden seid, wollt ihr nix mehr von eim wissen, dann ist man grade noch gut genug, euch den Dreck wegzumachen!«

»Ich kann mir nicht helfen«, sagt Kwalle verwundert, »du mußt mich mit jemand verwechseln.«

Sie wischt die Tränen mit dem Handrücken ab, den Handrücken an der Hüfte: »Der einzigste, der mich wirklich geliebt hat, war Onkel Herbert.«

»Wir werden ihm ein ehrendes Andenken bewahren«, verspricht Kwalle.

»An Onkel Herbert kommt keiner ran«, sagt die kleine Dicke, »hinter dem könnt ihr euch verstecken, alle wie ihr da seid! Der wußte noch, was Liebe ist.«

»Zweimal hintereinander, und das mit sechzig, ist in der Tat ne beachtliche Leistung«, sagt Kwalle.

»Naja, kannst nix bei machen«, sagt die kleine Dicke. »Was nich is, is nich. Muß man sich eben mit abfinden.« Sie füllt den Kaffee in zwei Zahnputzbecher und kehrt damit zum Bett zurück: »Und was, wenn ich nu n Kind krieg?«

»Teufel, ist der heiß!« sagt Kwalle und schüttelt seine Finger. Das hat ihm gerade noch gefehlt. Jetzt gilt es, Ruhe zu bewahren, ermahnt er sich. Keine unüberlegten Äußerungen. Alles, was du von jetzt ab sagst, kann gegen dich verwandt werden. Also betont beiläufig: »n Kind? Du? Mach keine Witze, Mädchen.«

Die kleine Dicke setzt sich auf die Bettkante. »Das ist nu schon zwei Wochen über die Zeit, und ich hab meine Tage noch immer nich. Spucken mußte ich auch schon n paarmal.«

»Dann sollten wir uns rechtzeitig nach einem geeigneten Vater umsehn«, schlägt Kwalle vor.

»Wie meinst du das?«

»So wie ichs sage.«

»Pfuideibel!« empört sich die kleine Dicke. »Das hätte ich nich von dir gedacht, daß du so schuftig bist! Jetzt bist dus nich gewesen, was?«

»Nun sei doch mal vernünftig«, sagt Kwalle. »Vielleicht hab ich dich angebummst, vielleicht auch nicht. Aber ausgerechnet mich zum Vater zu machen, wär so ungefähr das Schlimmste, was du dem Kind antun könntest! Einen Mann, den nur noch die Gewißheit am Leben erhält, daß er in Kürze abkratzt, einen Hungerleider, einen Säufer, einen Schnorrer, einen Tagedieb, einen, von dem das ganze Dorf weiß, daß er nicht alle Tassen im Schrank hat!«

Die kleine Dicke hält den Zahnputzbecher mit beiden Händen fest, als wolle sie den Kaffee wärmen. Sagt nichts. Sitzt da und beantwortet Kwalles Redefluß mit hartnäckigem Schweigen. Oder läßt sie sich die Sache durch den Kopf gehn, wägt sie das Für und Wider ab, ringt sie sich langsam zu der Erkenntnis durch, daß sie auf den Falschen gesetzt hat?

Kwalle geht mit dem Zeigefinger der Rille nach, die der Büstenhalter in ihren Rücken gegraben hat. Die kleine Dicke läßt ihn gewähren, schüttelt ihn nicht ab, zeigt aber auch nicht, wie sonst, durch ein wohliges Räkeln an, daß sie gern hat, was Kwalle tut.

»Aber du bists gewesen«, sagt sie schließlich, »das weiß ich genau. Mit eim andern hab ich nix gehabt.«

»Außer mit Luden«, sagt Kwalle nachsichtig. Nur damit sie nicht glaubt, er ließe sich für dumm verkaufen.

»Ist ja nich wahr!« sagt die kleine Dicke erbost. »Silvester war das letzte Mal, und da hab ichs auch bloß mit mir machen lassen, weil ich blau war!«

»Wie dem auch sei«, sagt Kwalle: »Was wir brauchen, ist ein Mann, dem sein guter Ruf was wert ist. Greve, zum Beispiel.«

»Der alte Knacker!«

»Onkel Herbert war auch nicht viel jünger.«

»Und wie stellst du dir das vor? Soll ich zu ihm hingehn und sagen: ich hätt gern n Kind von Ihnen?«

Kwalle knetet ihr pralles Sitzfleisch: »Wenn Greve merkt, daß er bei dir landen kann, brauchst du überhaupt nichts zu sagen, das ergibt sich dann alles von selbst. Und wenn er weiß, daß du n Kind von ihm kriegst, hast du bis an dein Lebensende ausgesorgt.«

»Und du bist ausm Schneider!«

»Ich denk nicht an mich, ich denk an das Kind«, sagt Kwalle mit angemessenem Pathos.

»Erst will er mich aufn Strich schicken, und jetzt das«, sagt die kleine Dicke. »Und auf so einen bin ich nu reingefallen.«

»Also was ist?«

»Vielleicht isses ja auch bloß falscher Alarm«, räumt die kleine Dicke ein.

»Darauf sollten wir uns lieber nicht verlassen«, sagt Kwalle. Je länger er darüber nachdenkt, desto verlockender erscheint ihm der Gedanke, Greve ein Kuckucksei unterzuschmuggeln, das ihm, falls es nicht gänzlich aus der Art schlägt, noch so manchen Verdruß bereiten wird. Auf diese Weise wär dafür gesorgt, daß Greve auch nach Kwalles Hinscheiden seines Lebens nicht mehr froh würde. Ein trostreicher Gedanke, ein Gedanke, der Kwalle dem Abschied von dieser Welt gelassener entgegenblicken läßt. Eine Ahnung von Unsterblichkeit überkommt ihn.

»Mädchen«, sagt er mit mühsam gebändigter Heiterkeit, »was willst du mehr: wir beide haben das Vergnügen gehabt, und er blecht dafür!«

»Als ob das so einfach wär«, sagt die kleine Dicke. »Erstmal an ihn rankommen.«

»Du schaffst das schon.«
»Und wenn nich?«
»Dann bleibt uns immer noch der gemeinsame Hungertod.«
»Mit sowas spaßt man nich.«
»Das ist ja mein Reden«, sagt Kwalle. »Die Lage ist viel zu ernst, als daß man sich diese Chance aus der Nase gehn lassen dürfte.« Er zwängt seine Hand zwischen ihre Schenkel. »Jeder muß zusehn, wie er über die Runden kommt: der eine so, der andre so.«
»Nich!«
»Was nicht?«
»Duliebergott!« entrüstet sich die kleine Dicke, »ich mach mir Gedanken, was werden soll, und du grabbelst eim da unten rum!«
»Darfs vielleicht ein Finger mehr sein?«
»Ich bin jetzt nich in Stimmung.«
»Dann eben nicht«, sagt Kwalle und zieht seine Hand zurück.
»Und wenn ich nu für uns arbeiten tu?« fragt die kleine Dicke. »Ich könnt doch nebenbei noch was andres machen, Putzfrau oder so, dafür gibts vier Mark die Stunde, und wenn ich aus der Küche im Blitz ab und zu was mitgehn laß, das fällt keim auf, davon könnten wir dann auch ganz gut leben.«
Ihre Hartnäckigkeit geht Kwalle allmählich auf die Nerven: »Du stellst dich an, als ob dus noch nie gemacht hättest! Statt dein Leben lang in andrer Leute Dreck zu wühlen, hältst du einmal still, und die Sache ist erledigt. Große Sprünge kann Greve sowieso nicht mehr machen, der ist schon froh, wenn er ihn überhaupt nochmal hochkriegt.«
»Auch reden tust du genauso wie die andern«, sagt die kleine Dicke. »Und dabei hab ich immer gedacht, du bist was Bessres.«
Draußen platscht jemand schwerfällig durch den Schlamm. Hustet mit tiefer Resonanz. Dem Husten nach könnte es Heuer sein. Die kleine Dicke kriecht zu Kwalle ins Bett und zieht sich die Decke über die Ohren.
»Der kommt nicht rein«, beruhigt Kwalle sie, »ich hab das Schild an die Tür gehängt, dann weiß er Bescheid.«
»Was fürn Schild denn?«
»Betteln und Hausieren verboten.«
Schritte und Husten entfernen sich. Der Regen wird stärker, er hängt wie ein strähniges Gespinst vor dem Fenster. Kein Himmel

mehr zu sehn, keine Möwen. An der Wand neben dem Bett rinnt Wasser in langen schmalen Streifen herunter, der Essokalender wölbt sich, im Alpenhimmel breiten sich dunkle Flecken aus. Eine beschissene Bude, denkt Kwalle, wie soll das erst im Winter werden?

»Also meinetwegen«, lenkt die kleine Dicke ein. »Versuchen kann ichs ja mal.«

»Dafür darfst du auch zusammen mit meiner Oma hinter meinem Sarg gehn, ihr beide ganz allein«, sagt Kwalle.

»Bist du krank, oder was ist mit dir los?« fragt die kleine Dicke.

»Wieso!«

»Weil dus dauernd mitm Totbleiben hast.«

»Man muß nicht unbedingt krank sein, um gewissermaßen schon mit einem Bein im Grabe zu stehn«, antwortet Kwalle.

»Wie kommst du denn darauf?«

»Es gibt Dinge, die weiß man eben«, weicht Kwalle aus. Soll er ihr von den Toten erzählen, die ihm neuerdings mit einer Vertraulichkeit begegnen wie sonst nur ihresgleichen? Gestern abend ließ sich sogar Jennerjahn, Gott hab ihn selig, zu einem längeren Exkurs über die Vorzüge der Schwerelosigkeit herbei. Sehr hübsche Demonstration übrigens: Jennerjahn, Gott hab ihn selig, wie ein Eichhörnchen von Baumwipfel zu Baumwipfel hüpfend, als Höhepunkt dann der Looping über dem Kriegerdenkmal. Aber das, sagt sich Kwalle, nimmt ihm die kleine Dicke ja doch nicht ab. Wozu also erst den Keim des Zweifels in ihren gesunden Menschenverstand säen?

Die kleine Dicke drängt ihren Körper näher an Kwalle heran: »Ich will aber nich, daß du totbleibst, hörst du? Weils dann wieder genauso ist wie vorher, als ich dich noch nich kannte, und das möcht ich nich nochmal durchmachen. Wie ne Nutte haben sie mich behandelt, wo jeder kann, der n Bock auf mich hat. Und ich, naja, ich hab mir gesagt: man ist nur einmal jung, sieh zu, daß du nich zu kurz kommst, in n paar Jahrn kuckt dich keiner mehr an, aber Spaß hats mir nich gemacht, oder nur manchmal, meistens gings huschhusch, irgendwo inner Ecke im Stehn, und wenns grade anfing schön zu werden, war der fertig. Nee, das war alles nix, ich möchts nich nochmal erleben.«

»Wo wir grade beim Thema sind«, sagt Kwalle: »Wie wärs, wenn du mir jetzt einen abkaust?«

»Kannst du haben«, sagt die kleine Dicke bereitwillig, schlägt die Decke zurück und legt ihren Kopf auf Kwalles Bauch.

»Gott, ist der süüüß!« piepst sie, als gelte es, einen Säugling zu bewundern. An Kwalles Schwanz machen sich flinke Hände zu schaffen, streicheln reiben kneten ihn, ihr Kopf rutscht tiefer, eine warme feuchte Zungenspitze gleitet über die Eichel, das gibt dem Pimmel Auftrieb, Kwalle fühlt, wie er sich reckt, wie er zu wachsen beginnt. Die kleine Dicke leckt Kwalles Eier, ihre Zunge bohrt sich in die Falte zwischen Schenkel und Sack, arbeitet sich langsam bis zur Wurzel empor, umspielt zärtlich den Stamm. Zwischendurch holt sie Luft, fragt: »Isses so richtig, du? Magst dus so haben?«

»Saubere Arbeit«, lobt Kwalle.

Das spornt die kleine Dicke noch mehr an, sie wühlt ihr Gesicht in Kwalles Gemächte, liebkost seinen Ständer mit Zunge, Lippen, Zähnen. Kwalle gibt sich dem Sog des Diesseits hin, liefert sich ihm mit Haut und Haaren aus. Wenn Sterben nur halb so schön ist, denkt er, wird es eine Wonne sein, aber nicht jetzt, nicht sofort, das hier muß erst ausgekostet werden. Er packt die kleine Dicke an den Hüften, wälzt ihren Körper über sich und vergräbt seinen Kopf zwischen ihren Schenkeln. Bald hat Kwalle das Gefühl, daß sein Schwanz, unaufhörlich an Höhe und Umfang zunehmend, alle menschlichen Dimensionen sprengt, mächtig in den Himmel emporwächst, die Leere füllt mit Schwellkörpern, Sehnen, Fleisch und Blut, ein Monument der Männlichkeit, Yggdrasil aus Kwalles Schoß. Und dann platzt, mit einem ohrenbetäubenden, trommelfellzerfetzenden Knall.

Danach die Sintflut.

Das erste, was Kwalle erblickt, als er die Augen aufschlägt, ist ein von brauner Runzelhaut umgebenes Loch. Er macht die Augen wieder zu. Etwas Schweres wälzt sich von ihm, er holt Atem, öffnet die Augen ein zweites Mal. Das Loch ist weg. Stattdessen füllt das Gesicht der kleinen Dicken sein Blickfeld aus. Sie preßt die Lippen zusammen und schluckt.

»Schmeckt nach nix«, sagt sie.

Kwalle betastet seinen Schwanz. »Noch alles da«, stellt er fest.

Die kleine Dicke lacht: »Hast du geglaubt, ich beiß ihn dir ab?«

»Ich hab mir angewöhnt, immer mit dem Schlimmsten zu rechnen«, antwortet Kwalle.

»Ich brauch ihn aber noch«, sagt die kleine Dicke.

»Ich auch«, sagt Kwalle, steigt aus dem Bett und geht zur Tür.

»Paß auf, daß du dich nich erkältest!« ruft die kleine Dicke.

Der Herbst kocht seinen grauen Eintopf aus Bäumen, Grabsteinen, Regen und Wind. Ein Anblick, der das Herz des Melancholikers höherschlagen läßt. Das klassische Selbstmordwetter, denkt Kwalle. Wer jetzt nicht zum Strick greift, braucht keinen mehr. Wasser, wohin Kwalle blickt: auf den Wegen, zwischen den Gräbern. Neben der Barackenwand hat sich ein trägfließender gelber Bach sein Bett gegraben. Schwemmt Blätter vorbei, Tannennadeln, Zweige, Kranzschleifen, Vogelfedern, eine Eintrittskarte für den Ernteball des Landwirtschaftlichen Vereins. Kwalle pißt in den Bach, Luftblasen quellen auf, die großen platzen, die kleinen nimmt das Wasser mit sich fort. Sein Schwanz schrumpft zusehends, je faltiger die Eichel wird, desto stumpfer ihr Rot.

Von der Abfallgrube her watschelt Zarah näher, setzt über den Bach, pliert Kwalle zu und schlüpft zwischen seinen Beinen hindurch. Zwei Herzschläge später ein Schrei.

Kwalle dreht sich um. Die kleine Dicke steht im Bett und hält mit beiden Händen ihre Brüste fest.

»Hau sie tot!« kreischt sie, »hau sie tot!«

Die Ratte steht da wie vom Donner gerührt, ihre Barthaare zittern. Auf solch einen Empfang war sie nicht gefaßt.

»Komm, reg dich ab«, sagt Kwalle. »Wenn du sie nicht beißt, beißt sie dich auch nicht.«

»Jag das Biest weg!« schreit die kleine Dicke.

»Zarah hat Familienanschluß«, sagt Kwalle und wirft der Ratte ein Stück Brot zu. Das erleichtert es ihr, die Fassung wiederzugewinnen, sie schüttelt den Kopf, packt das Stück Brot mit den Zähnen und trippelt in die Ecke, wo sie knabbernd des Weiteren harrt, die schwarzen Knopfaugen unverwandt auf die kleine Dicke gerichtet.

»Du darfst ihr nicht son Schreck einjagen«, sagt Kwalle, »Zarah ist auch nicht mehr die Jüngste.«

»Wenn ich was nich ausstehn kann, sind das Ratten«, sagt die kleine Dicke.

»Nimms ihr nicht übel«, sagt Kwalle zur Ratte. »Sie steckt voller Vorurteile, wie alle Unterdrückten.«

Die kleine Dicke läßt sich langsam in die Hocke nieder. »Was soll der Quatsch?« fragt sie. »Du glaubst doch wohl nich, daß das Biest dich versteht.«

»Zarah versteht mich«, entgegnet Kwalle.

Zarah nickt.

»Ratten sind das Ekelhafteste, wasses gibt«, sagt die kleine Dicke. »Da wo wir zuerst wohnten, liefen sie nachts über die Betten. Meim kleinen Bruder, als der grade geboren war, haben sie sämtliche Finger abgefressen. Nee, geh mir bloß weg mit Ratten!«

»Typischer Fall von Rattendiskriminierung«, sagt Kwalle.

Zarah wiegt betroffen den Kopf.

»Und du gibst dem Biest sogar noch n Namen!«

»Irgendwie muß ich sie doch anreden«, verteidigt sich Kwalle.

Die kleine Dicke sieht sich nach einem geeigneten Mordwerkzeug um. Ihr Blick bleibt auf dem Spaten haften: »Wenn dus nich tust, tu ichs.«

»Untersteh dich«, warnt Kwalle.

Ohne Zarah aus den Augen zu lassen, angelt die kleine Dicke mit dem Fuß nach ihren Schuhen. »Ich hab schon mehr als eine abgemurkst«, sagt sie, geht zur Wand, nimmt den Spaten und pirscht sich an die Ratte heran.

Zarah hört auf zu kauen, scheint sich nicht ganz klar darüber zu sein, ob das nun Spiel ist oder Ernst. Ihr Instinkt, hofft Kwalle, wird ihr im rechten Moment die richtige Anwort geben.

Die kleine Dicke bleibt zwei Meter vor der Ratte stehn, steht ganz still, nur die Hand mit dem Spaten hebt sich langsam, millimeterweise, im Zeitlupentempo. Kwalle versteht die Ratte nicht: weshalb hockt sie da wie angewurzelt, sie ist doch sonst nicht so schwer von Kapee.

»Zarah!« brüllt Kwalle.

Aber da ist es schon zu spät. Der Spaten trifft sie genau zwischen Kopf und Rumpf, die Knopfaugen quellen hervor, Zarah reißt das Maul auf, zeigt ihre Zähne, streckt die Zunge aus, ihr Körper bäumt sich auf, zappelt, zittert, erschlafft.

Zarah ist tot.

»Siehst du, so wird das gemacht«, sagt die kleine Dicke befriedigt und drückt den Spaten noch ein Stück tiefer in den Kadaver.

»Verschwinde«, sagt Kwalle leise.

Weshalb, fragt er sich, gehst du nicht hin, nimmst ihr den Spaten weg und spaltest ihr, ohne ein Wort zu sagen, den Schädel? Oder rammst ihn ihr zwischen die Titten, zweimal, viermal, zehnmal, bis sie hinüber ist? Sie hat Zarah umgebracht, du bringst die kleine Dicke um, Auge um Auge, Zahn um Zahn. Warum, zum Teufel, tust dus nicht?

»Hast du was gesagt?« fragt die kleine Dicke.

»Pack deine Klamotten zusammen und verpiß dich!« knurrt Kwalle.

»Sag bloß, du bist sauer, weil ich die Ratte totgemacht hab?«

»Raus!« schreit Kwalle. Wenn schon kein Meuchelmord, dann wenigstens ein lautstarker Wutausbruch, den zumindest glaubt er Zarah schuldig zu sein: »Los, hau ab! Ich kann deine blöde Fresse nicht mehr sehn, du kotzt mich an! Laß dich von den Besoffenen vögeln, das ist das einzige, wozu du gut bist!«

Die kleine Dicke massiert ihren Bauch, krault ihr Schamhaar, ist sprachlos. Sie kuckt auf die tote Ratte, kuckt Kwalle an, versucht Zusammenhänge herzustellen, eine Erklärung zu finden für Kwalles Wut.

»Bist du taub?« fragt Kwalle. »Hast du Matsch auf den Ohren? Ich hab gesagt, du sollst verschwinden!«

Kaum, daß er richtig losgelegt hat, flaut sein Zorn schon wieder ab. Früher, kann er sich erinnern, hielt er länger vor. Damals konnte er sich an seiner eigenen Wut berauschen, bis er sich in einen rasenden Berserker verwandelt hatte. Und heute? Ein bißchen heiße Luft ablassen: das ist alles.

»Meinst du das im Ernst?« fragt die kleine Dicke.

Kwalle wirft ihr den Schlüpfer zu, den Büstenhalter, das Kleid. »Kuck dir Zarah an«, sagt er mit steckbriefreifem Mördergesicht. »Wenn du nicht auf der Stelle verduftest, siehst du im Handumdrehn genauso aus.«

Die kleine Dicke zieht den Schlüpfer an, hakt den Büstenhalter über ihrer Brust zusammen, schiebt ihn herum, bis die Brüste in die Schalen schwappen, streift die Träger über ihre Schultern. »Ich versteh nich, wie man sich wegen ner Ratte so aufregen kann. Du tust ja beinah so, als ob ich n Menschen umgebracht hab.«

»Ich glaub kaum, daß mir das so nahegegangen wär«, sagt Kwalle.

Ihre Augen suchen Kwalles Gesicht nach Anzeichen verborgener Geistesgestörtheit ab. »Irgendwas muß bei dir nich stimmen«, sagt sie. »Allmählich glaub ich auch, du hast nich alle Tassen im Schrank.«

»Dann wunderts mich, daß du noch hier bist«, sagt Kwalle. »Mit Verrückten ist nicht zu spaßen. Die tun, was sie sagen.«

Sie stülpt ihr Kleid über den Kopf und schraubt sich mit rotierenden Hüften hinein: »Bei dir weiß man nie, woran man ist. Erst bist du gottweißwie nett zu eim, und jetzt behandelst du mich wie den letzten Dreck. Ich möcht wirklich mal wissen, was bei dir Mache ist und was nich.«

»Du kannst es ja drauf ankommen lassen«, sagt Kwalle. »Ein Mord ist genau das, was in meinem Sündenregister noch fehlt.«

»Schmeiß mir bitte den Mantel rüber.«

»Hol ihn dir doch.«

Die kleine Dicke kommt zögernd näher, bleibt außer Reichweite stehn, weiß nicht recht, ob sie es wagen soll, sich Kwalles Händen auszuliefern. »Wenn du mir was tust, sag ichs Luden. Der hat so schon ne Stinkwut auf dich.«

»Weil ich mir seine Matratze ausgeliehen hab?«

»Da sind noch mehr, die dich nich riechen können, nich bloß Luden. Ich kenn ne ganze Menge, wenn die abends im Blitz zusammensitzen, da müßten dir eigentlich die Ohren klingen, so ziehn die über dich her.«

»Na Gottseidank«, sagt Kwalle, »ich dachte schon, die hätten mich vergessen.« Ein Trost zu wissen, daß wenigstens auf seine Feinde noch Verlaß ist.

»Kann ich jetzt meinen Mantel haben?«

»Nimm ihn und dampf ab. Ich schenk dir das Leben.«

Der kleinen Dicken genügt das nicht, sie will mehr, will Klarheit: »Heißt das nu, mit uns isses aus?«

»Aus und vorbei.«

»Für immer?«

Schon wieder dieses Wort.

»Bis ichs überstanden hab«, sagt Kwalle. »Dann darfst du hinter meinem Sarg gehn, versprochen ist versprochen.« Er gibt ihr den Quellekatalog.

»Was soll ich damit?«

»Mein Abschiedsgeschenk«, antwortet Kwalle. »Leg ihn dir unters Kopfkissen. Wenn du dich einmal durchs Sortiment geträumt hast, bin ich nicht mehr da.« Rührung schnürt ihm sanft die Kehle zu, Traurigkeit überkommt ihn, der Gedanke an seinen Tod rührt ihn, wie üblich, zu Tränen.

Die kleine Dicke sieht das Feuchte in Kwalles Augen und deutet es, wie nicht anders zu erwarten, falsch. »Ich kann ja Montag mal wieder vorbeikommen«, sagt sie, Hoffnung schöpfend, »Montag hab ich frei.«

Kwalles Wehmut schlägt jäh in Ärger um. »Ich hab die Schnauze voll von dir«, schreit er, »hast du das immer noch nicht kapiert?!«

Doch, jetzt hat sie begriffen.

»Und von so eim hab ich mir n Kind andrehn lassen«, sagt sie, schlüpft in ihren Mantel und stapft mit kleinen festen Schritten zur Tür.

Kwalle dreht sich auf die andere Seite, schließt die Augen und wartet auf den Knall. Der Knall bleibt aus. Kein letzter Paukenschlag, hervorgerufen durch eine kraftvoll ins Schloß geschmetterte Tür, kein geräuschvoller Abgang. Stattdessen streicht ein kühler Windhauch über seine Fußsohlen: die kleine Dicke hat die Tür offengelassen. Kwalle setzt zu einem deftigen Fluch an, aber was solls, sagt er sich, sie hörts ja doch nicht mehr.

In der Türfüllung, nur in seinen Umrissen erkennbar, ein Stück vom Kriegerdenkmal. Sei getreu bis an den Tod, so will ich dir die Krone des Lebens geben. Der Tag, an dem Kwalle den Tempel in die Luft sprengen wird, ist nicht mehr fern. Das wird der Paukenschlag sein, mit dem er Abschied nimmt. Die Zündschnur glimmt gewissermaßen schon, alles nur noch eine Frage der Zeit. Kwalle weidet sich an seiner Vision: zerborstener Marmor, verstümmelte Blattgoldsprüche, der Ehrenhain ein qualmender Trümmerhaufen. Darüber, ihres Lieblingsplatzes beraubt, die Dohlen. Er feixt stillvergnügt vor sich hin.

Der Regen dringt jetzt von allen Seiten in die Baracke: durch die Decke, durch die Wände, durch die Tür. Der gelbe Bach ist angeschwollen, ein Seitenarm hat die Schwelle unterspült und kriecht mäandrisch über den Fußboden. An Zarahs leblosem Körper staut er sich.

»Zarah, jetzt hats dich auch erwischt«, sagt Kwalle. Die Partnerin zahlloser stummer Dialoge, die ewige Verliererin im Wer-kuckt-als-erster-weg-Spiel, die Schicksalsgenossin, das Pendant aus der Tierwelt. Gehaßt, verfolgt, ein zählebiges Opfer ihres schlechten Rufs. Du hast es hinter dir, Zarah.

Eine schmale Gestalt, braun unter braunem Regenschirm, geht an der Tür vorüber. Kwalle trifft es wie ein Schlag: Hilde! Der Schwanz soll mir abfallen, wenn das nicht Hilde war!

Mit einem Satz springt er aus dem Bett, schlüpft in die Jeans und streift das Hemd für besondere Gelegenheiten über. Ein Blick aus der Tür läßt seine Vermutung zur Gewißheit werden: das ist sie, so geht nur eine, unverwechselbar, diese anmutig schwingenden Hüften.

Hilde biegt bei Sinjens Mausoleum in den Hauptweg ein und verschwindet hinter den Trauerweiden des Honoratiorenviertels. Was, in aller Welt, veranlaßt sie, den lieben Verstorbenen ausgerechnet heute einen Besuch abzustatten, fragt sich Kwalle.

Von Neugier und einer unerklärlichen Unruhe gepackt, schleicht er zwischen den Holzkreuzen der Kleineleutegräber hindurch zum Kriegerdenkmal, stellt sich hinter eine der Marmorsäulen und wartet. Von hier aus kann er den Findling sehen, der auf Hildes Ahnen lastet.

Hilde, braun unter braunem Regenschirm, taucht hinter windgezausten Weiden auf, widmet dem Familiengrab einen flüchtigen Blick und geht zielstrebig weiter.

Für zwei oder drei Takte setzt Kwalles Herzschlag aus: was kann sie sonst auf dem Friedhof wollen, allein, bei diesem Sauwetter? Düstere Ahnungen geistern durch sein Hirn: er sieht Hilde eine kleine, perlmuttverzierte Pistole aus der Handtasche ziehen, sie an die Schläfe legen, sieht Hildes Körper, sanft vom Wind geschaukelt, am Strick baumeln. An einem Tag wie diesem gehört nicht viel Phantasie dazu, sich so etwas vorzustellen. Friedhof, Regen, Sturm: die ideale Kulisse für ein tristes Melodram.

Kwalle, noch im ungewissen, welche Rolle er darin spielen wird, macht sich an die Verfolgung, springt von Grabstein zu Grabstein, robbt durch immergrüne Friedhofsflora, kriecht durch Modder und schwammiges Moos. Solange nicht klar ist, was sie vorhat, hält er es für ratsam, nicht in Erscheinung zu treten. Wenn sie Hand an sich legt, so oder so, kann er immer noch Schicksal spielen.

Hilde bleibt stehen. Blickt sich um. Kwalle geht hinter einem Grabstein in Deckung. Ahnt sie, daß jemand, daß Kwalle sie verfolgt? O ruhe sanft in unsres Gottes Hand auf Wiedersehn im rechten Vaterland. Das übrige unleserlich. Die Namen werden ausgelöscht, die Sprüche bleiben.

Kwalle späht über den Grabstein hinweg und sieht gerade noch, wie Hildes brauner Regenschirm, jetzt zusammengefaltet, in der Tür des Geräteschuppens verschwindet. Kurz darauf hört er, wie ein Schlüssel im Schloß herumgedreht wird. Was tut sie im Geräteschuppen, weshalb schließt sie ab, woher hat sie überhaupt den Schlüssel? Wenn Heuer etwas wie seinen Augapfel hütet, ist es der Schlüssel des Geräteschuppens.

Es sei denn...

Wie bringt er seine innere Stimme zum Schweigen? Kwalle versucht es mit Gegenandenken, mit Abschalten, aber es hilft nichts: die innere Stimme verschafft sich hartnäckig Gehör. Wer ging denn vorhin an deiner Bude vorbei, fragt sie, wessen Husten war das, wenn nicht Heuers? Er hat im Geräteschuppen auf sie gewartet. Als sie drin war, hat er die Tür abgeschlossen, den Rest kannst du dir denken.

»Hilde und Heuer, Mensch! Das kann doch nicht angehn!« sagt Kwalle. Er schüttelt nachdrücklich den Kopf: ausgeschlossen. Eine Frau wie sie! Das beste wär, er ginge jetzt in seine Bude zurück, zöge die Bettdecke über den Kopf und tilgte die letzten fünf Minuten aus seinem Gedächtnis. Löschte aus, was er gesehen, gehört, gedacht hat. Belächelte sich als Tagträumer.

Aber das Glück der Selbsttäuschung bleibt Kwalle versagt: Heuers Husten, gewaltig dröhnend aus breiter Brust, hält ihn unbarmherzig in der Wirklichkeit gefangen. Zwingt ihn, den Tatsachen, welchen auch immer, ins Auge zu blicken. Er schlägt einen Bogen und schleicht sich von hinten an den Geräteschuppen heran. Heuer hustet, räuspert sich die Atemwege frei, lacht ein selbstzufriedenes Bockslachen. »Komm schon!« sagt Hilde.

Das Gesicht gegen die Wand gepreßt, schiebt sich Kwalle zum Fenster hin, die Teerpappe schmirgelt seine Haut. Kwalle sieht Schaufeln, Harken, die Spitzhacke, eine Batterie leerer Flaschen. Er sieht mehr: die Schiebkarre, Hildes braunen Regenmantel an der gegenüberliegenden Wand, Hildes Fuß. Der Fuß bewegt sich langsam auf und ab.

Kwalle sieht alles: Hilde rücklings auf dem Tisch, zwischen ihren gespreizten Beinen Heuer, oben mit Hemd und Weste bekleidet, unten nackt. Hilde hat ihr Kleid bis zu den Hüften hochgestreift, ihre weißen Schenkel schimmern wie Wachs, ihre Augen sind geschlossen. Will sie Heuer nicht sehn, weil sie sich vorstellt, es sei ein andrer, der sie fickt?

Heuer beugt sich vor, legt seine Hände in Hildes Kniekehlen und besorgt es ihr nach guter holsteinischer Art: nicht zu langsam, nicht zu schnell, ebenso kraftvoll wie gründlich, mit der konzentrierten Gelassenheit eines Bauern, der seinen Acker pflügt. Nichts von Ekstase, nichts von Aufsiemitgebrüll, da wird solide Arbeit geleistet, jeder Stoß verrät den Fachmann.

Kwalle, zitternd vor Eifersucht und Haß, möchte weglaufen und kann sich nicht rühren, kommt sich vor wie an sämtlichen Gliedern gelähmt. Statt sich von dem Anblick loszureißen, drückt er seine Nase an der Fensterscheibe platt, ein willenloser Voyeur. Da wendet Hilde ihm ihr Gesicht zu, öffnet die Augen, blickt ihn an.

Gleich, denkt Kwalle, gleich verzerrt Schreck ihre Züge, schreit sie auf, stößt sie Heuer von sich.

Aber nichts geschieht, in ihrem Gesicht zuckt kein Muskel, ihre Augen bleiben auf Kwalle gerichtet, ein bißchen neugierig, fragend, spöttisch, Mona Lisa in der Horizontale. Wie gefällt dir, was du siehst, fragen ihre Augen, und ihr Kopf beantwortet jeden Stoß, den Heuer ihr versetzt, mit einem Nicken.

Ein Alptraum, sagt sich Kwalle, wach auf, das ist ein Alptraum! Aber Hildes Augen lassen ihn nicht los, gönnen ihm kein Entrinnen in eine angenehmere Wirklichkeit. Heuer schiebt ihr Kleid hoch, bis ihre Brüste zum Vorschein kommen, packt sie mit beiden Händen und setzt zum Endspurt an. Hildes Lippen formen ein O, ihr Kopf nickt heftiger, ihre Pupillen saugen sich an Kwalles Gesicht fest.

Lieber Gott, betet Kwalle, wenn du noch einen Funken Mitleid für mich übrig hast, dann laß mich auf der Stelle erblinden, dann erspar mir, nun auch noch den Rest mitansehn zu müssen, was zuviel ist, ist zuviel! Aber der liebe Gott läßt sich nicht erweichen.

Heuer wirft sich auf Hilde, drückt den Kopf zwischen ihre Brüste und rammt ihr seinen Schwanz hinein, daß sie laut aufschreit, ihre Finger in seinen Nacken krallt, die Augenlider zusammenpreßt.

Jetzt oder nie! Kwalle stößt sich von der Fensterscheibe ab und rutscht an der Wand runter, bis er der Länge nach im Morast liegt. Er wühlt sein Gesicht in den Schlamm, spürt, wie er ihm kalt und breiig in Nase und Mund dringt, wühlt sich tiefer hinein, riecht schmeckt schluckt Modder, hört nichts mehr, sieht nichts mehr.

IX

Hansen trägt nagelneue knirschende Wanderschuhe. Wenn er eine Bohle ausläßt, knirschen sie besonders laut. Obwohl es ihn Mühe kostet, läßt er nach jeweils drei Trippelschritten eine Bohle aus. Wahrscheinlich hört er das Knirschen gern.

Kwalle balanciert auf der Schiene entlang, stellt sich vor, sie wäre ein straffgespanntes Drahtseil zwischen Kirchturmspitze und Meiereischornstein, allerhand Volk auf den Beinen, lauter bekannte Gesichter, vorm Blitz der Krankenwagen mit Blaulicht und geöffneter Hintertür, die Wetten stehen neunundneunzig zu eins, daß es schiefgeht, aber freut euch nicht zu früh, denkt Kwalle, wer zuletzt lacht...

»Dies ist ein Herbsttag, wie ich keinen sah«, deklamiert Hansen.

Kwalle rutscht ab. Fällt mit ausgebreiteten Armen, sich langsam um die eigene Achse drehend, dem Knäuel schadenfroher Gesichter entgegen, vom Himmel hoch da komm ich her, die Leute spritzen auseinander, ein Stück Kopfsteinpflaster rast auf ihn zu...

»Ist Ihnen nicht gut?« fragt Hansen.

»Schon vorbei«, sagt Kwalle und faßt wieder Tritt.

Krähenschwärme vor mattblauem Himmel. Ausgekämmte Zirruswolken. Zwischen den Bäumen glatte schwarze Tümpel, mannshohes Schilfdickicht, hinter dem einst vierzig Räuber lauerten, später Billy the Kid und seine Bande, noch später versprengte jüdische Kinderschlächter. Wenn Kwalle damals durch die Baumrade ging, säumten Leichen seinen Weg, darunter die verstümmelten Körper sämtlicher Männer, die es gewagt hatten, ein Auge auf Tante Hedi zu werfen.

»Sie sehn schlecht aus«, sagt Hansen.

»Ist das n Wunder?« sagt Kwalle. »Sie lassen mich ja seit Wochen aufm trocknen sitzen. Ich hab immer gehofft, Sie würden mal wieder mit ner Pulle Schnaps bei mir aufkreuzen, aber anscheinend sind Sie zum Kleinebrötchenbacken zurückgekehrt.«

»Im Gegenteil«, sagt Hansen, »mein Buch ist im Rohbau fertig.«

»Wie das?« fragt Kwalle verblüfft.

»Ich bin sogar schon beim zweiten Arbeitsgang, beim Feinschliff, wie ich es zu nennen pflege.«

»Aber ich hab Ihnen doch noch längst nicht alles erzählt«, sagt Kwalle. »Die schönsten Sachen kommen erst noch. Verglichen mit denen ist das, was Sie bis jetzt von mir wissen, kalter Kaffe. Daraus kann man doch keine Biografie machen!«

»Biografie?« fragt Hansen mit himmelwärts gerichtetem Blick. »Den Plan hab ich längst aufgegeben.«

»Ach. Und was schreiben Sie jetzt?«

»Einen Roman«, antwortet Hansen beinahe feierlich.

Der Wald schiebt sich näher an die Geleise heran, bedrängt Kwalle mit Erinnerungen: der Teich in dem er sich das Blut abwusch als Jochen ihm das Nasenbein eingeschlagen hatte die Lichtung wo sie am Lagerfeuer Kein schöner Land in dieser Zeit sangen der Baum an dem der Gauleiter hing das Gebüsch hinter dem Luden die Pastorentochter fickte die Stelle wo Hannes Bachmann stehenblieb und sagte bevor sich der Held seinen Feinden ergab schnitt er sich eigenhändig die Zunge ab weshalb tat er das wohl...

»Inzwischen bin ich im zweiten Durchgang auf Seite hunderfünfzig angelangt«, sagt Hansen. »Wenns in dem Tempo weitergeht, hab ichs bis Weihnachten geschafft.«

»Wie alt bin ich auf Seite hunderfünfzig?« erkundigt sich Kwalle.

»Fünfzehn.«

»Na bitte«, sagt Kwalle. »Grade mit fünfzehn hatte ich eine meiner erlebnisreichsten Perioden, und darüber wissen Sie bis jetzt so gut wie nichts.«

»Was ich weiß, genügt, um mir den Rest denken zu können«, sagt Hansen. »Schließlich war ich auch mal fünfzehn.«

»Soll das heißen, Sie brauchen mich nicht mehr?« fragt Kwalle.

»Ich will mal so sagen«, antwortet Hansen, den Blick nach vorn gerichtet: »Wenn Sie mir plötzlich aus irgendeinem Grund nicht mehr zur Verfügung stünden, wär das kein Beinbruch.«

»Und all die Sachen, die ich noch auf der Pfanne hab?« ereifert sich Kwalle. »Die können Sie doch nicht einfach untern Tisch fallen lassen!«

»Ich schreibe, wie schon erwähnt, einen Roman«, erwidert Hansen ungeduldig, »und bei einem Roman befindet einzig und allein der Autor darüber, was wichtig ist und was nicht. Ihr Leben dient mir nur als Vorlage. Was ich brauche, nehm ich mir, was ich nicht brauche, laß ich weg.«

»Ich fürchte, da bleibt nicht viel von mir übrig«, sagt Kwalle.

»Oh, keine Bange«, sagt Hansen.

Die Baumrade bleibt hinter ihnen zurück, gibt die Sicht frei auf graugrünes Flachland, windschiefes Buschwerk, die lange Reihe der Ferienschuppen Hotelklötze Pensionen. Davor ziegelbraun, mit verwittertem Holzzierat, der Strandbahnhof. Ein verlottertes Überbleibsel aus der guten alten Zeit, als Damen noch *Frauen* und Herren *Männer* waren und *Abort* mit gotischen Lettern geschrieben wurde.

Wo die Schienen vor einem hölzernen, mit Puffern bewehrten Bollwerk enden, bleibt Hansen stehen und wartet, bis Kwalle herangekommen ist. Sein Gesicht ist gerötet von der frischen Seeluft, vom forschen Ausschreiten, um seine Mundwinkel spielt ein selbstgefälliges Lächeln. Auch so ein Gesundheitsfetischist, denkt Kwalle, einer dieser Tautreter, Eiskaltduscher, Expanderartisten. Fit sein ist alles.

Kwalle münzt seine Verachtung in einen knarrenden Furz um. Das Lächeln in Hansens Mundwinkeln erschrickt.

»Glauben Sie, Sie schaffen es noch bis zur Heidkate?« fragt er.

»Nicht mehr in diesem Leben«, stöhnt Kwalle. »Ich hab Knick-, Spreiz- und Senkfuß. Daß ich überhaupt noch laufen kann, ist ein medizinisches Wunder.«

»Leider ist die Heidkate die einzige Kneipe weit und breit, die noch geöffnet ist«, sagt Hansen zu den gestriegelten Zirruswolken.

Ein fieser Typ, dieser Hansen, sagt sich Kwalle. Soviel Verschlagenheit hinter einem treudeutschen Gesicht. Weiß genau, womit du zu ködern bist.

»Was Sie mir da zumuten, grenzt an Leichenschändung«, grollt er.

»Wenn es Ihnen zu anstrengend ist: ich geh auch gern allein weiter«, sagt Hansen mit der Unverfrorenheit des Frischluftfanatikers.

»Betrachten Sie sich bitte als erwürgt«, sagt Kwalle und macht sich auf den langen Marsch. Vorbei an leeren Parkplätzen, leeren Pavillons, leeren Schaufenstern, vorbei an Häusern, die Sonnenschein Seeblick Irmintraud Strandsegen Strandlust Kiekut heißen, vorbei an

Fahnenstangen, Niveareklame, übereinandergestülpten Strandkörben, den Deich hinauf, das Meer.

Hansen ist ihm dicht auf den Fersen geblieben, steht neben ihm, streckt die Ellbogen aus, wölbt die Brust: »Aaaaah!«

Die Ostsee, grün und glatt, verlangt der Phantasie keine aufwendigen Metaphern ab, begnügt sich mit Flasche und Spiegel. Im Westen bohrt sich das Laboer Ehrenmal in einen eitergelben Sonnenball. Am Ende der Buhnen, die schwarzen Zahnstümpfen ähneln und Kwalle daher jedesmal an seine Großmutter erinnern, steht ein Mann in hüfthohen Gummistiefeln, in der einen Hand einen Spaten, in der andern seinen Schwanz, und pißt ins Wasser. Als er fertig ist, bleibt er so stehn: breitbeinig, den Kopf nach vorn gebeugt, seinen Pimmel in der Hand. Ein Mensch im stummen Dialog mit seinem Glied.

»Kucken Sie sich den an«, sagt Hansen. »Ich gäb was drum, wenn ich wüßte, was in ihm jetzt vorgeht.«

Kwalle sieht einen kühlen Abend herandämmern, bis zur Heidkate ist es noch eine gute halbe Stunde zu gehen, wenn sie sich beeilen, schaffen sie es vielleicht in zwanzig Minuten, in der Heidkate ist es warm, in der Heidkate gibt es Schnaps, und Hansen tut so, als wolle er den Rest des Tages damit verbringen, die Gedanken eines Mannes zu ergründen, der bis zu den Knien im Wasser steht und seinen Schwanz betrachtet.

»Er rechnet aus, um wieviel er den Wasserspiegel angehoben hat«, sagt Kwalle.

»Witzbold«, sagt Hansen.

Sie lassen sich seewärts vom Deich rutschen, schliddern über kreischende Kiesel, waten durch knisternden Tang, stapfen hintereinander am Wasser entlang, wo der Sand hart ist und doch nachgiebig genug, ihre Spuren in sich aufzunehmen. Kwalle tritt in Hansens Fußstapfen, tilgt mit jedem Schritt den markigen Abdruck der Wanderschuhe, so daß es rückblickend aussieht, als sei nur ein einziger Mensch am Strand entlanggegangen.

»Sind Sie einigermaßen bei Kasse?« fragt Kwalle.

»Warum?«

»Mit fällt da grade noch was ein. Aus meiner Jugendzeit. Etwas, das Sie unbedingt erwähnen müssen. Für zwei lumpige Schnäpse ist es Ihr geistiges Eigentum.«

»Wenn es danach ginge, was mir Ihre Geschichten wert sind, dürften Sie höchstens mal am Korken riechen«, sagt Hansen kaltschnäuzig.

Vor dem Sonnenball reckt sich das Laboer Ehrenmal. Schwarz und schartig wie ein verkohlter Pimmel. Keine üble Idee, findet Kwalle, der Nachwelt unter dem Deckmantel patriotischen Überschwangs einen solchen Riesenpimmel zu hinterlassen. Er spielt ein Stück Weges mit dem Gedanken, seinen Grabstein zu einem Phallus umzugestalten, sieht ihn schon vor sich mit knorrigem Stamm und üppiger Eichel, aber Granit ist Granit und sein Leben zu kurz, um dem Stein eine Form zu geben, die das Auge des Kenners befriedigt.

»Am liebsten hätte ich mich ganz von Ihnen gelöst«, sagt Hansen. »Aber Sie waren nun mal da, ein Stück Wirklichkeit und als solches nicht mit einem Federstrich aus der Welt zu schaffen. Worauf es also ankam, war, jene mittlere Distanz zu finden, die einerseits Ihrer realen Existenz Rechnung trug, andererseits aber meiner Phantasie genügend Spielraum bot. Drücke ich mich einigermaßen verständlich aus?«

»Wies bei langen Reden üblich ist, hat auch diese vermutlich einen kurzen Sinn«, sagt Kwalle.

»Jedenfalls irgendwann im Sommer, da hatte ich ihn plötzlich, den richtigen Abstand zu Ihnen, und von da an ergab sich alles weitere von selbst. Ich schrieb pausenlos, Tag und Nacht, wie ein Wahnsinniger, immer mit der Angst im Nacken, ich könnte schlappmachen, bevor ich das Buch im Rohbau fertighatte. Aber, dem Himmel und meiner Pferdenatur sei Dank: ich hielt durch.«

»Bis zum Schluß.«

»Ja«, sagt Hansen, klettert auf die Mole, bleibt oben stehen und blickt in Denkmalspose auf das Meer hinaus. Ein letzter Sonnenstrahl taucht ihn spielerisch in Bronze.

»Jetzt machen Sie mich neugierig«, sagt Kwalle. »Ich hab mich zwar schon für ne bestimmte Todesart entschieden, aber für gute Tips bin ich immer dankbar. Vielleicht ist Ihnen ja noch was Besseres eingefallen. Also mal raus mit der Sprache: wie komm ich um?«

»Der Held meines Romans«, sagt Hansen mit deutlicher Betonung des besitzanzeigenden Fürworts, »kommt nicht um.«

»Kommt nicht um?« fragt Kwalle verdattert.

»Nein«, antwortet Hansen und springt auf der anderen Seite von der Mole. Kwalle steigt über die runden Granitblöcke und eilt hinter ihm her.

»Sondern?« fragt er den forsch Dahinschreitenden.

»Er findet zurück.«

»Zurück wohin?«

»Er findet in die Gemeinschaft zurück.«

»Achnee«, sagt Kwalle und vermißt bekümmert den Drang, in ein hysterisches Gelächter auszubrechen.

»Für mich die einzig logische Konsequenz«, fährt Hansen fort. »Nachdem mein Held lange und heftig wider den Stachel gelöckt hat, gelangt er zu der Einsicht, daß sich der Mensch nur innerhalb der Gemeinschaft verwirklichen kann und daß jede Gemeinschaft von mehr als zwei Menschen, aber auch diese schon, Gesetze braucht oder Normen oder bestimmte Richtlinien, die das Zusammenleben regeln. Indem er also die gesellschaftlichen Konventionen infragegestellt, ja, sie mit allen Mitteln bekämpft, wird ihm ihre eigentliche Bedeutung erst bewußt. Daß diese Erkenntnis dann zu dem Entschluß führt, in die Gemeinschaft zurückzukehren, versteht sich von selbst.«

Über dem Deich taucht das bemooste Reetdach der Heidkate auf. »Das ist doch nicht Ihr Ernst«, stammelt Kwalle fassungslos, »meingott, das ist ja schlimmer als ne Vergewaltigung! Sowas können Sie doch nicht mit mir machen!«

»Ich kann mir denken, daß Ihnen dieser Schluß nicht gefällt«, sagt Hansen. »Aber darauf kann ich keine Rücksicht nehmen. Sie müssen sich damit abfinden, daß Sie mit dem Helden meines Romans nicht mehr zu tun haben als ein Klumpen Ton mit der fertigen Skulptur.« Er tippt mit dem Zeigefinger gegen seine Brust: »Ich gebe Ihnen eine Form, ich mache aus Ihnen eine plausible Figur, durch mich bekommt Ihr Leben überhaupt erst einen Sinn!«

Plötzlich, es überrascht ihn selbst, hat Kwalle Hansens Hals zwischen seinen Händen, langsam, ganz langsam drücken seine Daumenspitzen den Kehlkopf nach innen. Hansen, starr vor Staunen, wehrt sich nicht, steht da mit schlaff herabhängenden Armen und offenem Mund, scheint verzweifelt nach Gründen zu suchen für diesen unerwarteten Überfall. Kwalle drückt fester zu, seine Hände zittern vor Anstrengung, irgend etwas knackt in Hansens Hals, und jetzt beginnt sich sein Gesicht zu verzerren, quellen die Augäpfel hervor, verfärbt sich seine Haut. Aber noch immer tut er so, als könne er nicht gemeint sein, als beruhe alles auf einem Mißverständnis, als vertraue er darauf, daß Kwalle gerade noch rechtzeitig zu der Einsicht gelangen wird, einen Unschuldigen an der Gurgel gepackt zu haben.

»Mensch, wehr dich doch!« keucht Kwalle. »Tu was, sonst bring ich dich um!«

Da schlägt Hansen ihm die geballte Faust aufs Ohr. In Kwalles Kopf explodiert ein Klavier, Wagner rückwärts, die Regensburger Domspatzen am Spieß. Langer schwingender Nachhall.

Hansen wirft sich zu Boden, reißt Kwalle mit, sie wälzen sich im Sand, rollen engumschlungen durch den Strandhafer, mal ist Kwalle oben, mal Hansen, sie bearbeiten sich mit Fäusten Ellbogen Füßen, dreschen rasend vor Wut aufeinander ein, bleiben sich nichts schuldig, keinen Kinnhaken, keinen Tritt in den Unterleib, holen das Letzte aus sich heraus, bis beiderseitige Erschöpfung den Schlagabtausch zunehmend verlangsamt, bis ihre Griffe immer kraftloser werden, bis sie schließlich fix und fertig nebeneinander im Sand liegen.

»Mein lieber Mann«, schnauft Hansen, »das war aber verdammt knapp! Um ein Haar hätten Sie mich umgebracht! Was, zum Teufel, wenn ich mich nicht im letzten Moment noch gewehrt hätte?«

»Dann wären wir jetzt quitt«, antwortet Kwalle kurzatmig. »Aber der Unterschied zwischen uns ist eben der, daß Sie sich wehren können, ich nicht.«

Hansen richtet sich ächzend auf und reibt sich Sand aus dem Gesicht: »Ich brauch jetzt n Schnaps.«

»Die ersten vernünftigen Worte, die ich heute von Ihnen höre«, sagt Kwalle, steht auf und bietet Hansen hilfreich die Hand. »Gehn wir.«

»Mensch, Sie haben vielleicht Humor!« schnaubt Hansen ihn an. »Glauben Sie im Ernst, ich lad Sie jetzt noch zum Schnaps ein, nachdem Sie mich eben beinahe abgemurkst haben?«

»Ich hätts ganz tun können«, sagt Kwalle liebenswürdig. »Insofern verdanken Sie mir Ihr Leben. Ist Ihnen das nicht n Schnaps wert?«

Hansen erhebt sich schwerfällig: »Ich weiß wirklich nicht, was ich mehr bewundern soll: Ihre Unverschämtheit oder Ihre Hartnäckigkeit.«

»Bewundern Sie doch einfach beides«, schlägt Kwalle vor.

Sie schlängeln sich hintereinander durch ein mit struppigen Grasbüscheln bewachsenes Dünengelände, klettern auf den Deich, vor ihnen liegt, Abendrot in den Fenstern, die Heidkate. Hansen gönnt dem Meer noch einen abschiednehmenden Rundblick: vom Laboer Ehrenmal über den Bülker Leuchtturm bis zur Hohwachter Bucht.

»Also gut«, sagt er. »Aber ich schwör Ihnen: das wird der letzte Schnaps sein, den wir zusammen trinken!«

In der Gaststube riecht es nach Schweißfüßen, Pisse und Grog. An der Theke stehen zwei besoffene Angler. Sie haben sich um die Schultern gefaßt und singen verschiedene Lieder. Hansen runzelt die Stirn, die Betrunkenen erregen sein Mißfallen, er bleibt auf der Türschwelle stehen, möchte am liebsten kehrtmachen, aber Kwalle bugsiert ihn mit sanfter Gewalt zu einem Tisch neben dem Fenster.

»Bei dem Krach hier kann man sich doch nicht unterhalten«, sagt Hansen.

»Wozu auch?« fragt Kwalle. »Wir haben uns doch sowieso nichts mehr zu sagen, oder?«

Aus der Küche kommt Udo. Udo der Jagdflieger. Er hat zwei Gesichter: eins für Hansen, eins für Kwalle.

»War was?« fragt er besorgt den leicht lädierten Dichter.

Hansen tupft sich mit dem Taschentuch etwas Blut von der Stirn. »Alles in Ordnung«, sagt er. »Ich hätt gern einen Korn.«

»Am besten, du bringst gleich die ganze Buddel her«, sagt Kwalle.

Udo stellt sich taub. »Ich glaub, wir kriegen Frost«, sagt er zu Hansen und reibt seinen Armstumpf.

»Zwei Körner«, sagt Hansen.

Der eine Angler schlägt dem andern das Glas aus der Hand. Es zerschellt auf dem Fußboden, Grog spritzt durch den Raum. Hansen schließt angewidert die Augen.

»Urgemütlich, was?« grinst Kwalle.

Udo nimmt den einen Angler in den Polizeigriff und befördert ihn nach draußen. Der andere singt Die Fahne hoch, nach Schritt und Tritt bricht er das Lied ab und betrachtet verwundert seine leere Hand.

Udo kommt wieder herein, schiebt sich zwischen Kwalle und Hansen und stellt zwei Gläser auf den Tisch. Sein Bauch wölbt sich über die Tischplatte, die Schnapsflasche hat er unter den Armstumpf geklemmt. »Neulich hab ich Sie im Radio gehört«, sagt er zu Hansen. »Fand ich gut, was Sie da gesagt haben. Sowas müßte viel öfter gebracht werden.«

»Trinken Sie einen mit?« fragt Hansen.

»Ich hab Sie gleich an Ihrer Stimme erkannt«, sagt Udo und zaubert ein drittes Glas aus seiner Hand hervor. Er schenkt die Gläser voll bis zum Rand. Auf seinem Handrücken ist ein Luftwaffenadler eintätowiert. Der Kreis, in dem das Hakenkreuz war, ist schwarz.

»Wohlsein«, sagt Hansen.

Der Schnaps rieselt warm durch Kwalles Gedärm. In seinem Innern breitet sich Wohlbehagen aus. Er tippt gegen Udos Wampe. »Auch n Held«, sagt er zu Hansen.

»Halt die Klappe«, sagt Udo.

»Erzähl doch nochmal, wie du die Spittfeier runtergeholt hast, und als der Pilot aussteigen wollte, hast du Schweizerkäse aus ihm gemacht, na du weißt schon.«

»Allein wärst du hier nich reingekommen«, sagt Udo und zieht sich grollend hinter den Tresen zurück. Die Flasche nimmt er mit.

»Waren Sie auch beim Kommiß?« fragt Kwalle.

»Das ist mir zum Glück erspart geblieben«, antwortet Hansen. »Ich gehöre zu den sogenannten weißen Jahrgängen, genau wie Sie.«

»So hat jede Art ihre Albinos«, sagt Kwalle.

Der Angler kotzt ins Spülbecken. Udo packt ihn im Genick und drückt seinen Kopf bis zu den Ohren in die graue Brühe. Es blubbert, blubbert immer leiser, und erst, als keine Blasen mehr aufsteigen, läßt Udo den Angler los. Der schüttelt sich wie ein nasser Hund und spuckt Udo einen Mundvoll Spülwasser ins Gesicht. Zwei Sekunden später ist er draußen.

»Ein Wink, und Sie wären der nächste«, sagt Hansen.

»Ich weiß«, sagt Kwalle, »und ich hoffe, es genügt Ihnen zu wissen, daß ichs weiß.«

»Dabei ist Udo die Gutmütigkeit in Person«, sagt Hansen. »Daß Sie es sogar mit ihm verdorben haben, läßt tief blicken. Gibt es überhaupt noch irgendeinen Menschen, bei dem Sie nicht verschissen haben?«

»Ich müßte mal scharf nachdenken«, sagt Kwalle. »Auf Anhieb

fällt mir keiner ein. Es sei denn, Sie rechnen meine Oma, einen notorischen Säufer und zwei harmlose Irre zu den Menschen.«

Hansen betrachtet eingehend seine Fingernägel. »Ich frage aus einem bestimmten Grund«, sagt er langsam. »Wissen Sie schon, daß Ihre Bude abgerissen werden soll?«

»Nein.«

»Sie sollten also allmählich anfangen, sich Gedanken darüber zu machen, wo Sie den Winter verbringen wollen.«

»Da bin ich ganz Ihrer Meinung«, sagt Kwalle. »Aber leider eilen mir meine Gedanken, wenn überhaupt, höchstens bis zum jeweiligen Abend voraus.«

»Theoretisch könnten Sie natürlich bei Ihrer Großmutter unterkommen«, sagt Hansen. »Nur bezweifle ich, ob der Hausbesitzer damit einverstanden wäre.«

»Heißt er zufällig Greve?«

»Da der Name nun schon mal gefallen ist«, sagt Hansen nach einer Weile: »Er wäre unter Umständen bereit, das Seine zur Lösung dieses Problems beizutragen.«

»Haben Sie die Fahrkarte gleich mitgebracht?«

»Überlegen Sie mal«, sagt Hansen: »Eine Zeitlang im sonnigen Süden, darüber ließe sich doch reden, oder?«

»Grundsätzlich schon«, räumt Kwalle ein. »Nur mit mir leider nicht.«

»Wieso nicht?«

»Ob Sies glauben oder nicht: ich würd umkommen vor Heimweh.«

»Mit anderen Worten: Sie wollen nicht.«

»Ich kann nicht«, sagt Kwalle. »Allein schon die Vorstellung macht mich krank.«

»Dann ist Ihnen nicht zu helfen«, sagt Hansen.

»Nun mal nicht gleich die Flinte ins Korn schmeißen«, sagt Kwalle. »Wenn Sie mir unbedingt helfen wollen, gibts ja vielleicht noch andre Möglichkeiten.«

»Zum Beispiel?«

»Lassen Sie uns nochmal richtig einen draufmachen«, sagt Kwalle. »So wie damals, als wir in Ihrem Arbeitszimmer saßen, Calvados und Ålborg-Akvavit tranken, und als Sie einen im Timpen hatten, nannten Sie mich Ihr zweites Ich. Erinnern Sie sich?«

»An das Besäufnis schon«, antwortet Hansen und ringt sich ein Lächeln ab. »Vor allem deswegen, weil es mich einen ganzen Arbeitstag gekostet hat.«

»Damals waren Sie drauf und dran, sich als Mensch zu entpuppen«, fährt Kwalle fort. »Mit jedem Schnaps platzte eine weitere Schale von Ihnen ab. Wie wärs, wenn wir einen letzten Versuch machen, zum Kern vorzustoßen?«

Hansen hebt drei Finger, wie zum Schwur: »Diesen Schnaps noch, dann ist Sense.«

»Sie gönnen mir aber auch nichts«, sagt Kwalle betrübt. »Nicht mal den Trost, einem verkappten Menschen zum Opfer gefallen zu sein.«

Udo stellt drei volle Gläser auf den Tisch. »Sie sollten mal was übern Luftkrieg schreiben«, sagt er zu Hansen, »davon könnt ich Ihnen ne Menge erzählen. Ich war von Anfang an dabei.«

»Udo war Hermann Görings rechte Hand«, ergänzt Kwalle. »Und wenn der bloß mehr auf Udo gehört hätte, wär alles ganz anders gekommen.«

»Mit dir schnack ich nich«, sagt Udo. »Aber wenn du mal einen brauchst, der dir ganz gepflegt die Fresse poliert, dann sag mir Bescheid.« Er schwingt seine Wampe herum und schlurft mitsamt seinem Schnaps zur Theke zurück.

Hansen blickt ihm nach: »Ich kann es ihm nicht verdenken, daß er Sie haßt.«

»Ich auch nicht«, sagt Kwalle. »Udo ist kein Schriftsteller, er kann sein zweites Ich nicht zu Literatur verarbeiten und dadurch unschädlich machen, ihm bleibt nichts anderes übrig, als es mir aufzuhalsen. Kein Wunder also, daß er mich haßt.«

»Achja, der gute alte Freud«, sagt Hansen ironisch. »Die Leute hassen Sie nur deswegen, weil sie ihre negativen Eigenschaften, Wünsche und Triebe auf Sie projiziert haben, nicht wahr?«

»Offenbar bin ich bestens dafür geeignet«, sagt Kwalle mit einem Anflug von Melancholie. »Manchmal komm ich mir wie n Kleiderständer vor, der voller zweiter Ichs hängt.«

Hansen gibt durch ein flüchtiges Stirnrunzeln zu verstehen, daß er nicht umhin kann, in diesem Gedanken ein Körnchen Wahrheit zu entdecken. Aber eben nur ein Körnchen. Und was gilt schon ein Körnchen dem, der sich im Besitz der ganzen Wahrheit wähnt?

Er hebt sein Glas zum Kinn empor. »Eines muß ich Ihnen lassen: Sie sind der seltsamste Mensch, der mir jemals begegnet ist.«

»Der einzige«, sagt Kwalle. Und trinkt.

X

Auf dem Kissen liegt ein bleicher runzliger Kopf. Er nimmt sich sehr klein aus auf dem riesigen Kissen, strähniges Haar umgibt ihn wie zerknitterter Heiligenschein. Wo üblicherweise die Augen sind, hat der Kopf zwei dunkle Höhlen. Zwischen den Eckzähnen hängt die Oberlippe durch. Kwalle muß an den Schrumpfkopf denken, den er vor Jahren in einer Hamburger Hafenkneipe sah: eine gewisse Ähnlichkeit ist nicht von der Hand zu weisen.

Er setzt sich auf die Bettkante und betrachtet den Kopf aus der Nähe. Seinem geübten Auge entgeht nicht, daß sich die Oberlippe hin und wieder wölbt, daß es in dem Aderngespinst über dem spitzen Wangenknochen langsam pocht.

»Hast du mich jetzt lange genug angeglotzt?« sagt eine Stimme, die von weither zu kommen scheint. Kwalle blickt sich um. Niemand da. Folglich muß es der Kopf gewesen sein, der zu ihm sprach.

»Bist dus, Oma?« fragt Kwalle zaghaft.

»Der Rest von mir«, antwortet der Schrumpfkopf. Diesmal bewegt er die Lippen.

»Du hast dich ziemlich verändert«, sagt Kwalle. »Kaum wiederzuerkennen.«

»Das kommt vom Sterben«, sagt Kwalles Großmutter. »Ich kratz nämlich ab, mein Schieter.« Sie sagt das, als ob sie die besten Aussichten hätte, in den Himmel zu kommen.

»Mensch, Oma«, sagt Kwalle, »mach keine Dummheiten! Was wird aus meiner Beerdigung, wenn du nicht dabei bist?«

Sie streckt ihre Hand nach Kwalle aus und fummelt mit den Fingern vor seinen Augen herum: »Wo bist du? Komm büschen näher.« Kwalle beugt sich noch ein Stück tiefer zu ihr hinunter, die Finger tasten sein Gesicht ab, kriechen über sein Ohr und legen sich kalt und knochig um seinen Nacken.

»Ein Glück, daß du gekommen bist«, sagt Kwalles Großmutter.

»Ohne dich wär ich hier sangundklanglos krepiert. Du glaubst nicht, was ich für ne Angst ausgestanden hab.«

»Aber jetzt bin ich ja bei dir«, sagt Kwalle mit sonorem Seelsorgertimbre, während gleichzeitig in einem entlegenen Winkel seines Gehirns der Verdacht aufkeimt, in eine Falle getappt zu sein.

»Wie ist das Wetter draußen?«

»Scheußlich.«

»Wind?«

»Regen und Sturm.«

»Sturm ist gut, Regen ist schlecht«, sagt Kwalles Großmutter. »Wo kriegen wir Benzin her?«

»Benzin?« fragt Kwalle und spürt deutlich, wie der Verdacht zur Gewißheit erstarrt. »Was willst du mit Benzin?«

Die Knochenfinger schließen sich fester um seinen Nacken. Kwalle versucht, sie abzustreifen, indem er den Kopf einzieht, aber die Finger lassen ihn nicht los.

»Warum, glaubst du Blödmann, hab ich dich holen lassen?« fragt sie giftig. »Damit du zukuckst, wie ich abkratze? Damit du mir die Augen zudrückst?«

»Oma«, sagt Kwalle, obwohl er weiß, daß es sinnvoller wäre, an die Vernunft eines Grabsteins zu appellieren, »ich hoffe zwar, du machst nur Spaß, aber wenn du tatsächlich das Dorf anzünden willst, laß mich da bitte raus, ja? Mal angenommen, es klappt, was bei diesem Wetter allerdings ziemlich unwahrscheinlich ist, dann bist du ausm Schneider, weil du tot bist, aber mich kriegen sie beim Schlawickel.«

»Seit zwanzig Jahren«, sagt Kwalles Großmutter, »erzähl ich den Leuten, daß ich ihnen die Häuser überm Kopf anstecke, bevor ich krepier. Das wissen sie, und daran glauben sie, und da könnt sonstwer kommen und das Dorf anzünden: sie würdens mir in die Schuhe schieben, verlaß dich drauf. Deshalb brauchst du keine Angst zu haben, mein Schieter. Dir passiert schon nix.«

»Trotzdem wärs mir lieber, du machst es allein.«

»Döösbaddel!« sagt sie streng. »Wenn ichs alleine könnte, würd ichs auch alleine tun!« Sie wendet ihr Gesicht der Lampe zu, so daß etwas Licht in die Höhlen beiderseits der Nasenwurzel fällt. Kwalle sieht ihre mausgrauen Augen, sie blicken merkwürdig starr an ihm vorbei.

»Ist was mit deinen Augen?« fragt er vorsichtig.

»Du merkst aber auch alles.« Sie streckt ein spiddeliges gelbes Bein aus dem Bett und klammert sich jetzt auch mit der anderen Hand an Kwalles Hals fest.

»Hilf mir hoch«, sagt sie.

Kwalle überlegt, wo er sie anfassen soll, gelangt jedoch zu keinem Ergebnis. Schließlich steht er einfach auf und zieht seine Großmutter, die sich wie eine Fledermaus an ihm festgekrallt hat, mit dem Nacken aus dem Bett. Sie trägt den blauweißgestreiften Anstaltskittel, den sie als Andenken aus der Klapsmühle mitgehen ließ. Wenn er nach unten kuckt, kann er durch den viel zu weiten Halsausschnitt des Kittels ihren faltigen Hintern sehen. Futter für seine Alpträume.

Kwalles Großmutter läßt seinen Nacken los und versetzt ihm einen derben Knuff in die Magengegend. »Bist du bange, ich steck dich an?« kichert sie. Kwalle tritt zwei Schritte zurück. Da steht sie nun auf ihren knochendürren Beinen und schwankt wie ein Schilfrohr im Wind. Es sieht aus, als wolle das schmächtige Gerippe jeden Augenblick unter der Last des Kittels zusammenbrechen.

»Ja, kucks dir ruhig an, was von deiner Oma übriggeblieben ist«, sagt sie. »n altes klappriges Gestell, und ob was mit meinen Augen ist, fragt der auch noch. Ich bin blind, mein Schieter, blind, hörst du? Gestern konnte ich wenigstens noch Hell von Dunkel unterscheiden, aber seit heute morgen ist auch das vorbei. Ich sterb auf Raten, mein Schieter: erst die Augen, dann pöhapöh der Rest.« Sie schwankt stärker, fällt mit der Schulter gegen die Wand, es gibt ein Geräusch, als ob jemand eine leere Zigarettenschachtel in der Hand zerquetscht. Wenn sie jetzt zu Boden sackte und ihren Geist aushauchte: Kwalle wär dem Schicksal nicht gram. Auch ohne Abschiedsfeuerwerk dürfte sie den Dorfbewohnern noch einige Generationen lang in böser Erinnerung bleiben. Aber Kwalle hofft vergebens: als ob durch den Zusammenprall mit der Wand ihr inneres Triebwerk wieder in Gang gekommen wäre, tastet sich seine Großmutter steifbeinig zu dem Stuhl, auf dem ihr Zeug liegt, und beginnt sich anzuziehen. Mehr denn je ist Kwalle geneigt zu glauben, daß in seiner Großmutter übernatürliche Kräfte wohnen.

Sie steigt in einen sackartigen Schlüpfer, in dem sich sogar Frau Westermanns Hintern verloren vorkäme, streift eine dunkelblaue

Trainingshose über den Kittel, droht dabei wiederholt das Gleichgewicht zu verlieren, findet aber wie durch ein Wunder jedesmal in die Senkrechte zurück. Dann schlurft sie mit schlotternden Hosenbeinen, beide Hände sichernd nach vorn ausgestreckt, zum Tisch, zieht aus einem Haufen schmutzigen Geschirrs einen Flachmann hervor und winkt Kwalle mit dem Kopf näher: »Komm, putz das weg.«

»Was ist das?« fragt Kwalle, hoffnungsvoll und mißtrauisch zugleich.

»Meine Hausmarke«, antwortet sie.

Kwalle schraubt den Verschluß ab und schnuppert am Flaschenhals. Riecht vertrauenerweckend, hauptsächlich nach Wacholder.

»Nu mach schon«, sagt seine Großmutter. »Du hast ne Stärkung nötig.«

Kwalle trinkt die Flasche in einem Zug leer.

Als er wieder zu sich kommt, liegt er mit dem Kinn in ranzigem Fett, sitzt sein Herz im Hals und hämmert wie wild, entschlüpfen seinen Bronchien heisere Jodler. Unmittelbar vor seinen Augen ragen zwei riesige Kartoffeln aus einer weißen Ebene hervor. Wie Eisberge, denkt Kwalle. Er hebt den Kopf vorsichtig aus der Bratpfanne und kuckt seine Großmutter an.

Sie entblößt ihre schwarzen Eckzähne: »Der hats in sich, was?«

»Du verdammtes Aas«, keucht Kwalle. »Willst du mich umbringen?«

»Zuerst haut er einen ziemlich um«, gibt sie zu, »aber geschadet hat er noch keim. Im Gegenteil: ohne diesen Schnaps wär ich nicht halb so alt geworden, und was meine Oma war, von der ich das Rezept hab, die trank jeden Morgen vorm Frühstück n Bierglas voll davon. Wenn die nicht mit dreiundneunzig vom Apfelbaum gefallen wär, würd sie heute noch leben. Sollst mal sehn, mein Schieter: in Nullkommanix fühlst du dich wie neugeboren, dann möchtest du Bäume ausreißen.«

Von solchen Wünschen ist Kwalle im Augenblick noch weit entfernt. Er stemmt sich vom Tisch hoch, wankt mit puddingweichen Knien zum Bett und läßt sich in die Kissen fallen.

Mit einer Geschicklichkeit, als habe sie jeden Handgriff hundertfach geübt, kleidet sich seine Großmutter weiter an: streift einen löchrigen Pullover über, bindet ein Kopftuch um, versinkt bis weit über die Knie in zwei klobigen Gummistiefeln. Jetzt noch ne Spitzhacke, denkt Kwalle, und die Trümmerfrau wär fertig.

»Hast du Streichhölzer bei dir?« fragt Kwalles Großmutter.

»Nee.«

»n Feuerzeug?«

»Auch nicht.«

»n junger Kerl und hat kein Feuer bei sich«, sagt sie kopfschüttelnd und treibt einen Stollen in den Berg aus Tellern, Tassen, Töpfen und Speiseresten. Als sie die Streichhölzer schließlich gefunden hat, liegt der größte Teil des Geschirrs zerdeppert auf dem Fußboden. Kein Zweifel: hier bricht jemand die Brücken zur Zivilisation endgültig hinter sich ab.

Kwalle spürt, wie das Teufelszeug allmählich zu wirken beginnt. Er nimmt Dinge wahr, die er vorher nicht sah: eine Reihe leerer Flaschen, das Fremdwörterlexikon, die mit Heftzwecken an die Wand gepinnten Fotos seiner zahlreichen Großväter, Blutflecken auf dem Kopfkissen, Blut im Nachttopf, Blut in den Mundwinkeln seiner Großmutter.

»So, kann losgehn«, donnert sie.

»Brüll mich nicht so an, ich bin nicht taub«, sagt Kwalle und erschrickt vor seiner eigenen Stimme.

»Das macht der Schnaps«, sagt seine Großmutter. »Wenn du ganz still bist, kannst du deine Haare wachsen hörn. Man hört besser, sieht besser, man kann überhaupt alles besser. Dein letzter Opa, oder wars der vorletzte? als der davon n Schluck getrunken hatte, kriegte er ihn mit fünfundsiebzig nochmal hoch.«

Sie stampft zur Tür, dreht sich noch einmal um und sagt, ohne daß ersichtlich würde, wem ihr Abschiedsgruß gilt: »Tschüß, nich?«

Kwalle trägt sie die Treppe hinunter. Sie hat ihre Arme von hinten um seinen Hals geschlungen und hängt wie ein Sack auf seinem Rücken. Einer ihrer Stiefel poltert an Kwalle vorbei nach unten, kurz darauf der zweite.

»Laß liegen«, sagt seine Großmutter. »Die finden wir bei der Dunkelheit sowieso nicht wieder.«

In der Diele ist es stockfinster. Kwalle tastet sich an glitschigem Mauerwerk entlang, stößt dann auf rissiges Holz, er tritt mit dem Fuß dagegen, die Tür springt aus dem Schloß und knallt gegen die Mauer.

Eine Bö schleudert ihm kalte harte Tropfen ins Gesicht, rempelt ihn an, so daß er mitsamt seiner Bürde bedrohlich ins Wanken gerät, orgelt schrill in seinen Ohren.

»Kuck dir das an«, sagt Kwalle. »Ich möcht mal wissen, wie du bei dem Sauwetter n Feuer in Gang kriegen willst.«

Seine Großmutter läßt sich von seinem Rücken rutschen und platscht barfüßig in den Schlamm. »Aus welcher Richtung kommt der Wind?« fragt sie sachlich.

»Süd oder Südost«, antwortet Kwalle.

»Dann zünden wir Klindts Schuppen an«, entscheidet sie. »Wenn der erst brennt, dauerts keine zehn Minuten, und das ganze Dorf steht in Flammen.«

»Soviel ist sicher«, bestätigt Kwalle. »Aber geht das nicht n büschen weit, Oma? Kuck mal, ich kann ja verstehn, daß du n mächtigen Piek auf die Leute hast, und wenn du dem einen oder andern n kleines Feuer unterm Hintern machen wolltest: dafür hätt ich volles Verständnis. Aber gleich das ganze Dorf in Schutt und Asche legen —«

»In diesem Punkt halt ichs mit dem da oben«, unterbricht ihn seine Großmutter. »Der fragt da auch nicht nach, wers verdient hat und wer nicht. Ich will n schönes Feuer haben, alles andre ist mir scheißegal!« Sie packt seinen Arm und zieht ihn durch die heulende, von Regenschauern gepeitschte Finsternis.

Kwalle schimpft leise vor sich hin: wär er doch in seiner Bude geblieben, als die Gemeindeschwester kam und sagte: Ihre Oma möchte Sie nochmal sehn, aber beeilen Sie sich, sonst ists zu spät. Hätte ers doch unterdrückt, dieses verdammte Sie-hat-ja-nur-noch-dich-Gefühl. Das hat er jetzt davon: latscht hinter dieser verrückten Vogelscheuche her durchs dunkle Dorf, naß vom Kopf bis zu den Füßen, klappernd vor Kälte, ein gefügiger Handlanger, ein Brandstifter aus purem Mitleid, er ist sich selten so dämlich vorgekommen. Wenn es wenigstens noch seine eigene Idee gewesen wäre.

Im Knüll pendelt eine einsame Straßenlaterne am locker gespannten Seil. Durch den schwankenden Lichtkegel treiben strähnige Regenballen. Kwalle fühlt, wie ihm das Wasser am Rückgrat hinunterläuft. Er möchte heulen vor Wut. Oder lachen. Oder einen Stein nehmen und ihn dem Jüngling mitten ins Gesicht werfen, der sich da im Schaufenster des Friseurgeschäfts dümmlich grinsend durch das Haar streicht.

Aber bevor er sich für das eine oder andere entscheiden kann, gleitet seine Großmutter auf dem schlüpfrigen Kopfsteinpflaster aus und fällt auf die Knie.

»Siehste, das kommt dabei raus«, sagt Kwalle gehässig. »Wärst besser zuhaus geblieben bei dem Scheißwetter.«

»Still mal!« sagt seine Großmutter. »Sind das Fledermäuse, oder was sind das?«

»Wo?«

»Da und da. Überall.«

»Jetzt gibts doch keine Fledermäuse mehr.«

»Los komm, ich hab nicht mehr viel Zeit«, schnauft Kwalles Großmutter, steht wieder auf und torkelt ins Dunkel.

Das ist die Gelegenheit, sagt sich Kwalle, kratz die Kurve und verschwinde, mach dich aus dem Staub, soll sie doch sehn, wie sie allein zurechtkommt, ist das ihre Abschiedsvorstellung oder deine?

Andrerseits: wenn du sie jetzt im Stich läßt, verreckt sie irgendwo im Rinnstein, ohne Feuersbrunst und Sirenengeheul, bleibt ihr der einzige Triumph versagt, der sie für ihr erbärmliches Leben entschädigen könnte.

»Du solltest dich was schämen, Kwalle«, sagt Kwalle.

Wo der Knüll auf den Marktplatz mündet, holt er sie wieder ein. Sie kriecht auf Händen und Füßen durch den Matsch. Das Kopftuch hat sie verloren, das Haar hängt triefnaß vor ihrem Gesicht. Kwalle hilft ihr hoch. »Ich will, daß es brennt!« keucht sie, »ich will, daß es brennt, bevor ich krepier!« Sie taumelt. Kwalle fängt sie auf und trägt sie über den Marktplatz. Sie ist sehr leicht, es kommt ihm vor, als trüge er ein Bündel Kleider in seinen Armen.

»Sind wir bald da?« fragt sie.

»Gleich«, antwortet Kwalle.

»Und das sind doch Fledermäuse«, sagt seine Großmutter bockig, »riesengroße Fledermäuse. Ich kann sie deutlich hörn.«

»Na schön, wenn du meinst«, sagt Kwalle.

Im Blitz brennt noch Licht. Die kleine Dicke steht hinter dem Tresen und poliert ein Glas. Schräg hinter ihr Luden. Er tätschelt mit der einen Hand ihre Hüften und zündet sich mit der andern eine Zigarre an. Die kleine Dicke lacht.

»Kennst das?« fragt Kwalles Großmutter. Und singt mit dünner

Stimme: To Pingsten is dat schön wenn de Natur so grön. Sie lehnt ihren Kopf gegen Kwalles Hals. Bei jedem Atemholen röchelt es schleimig in ihrer Brust.

»Laß das lieber, Oma«, sagt Kwalle. »Sonst geht dir auch noch das letzte Stückchen Lunge flöten.«

Rechterhand schält sich ein massiger schwarzer Klotz aus dem Dunkel: Klindts Schuppen. Der Wind ist gesättigt mit dem Geruch von Kohlen und Öl.

»So, da wärn wir«, sagt Kwalle und läßt seine Großmutter sanft zu Boden gleiten. »Willst du oder soll ich?«

»Mach du«, sagt sie und reicht ihm die Streichholzschachtel.

Kwalle hockt sich neben der Schuppenwand nieder und reißt ein Streichholz an. Der Wind bläst es sofort aus. Ebenso das zweite, dritte, vierte. Hat keinen Zweck, sagt sich Kwalle. Noch bevor du die Umgebung nach Brennbarem abgeleuchtet hast, ist die Schachtel leer.

»Brennts?« fragt seine Großmutter.

Kwalle will mit einem barschen Nein antworten, aber ehe das Wort seine Lippen passiert, kommt ihm ein ebenso verwegener wie naheliegender Gedanke: was hindert dich zu tun als ob? Weshalb gönnst du deiner blinden Großmutter, bevor sie der Tod auch der übrigen Sinne beraubt, nicht wenigstens die Illusion, an Klindts Schuppen nage ein kleines, aber gefräßiges Feuer? Kwalle ist nahe dran, sich für diesen glänzenden Einfall selbst auf die Schulter zu klopfen.

»Was ist?« fragt seine Großmutter ungeduldig.

Kwalle reißt ein weiteres Streichholz an. Es flackert kurz auf und verlischt. »Na endlich«, sagt er und bläst aus vollen Backen gegen die Schuppenwand.

»Brennts jetzt?«

»Allmählich kommts in Gang«, antwortet Kwalle. Er pustet, bis ihm schwindlig zu werden droht.

»Ich riech aber nix«, sagt seine Großmutter.

»Komisch«, sagt Kwalle. »Dabei stinkts wie die Pest.« Er schrabt mit der Streichholzschachtel an der Schuppenwand entlang, was von einem Gutgläubigen, findet er, ohne weiteres als das Prasseln eines Feuers gedeutet werden könnte.

»Hauptsache, es geht nicht wieder aus«, sagt Kwalles Großmutter.

»Keine Angst, Oma«, sagt Kwalle mit dem Brustton der Überzeugung. »So wie das brennt, dauerts keine fünf Minuten, und der ganze Schuppen steht in Flammen. Am besten, wir haun jetzt ab, sonst kriegen sie uns noch bei der Büx.«

»Dann komm«, sagt sie. »Rauf aufn Kirchturm!«

»Aufn Kirchturm?« fragt Kwalle konsterniert. »Was, zum Teufel, willst du jetzt aufm Kirchturm?«

»Mir die Sache von oben ankucken«, antwortet seine Großmutter mit einer Selbstverständlichkeit, als sei das von Anfang an ausgemacht gewesen. »Darauf hab ich mich zwanzig Jahre lang gefreut.«

»Ich denk, du bist blind«, sagt Kwalle, von jähem Argwohn beschlichen.

»Wenn ich was so richtig genießen will, mach ich sowieso die Augen zu«, erwidert sie gelassen. »Und zum Kucken hab ich ja dich.«

»Du bist verrückt, Oma«, sagt Kwalle und erkennt im gleichen Moment, daß diese Feststellung von ihr nur als Zustimmung gewertet werden kann.

Kwalles Großmutter krümmt sich zusammen, würgt, hustet, spuckt. »Man zu«, stöhnt sie, »bring mich aufn Kirchturm rauf, sonst hab ich nix mehr davon.«

»Jetzt ist mir auch klar, warum du meintest, ich hätt ne Stärkung nötig«, sagt Kwalle, ein grimmiges Opfer seiner eigenen List. Er dreht ihr den Rücken zu, beugt die Knie, legt ihre Arme um seinen Hals, ihre Beine um seine Hüften, und trägt sie huckepack ins Dorf zurück. Ihr Atem fächelt seinen Nacken.

Die Kirchhofspforte stößt einen langgezogenen Klagelaut aus, als Kwalle sie öffnet. Der Regen prasselt auf die Grabplatten, es hört sich an, als ob eine ferne Menschenmenge gemessen Beifall klatscht. Mandus Rethwisch kauert fadenscheinig im Gezweig einer Trauerbirke und bohrt einen Finger in das Loch, das ihm 1814 ein Kosak in die Schläfe schoß. Wie es käme, daß man seinen Namen nicht auf einem der zahlreichen Kriegerdenkmäler verewigt habe, fragt er zum soundsovielten Mal. Aber Kwalle hat keine Lust, sich auf ein Gespräch mit ihm einzulassen. Außerdem weiß er noch immer nicht, was er darauf antworten soll.

»Wo sind wir?« fragt Kwalles Großmutter.

»Aufm Kirchhof«, antwortet Kwalle.

Seine Großmutter fummelt in der Tasche ihrer Trainingshose herum und drückt Kwalle ein Stück kaltes Eisen in die Hand. »Der Schlüssel fürn Turm«, sagt sie. »Hab ich Heuer fürn paar Schnäpse abgeluxt.«

»Nu mal im Ernst, Oma«, sagt Kwalle. »Willst du da wirklich rauf?«

Statt einer Antwort drückt sie sich fester an ihn. Umklammert ihn wie ein Vampir mit Armen und Beinen. Fehlt nur noch, denkt Kwalle, daß sie ihre Eckzähne in meinen Nacken schlägt.

»Na gut«, sagt er, »aber ich garantier für nichts. Bei meinem miserablen Gesundheitszustand ist es mehr als zweifelhaft, ob ichs schaffe. Wunder dich also nicht, wenn ich auf halbem Weg vor Erschöpfung zusammenklapp.«

»Wenn bei mir überhaupt was wiegt, sinds die Klamotten«, flüstert Kwalles Großmutter nah an seinem linken Ohr. »Soll ich mich ausziehn, mein Schieter?«

Die Vorstellung, mit seiner nackten Großmutter auf dem Rücken den Kirchturm hinaufzusteigen, läßt Kwalle erschauern. Er schließt hastig die Turmtür auf. Der Wind stößt an ihm vorbei ins Dunkel, quirlt den abgestandenen Geruchsmischmasch auf, wühlt in der klumpigen Stille.

Die Tür fällt ins Schloß, kappt ein Hundebellen, das Fauchen des Winds. Kwalle hört sein Herz klopfen, in der Brust seiner Großmutter brutzelt es leise, oben im Turm knackt das Gebälk.

Er wartet, bis sich das Dunkel in eine Anzahl verschiedener Grautöne aufgelöst hat. Hier stand er damals, genau an dieser Stelle, im schwarzen Doppelreiher, starr vor Ergriffenheit. Die Lackschuhe seines Großvaters waren ihm mindestens drei Nummern zu groß, er hatte ihre Spitzen mit Zeitungspapier ausgestopft, damit sich seinen Füßen ein Halt bot. Konfirmand Kwalle. Als er die Kirche durch das Hauptportal wieder verließ, klebte ihm die Oblate am Gaumen, und noch stundenlang spürte er den faden Nachgeschmack, den der Leib Christi auf seiner Zunge hinterlassen hatte.

Kwalle tastet sich zur Treppe und steigt sie hinauf. Bei jedem Schritt schlägt der Kopf seiner Großmutter gegen seinen Rücken. Nach den ersten zwanzig Stufen fängt er an zu keuchen, das Blut pocht in seinen Schläfen, es kommt ihm vor, als habe sich das Gewicht seiner Großmutter verdoppelt. Vermutlich ist die Wirkung ihres

Zaubertranks inzwischen verpufft, sagt er sich. Falls es überhaupt einer war.

»Wenn ich geahnt hätte, daß es auf sone Schinderei rausläuft, hätt ich dich in deinem Bett verrecken lassen, das schwör ich dir«, schnauft Kwalle.

»Nu stell dich bloß nicht so an!« raunzt es von seinem Rücken her. »Als ich in deinem Alter war, hab ich meine Männer eigenhändig von der Kneipe nachhaus getragen. Und von denen wog keiner unter zwei Zentner.«

»Wir können ja tauschen«, schlägt Kwalle vor.

»Ich bin überhaupt immer mehr für die Dicken gewesen«, lenkt sie ab. »Natürlich hab ich auch n paar Spiddelfixe gehabt, aber mit denen hats mir nie so richtig Spaß gemacht. Ein Mann muß n Bauch haben und n dicken Arsch, sonst ist er für mich kein Mann. Wenn sich so einer auf mich rauflegte, daß ich dachte, er drückt dich platt, dann wars bei mir schon zum ersten Mal gekommen.«

Warum lach ich nicht? denkt Kwalle.

»Davon abgesehn sind die Dicken durch die Bank dümmer als die Dünnen«, fährt seine Großmutter fort, »und je dümmer einer ist, umso besser ist er im Bett.«

Spätestens jetzt müßtest du in schallendes Gelächter ausbrechen, denkt Kwalle, wenn das nicht zum Totlachen ist, was dann? Aber er wartet vergeblich auf das Kitzeln am Zwerchfell. Ist ihm nach allem andern jetzt auch der Humor abhanden gekommen?

Er will etwas sagen, einen Scherz, irgend etwas, das diese Vermutung widerlegt, als sein Fuß plötzlich ins Leere tritt. Kwalle stolpert, verliert das Gleichgewicht, stürzt. Er schlägt mit dem Gesicht auf, riecht schmeckt Karbolineum, seine Lippen sind mit Holzsplittern gespickt, ein dumpfer Schmerz kriecht ihm das Nasenbein hinauf. Da haben wir die Bescherung, sagt er sich, aber auch wenn weiter nichts passiert ist: hier liegst du, hier bleibst du, keine zehn Pferde kriegen dich von hier weg.

»Lebst du noch, Oma?« fragt er leise.

»Ich weiß nicht, ob man das noch leben nennen kann«, antwortet sie mit einem Hüsteln, das wie Kichern klingt. »Aber sterben tu ich erst, wenn ich oben bin.«

»Dann sieh man zu, wie du da allein raufkommst«, sagt Kwalle.

»Los, steh auf!« befiehlt seine Großmutter. »Mach jetzt keine Fisematenten, ausruhn kannst du dich hinterher!«

»Vonwegen Fisematenten«, stöhnt Kwalle. »Ich hab mir sämtliche Gräten gebrochen, ich kann nicht mehr!«

»Du mußt!« sagt seine Großmutter und drischt mit beiden Fäusten auf ihn ein. »Du sollst mich nach oben bringen, du Scheißkerl!« schreit sie. Ihre Fäuste bearbeiten seinen Rücken, seinen Nacken, seinen Hinterkopf. Kwalle nimmt es ergeben hin. Erst als sie seinen Kopf an den Haaren herumreißt und ihm ihre spitzen Knöchel ins Gesicht schlägt, drängt er sie mit einer Hand zurück. Er bekommt ein schlaffes, runzliges Stück Haut zwischen die Finger, fühlt ihre Nase, ihren Mund auf der Innenfläche seiner Hand, drückt fester zu. Wie lange hält sie es aus, ohne Luft zu kriegen, überlegt er, zehn, zwanzig, dreißig Sekunden? Er gibt ihr eine faire Chance: zwanzig. Und fängt an zu zählen.

Bei elf hat er das Gefühl, daß sie plötzlich erschlafft. Vorsichtshalber zählt er bis vierzehn weiter, dann läßt er sie los. Ihr Kopf prallt gegen seine Schulter, eine Zeitlang ist es still, totenstill, aber kaum, daß Kwalle Hoffnung zu schöpfen begonnen hat, macht ein tiefer Atemzug sie schon wieder zunichte.

»Was sollte das, mein Schieter?« haucht seine Großmutter beinahe stimmlos. »Ich kratz doch sowieso ab.«

Das Schicksal, oder wer auch immer, hat gegen ihn entschieden. Kwalle stemmt sich vom Fußboden hoch, geht in die Hocke und richtet sich langsam auf. Seine Knochen haben den Sturz offenbar unbeschadet überstanden. Alles scheint darauf angelegt zu sein, daß seine Großmutter ihren Willen bekommt. Er bückt sich, zieht sie an den Armen hoch und legt sie sich über die Schulter, die Beine nach vorn, den Kopf nach hinten. Auf diese Weise hat er eine Hand frei, mit der er sich beim zweiten und gefahrvolleren Teil des Aufstiegs am Geländer festhalten kann.

Er setzt vorsichtig einen Fuß über den andern, wartet, bis er festen Halt gefunden hat, bevor er das Gewicht verlagert. Bei der Dunkelheit ist nicht genau auszumachen, wo die Treppe unversehens eine andere Richtung nimmt. Hier und da gibt es auch, wie Kwalle sich dunkel erinnert, Luken, die Heuer in seiner immerwährenden Trunkenheit zu schließen vergessen haben kann. Sich zwei oder drei Stockwerke tiefer auf harten Eichenbohlen das Genick zu brechen, ist zwar auch eine Möglichkeit, rasch und vergleichsweise schmerzlos ums Leben zu kommen, entspricht aber nicht ganz Kwalles Vorstellungen von einem effektvollen Abgang.

Seine Großmutter brabbelt vor sich hin. Was sie sagt, kann Kwalle nicht verstehen. Vielleicht, denkt er, leiert sie eine ihrer heidnischen Beschwörungsformeln runter, um den letzten Lebensfunken vorm Verlöschen zu bewahren. Oder sie hat, kurz vor ihrem Ende, zu beten begonnen. Wenn es darum ging, ihren Willen durchzusetzen, hat Kwalles Großmutter noch nie Skrupel gekannt.

Der Glockenboden. Kwalle hört den Wind über die Glocken streichen, sie summen leise. Vom Glockenboden führt eine Leiter zur Aussichtsplattform empor. Diese Leiter noch, dann hast dus geschafft, sagt er sich. Wenn ihn sein Gedächtnis nicht trügt, muß sich die Leiter hinter der großen Glocke befinden. Er geht um die Glocke herum, eine Hand tastend nach vorn ausgestreckt, während die andere über das rauhe Metall schurrt: da ist sie schon. Er preßt seinen Körper so eng wie möglich gegen die Leiter und schiebt sich Sprosse für Sprosse an ihr hoch. Kwalle auf der Direttissima. Er schmunzelt vor sich hin. Die Aussicht, daß die Qual bald ein Ende hat, stimmt ihn fröhlich. Er fängt an, die Sache von ihrer heiteren Seite zu nehmen. Wer ist nun eigentlich verrückter: seine Großmutter oder er, der eine Blinde unter Aufbietung seiner letzten Kräfte auf den Kirchturm schleppt, damit sie sich an einer Feuersbrunst weiden kann, die allenfalls in ihrer Phantasie wütet? Er möchte lachen, laut lachen, aber das Lachen bleibt ihm im Hals stecken, denn im selben Augenblick stößt er mit dem Kopf so heftig gegen die Luke, daß er die Erschütterung bis ins Steißbein spürt. Vor seinen Augen drehen sich farbige Ringe, drehen sich immer schneller, nehmen an Umfang zu, überschneiden einander. Wie auf dem Jahrmarkt: Bakken Linnanmäkki Hamburger Dom. Bloß jetzt nicht ohnmächtig werden, sonst bist du geliefert. Er stemmt seinen Kopf gegen die Luke und drückt langsam die Knie durch, er fühlt, wie sich die Maserung des Holzes in seine Schädeldecke preßt, hört die Fontanellen knirschen. Dann gibt die Luke nach, ihre Scharniere kreischen, eiskaltes Wasser platscht in seinen Nacken.

»Geschafft, Oma«, keucht er. »Wir sind oben!«

Er steigt die letzten Sprossen hinauf, wankt über die mit Eisenblech ausgelegte Plattform und lädt seine Last vor der Brüstung ab. Er ist groggy, ausgepumpt, fix und fertig. Wenn jetzt ein Windstoß käme und seine Großmutter wie ein dürres Blatt mit sich davontrüge: er wäre nicht imstande, auch nur den kleinen Finger zu rühren.

»Siehst du was?« würgt sie zwischen zwei Hustenanfällen hervor.

Kwalle beugt sich über das Geländer und kuckt ins Dorf hinunter. Hier und da brennt noch Licht, im Knüll huscht der Schein der Straßenlaterne an den Häuserwänden entlang, hoch über allem flimmern die Leuchtbuchstaben am Silo der Spar- und Darlehnskasse, es sieht aus, als schwebten sie für sich allein zwischen Himmel und Dorf.

»Warum sagst du nix?« fragt seine Großmutter. »Isses aus?«

»Vonwegen«, hört sich Kwalle zu seiner eigenen Überraschung antworten, während er gerade überlegt, ob es nicht allmählich an der Zeit wäre, ihr reinen Wein einzuschenken. Damit sind die Würfel gefallen, und Kwalle sieht rasch ein, daß es zweifellos einfacher ist, das einmal begonnene Spiel weiterzuspielen als seiner Großmutter zu erklären, weshalb er sie für nichts und wieder nichts auf den Kirchturm geschleppt hat.

»Brennt der Schuppen?« fragt sie.

»Mensch, Oma«, sagt Kwalle, als habe sie ihn inmitten eines Flammenmeers um Feuer gebeten.

»Was denn nun? Brennt er oder brennt er nicht?«

»Du hast vielleicht ne Ahnung«, entgegnet Kwalle. »Das halbe Dorf steht in Flammen.«

»Sag das nochmal«, stammelt sie leise, mit einer Stimme, die in unterdrücktem Jubel zu ersticken scheint. »Das halbe Dorf schon?«

»Na, bei dem Wind ist das doch kein Wunder«, sagt Kwalle. »Man kann direkt zusehn, wie das Feuer um sich greift. Dolles Bild von hier oben.«

»Sone Schweinerei!« zetert seine Großmutter unversehens los. »Da hab ich mich nu zwanzig Jahre drauf gefreut, und wos endlich soweit ist, kann ichs nicht sehn. Ist das nicht ne gottsverdammte Schweinerei?« Sie verschluckt sich, hustet und spuckt durchs Geländer. »Was fürn Glück, daß ich dich hab, mein Schieter.« Ihre Finger tasten sich an Kwalles Arm empor und drücken seinen Bizeps: »Erzähl mir, wies brennt, erzähl mir alles, und daß du mir ja nix ausläßt, hörst du?«

»Ja, wo soll ich da anfangen?« fragt Kwalle. »Du ahnst ja nicht, was da unten los ist, Oma. Ein einziges Tohuwabohu, der reinste Hexenkessel, überall Menschen auf den Straßen, alles rennet rettet flüchtet, und wos noch nicht brennt, schmeißen sie ihre Sachen aus den Fenstern, aber das hat natürlich keinen Zweck, denn bevor sie sie wegbringen können, haben sie schon Feuer gefangen von den Funken, die überall rumfliegen, ganze Wolken von Funken fliegen durch die Luft, und wo die hinfallen, fangen neue kleine Feuer an zu brennen, hier eins und da eins, immer mehr, ein einziges Flammenmeer!«

Der Körper seiner Großmutter beginnt zu zucken, ein piepsendes Geräusch entringt sich ihrer Brust. Jetzt gehts mit ihr zuende, denkt Kwalle, aber schon begreift er, daß es nicht der Tod ist, der sie schüttelt. Sie weint.

»Was hast du, Oma?« fragt er verwirrt.

Sie schnieft vor sich hin, ruft sich dann mit einem harten Räuspern selbst zur Ordnung und wendet ihm ihr tränenbeschmiertes Gesicht zu. »Mach dir nix draus«, schluchzt sie, »aber wenn ich so richtig glücklich bin, muß ich heulen. Blöd, nich? Erzähl mir jetzt bloß nicht noch, daß das Pastorat brennt, sonst hör ich überhaupt nicht wieder auf.«

»Das Pastorat ist bis auf die Grundmauern runtergebrannt«, sagt Kwalle mit jener Rücksichtslosigkeit, die den Wahrheitsliebenden ziert. »Ein schwelender Aschenhaufen, in dem einer, sieht aus wie der Pastor höchstpersönlich, mit nem länglichen Gegenstand rumstochert. Vermutlich sucht er die Kirchenkasse.«

»Heiliger Strohsack!« jauchzt Kwalles Großmutter, »das ist ja direkt zum Frommwerden, ist das ja! Erzähl weiter, mein Schieter, erzähl weiter!«

»Die andern haben inzwischen kapiert, daß das Dorf nicht mehr zu retten ist«, fährt Kwalle fort. »Alles läuft den Damm und den Rauhen Berg runter, rette sich wer kann, vielleicht glauben sie, das Feuer kommt am Jordan zum Stehn, aber da kann ich bloß lachen, denn wie soll son Graben mitn büschen Wasser drin, wie soll der ne Feuersbrunst aufhalten, und überhaupt: die ganze Luft ist voller Funken, was kümmern die sich um den Jordan, und selbst wenn der so breit wär wie sein berühmter Namensvetter: ein kräftiger Windstoß, und — na was hab ich gesagt? grade in diesem Moment fängt das erste Haus auf der andern Seite vom Jordan an zu brennen, Schlappkohls alte Räucherkate, wenn mich nicht alles täuscht, und jetzt gibts n heilloses Durcheinander, einige rennen weiter, andre kehren um, aber wo sie auch hinlaufen: überall ist Feuer, und wenn nicht noch n Wunder passiert, gehn die allesamt drauf, n paar von ihnen laufen schon jetzt als lebende Fackeln durch die Gegend, hübsch anzusehn, Oma, du würdest deine helle Freude dran haben, wirklich schade, daß du das alles nicht mit eignen Augen sehn kannst!«

»Komm her, mein Schieter, ich muß dich knudeln«, seufzt sie, schlingt einen Arm um Kwalles Nacken und drückt ihm einen feuchten Schmatzer ins Gesicht. »Das hast du prima gemacht, einfach toll, n richtiges Feuer wär nicht halb so schön gewesen!«

»Moment mal«, stottert Kwalle, jäh ernüchtert, »soll das —«

Seine Großmuter gnickert stillvergnügt in sich hinein.

»Soll das heißen, du bist gar nicht blind?«

»Heute morgen war ichs tatsächlich«, antwortet sie ernsthaft, »und wenn ich nicht rasch n Schluck von meiner Hausmarke genommen hätte, wär ichs wahrscheinlich immer noch. Also kein Grund zur Aufregung, mein Schieter. Und sag doch mal selbst: wie hätt ich dich sonst dazu gekriegt, daß du dir sone herrliche Brandkatastrophe aus den Fingern saugst?«

Sie ist dir über, denkt Kwalle, verflixt und zugenäht: sie ist dir über!

»Natürlich hab ich gleich gewußt, daß bei diesem Sauwetter kein Feuer in Gang zu kriegen ist«, fährt seine Großmutter fort. »Und eigentlich war ich ganz froh darüber, weil so schön, wie man sich was wünscht, wird ja doch nix.«

»Na gut, Spaß muß sein«, sagt Kwalle zähneknirschend. »Aber wenn du glaubst, ich bring dich jetzt wieder runter, bist du schief gewickelt, Oma. Irgendwo sind auch meiner Gutmütigkeit Grenzen gesetzt.«

»Oh, runter komm ich schon«, sagt seine Großmutter zuversichtlich.

»Das möcht ich sehn«, sagt Kwalle.

»Du brauchst mich bloß übers Geländer zu heben. Den Rest besorg ich dann schon allein.«

Kwalle empfindet plötzlich das dringende Bedürfnis, überall und jeder, nur nicht hier und er selbst zu sein. »Wie war das?« fragt er, während ihm ein kalter Schauer über den Rücken huscht.

»Ich spring runter«, antwortet sie klipp und klar.

»Nun mal Scherz beiseite —«

»Das ist kein Scherz, verdammtnochmal!« fährt sie ihn an. »Glaubst du, bloß wegen ner Feuersbrunst, von der ich weiß, daß es sie gar nicht gibt, laß ich mich aufn Kirchturm schleppen?«

»Hör mal, Oma«, sagt Kwalle, »du bist doch sowieso schon so gut wie tot, da wärs doch glatter Blödsinn, wenn du dich jetzt noch umbringst! Warum legst du dich nicht einfach hin und kratzt in aller Ruhe ab?«

»Damit sie mich hier finden und sich kringelig lachen, daß ichs nicht ganz geschafft hab, was? Neenee, mein Schieter, vonwegen hinlegen und warten, bisses vorbei ist: das paßt nicht zu mir. Ich hab mir zwanzig Jahre lang von keim inn Kram pfuschen lassen, jetzt zieh ich auch den Schlußstrich selber!«

»Dann zieh ihn«, sagt Kwalle kratzbürstig. »Aber zieh ihn gefälligst allein!«

»Brauchst ja nur n büschen nachhelfen, mein Schieter.«

»Kommt überhaupt nicht in Frage«, sagt Kwalle hart.

»Warum denn nicht?«

»Weil ich nicht will!«

»Also paß mal auf«, sagt seine Großmutter, »du hebst mich jetzt übers Geländer, und wenn ich los sag, läßt du mich einfach fallen. Klar?«

»Den Deubel tu ich«, sagt Kwalle.

»Man schlägt seiner sterbenden Oma nicht die letzte Bitte ab«, ermahnt sie ihn streng. »Nur diesen kleinen Gefallen noch, dann bist du mich ein für allemal los.«

»Oma!« fleht Kwalle. »Versetz dich doch mal in meine Lage! Würdest du mich runterfallen lassen, wenn ich dich darum bitte?«

»Ohne mit der Wimper zu zucken«, antwortet sie prompt.

»Dann liebst du mich nicht«, sagt Kwalle.

»Red doch nicht son Quatsch!« keift sie. »Grade deswegen würd ichs ja tun! Und wenn du auch nur n ganz klein büschen für mich übrighast, fackelst du jetzt nicht länger, sonst kannst du ne Leiche vom Turm schmeißen!«

»Darüber ließe sich eventuell noch reden«, räumt Kwalle ein.

»Ich hab mir geschworen, nie wieder jemand um was zu bitten«, sagt seine Großmutter. »Aber jetzt tu ichs doch: heb mich übers Geländer, bitte! Hörst du, ich bitte dich darum!«

Sie braucht dich, sagt sich Kwalle. Wenn du ihr nicht hilfst, verreckt sie hier oben auf dem Kirchturm, wehrlos dem Spott derer ausgeliefert, die schon immer gewußt haben, daß sie als letzte lachen werden. Das darfst du ihr nicht antun, grade du nicht.

Obwohl er ihre Augen nicht sehen kann, fühlt er, daß sie ihn ankuckt. Ihr Blick geht ihm durch Mark und Bein. Was noch an Bedenken in ihm ist, schmilzt unter diesem Blick dahin. Er schiebt den linken Arm unter ihre Achseln, den rechten unter ihre Kniekehlen und hebt sie hoch.

»Ich hab gewußt, daß dus tust, mein Schieter«, flüstert sie.

Gleich sagt sie los, denkt Kwalle. Womit verabschiedet man sich, ohne sich später vorwerfen zu müssen, man habe sich von Rührung übermannen lassen? Andererseits kann er ihr nicht gut Hals- und Beinbruch wünschen. Er ist, muß er sich eingestehen, dieser Situation verbal nicht gewachsen.

»Oh, ich hab auch schöne Zeiten erlebt«, sagt Kwalles Großmutter. »Als ich aufn Strich ging, das war ne schöne Zeit. Einmal, bei der Kieler Woche, hab ichs auf sechzehn Nummern in einer Nacht gebracht. Alles Matrosen. Die hatten vielleicht Dampf drauf, kann ich dir sagen. Oder als ich mit dem Säbelschlucker verlobt war, und wenn er wieder sein Magenbluten hatte, mußte ich für ihn auftreten, dreimal am Abend, und jedesmal war die Bude gerammelt voll. Oder im März über die Felder gehn, wenns nach Mist roch und die Männer rote Flecken in den Gesichtern kriegten, wenn sie dich ankuckten, das war auch schön. Aber die schönste Zeit, das war, als ich aus der Klapsmühle kam und alle wußten, daß ich verrückt bin. Sagen was du denkst und tun was du willst und dich n Dreck drum kümmern, was die Leute von dir halten: das war meine schönste Zeit.« Sie spuckt einen Mundvoll Schleim über das Geländer: »Aber n Scheißleben wars trotzdem.«

»Ich find, du kannst ganz zufrieden sein, Oma«, versucht Kwalle sie zu trösten. »Du hast doch ne Menge Spaß gehabt, oder?«

»Sie zahln dir jeden Spaß auf Heller und Pfennig zurück, mein

Schieter«, antwortet sie. »Und darum sag ich dir eins: wenn du schlau bist, springst du gleich hinterher. Das ist das einzige, was dir übrigbleibt, wenn du nicht willst, daß sie dich kaputtmachen.«

»Vielleicht will ich, daß sie mich kaputtmachen«, sagt Kwalle.

»Döösbaddel«, sagt seine Großmutter zärtlich und zupft ihn am Ohrläppchen. »Hör zu, ich will draußen vorm Friedhof begraben werden, wo die Selbstmörder hinkommen und die, die nicht in der Kirche sind. Und wenn sich irgendwer bei meiner Beerdigung blicken läßt: gib ihm n Tritt inn Arsch und sag, der ist von mir.«

»Mach ich, Oma«, verspricht Kwalle.

»Los!« sagt seine Großmutter.

Ein Abschiedswort, denkt Kwalle, irgendein Abschiedswort wird dir doch...

Aber da hat sie sich schon aus seinen Armen gerollt und ist in der Tiefe verschwunden. Kwalle hält den Atem an, hört den Wind, den Regen gegen die Kirchturmzwiebel klatschen, sonst nichts. Wenig später beginnt unten im Dorf ein Hund zu bellen, kurz darauf ein zweiter. Als der erste zu bellen aufhört, schweigt auch der zweite. Vermutlich haben sie festgestellt, daß sie einander nichts zu sagen haben.

Die hats hinter sich, denkt Kwalle.

Er horcht in sich hinein, aber so sehr er auch horcht: sein Inneres bleibt stumm. Wie kann man nur so abgestumpft sein, fragt er sich enttäuscht, schließlich war sie nicht nur deine Oma, sondern auch ein Mensch, wenigstens eine Träne sollte der zweitletzte Mensch dem letzten doch wert sein. Andererseits hat sie es so gewollt, mehr noch: dieser Sprung vom Kirchturm war, wenn man es genau betrachtet, die Krönung ihres Lebens. Wozu also traurig sein? Wenn eine Gefühlsregung den Umständen angemessen ist, dann maßvolle Heiterkeit. So getröstet macht er sich an den Abstieg.

Als er die Turmtür abgeschlossen hat und sich umdreht, steht seine Großmutter vor ihm. Daran, daß sie durchsichtig ist und eine Handbreit über dem Boden schwebt, erkennt Kwalle, daß sie nicht mehr zu den Lebenden zählt.

»Wars schlimm?« fragt er.

Ganz im Gegenteil, antwortet seine Großmutter, während das Leuchtfeuer von Aerö dreimal in Höhe ihres Brustkorbs aufblitzt und ein Autoscheinwerfer in ihrem Schoß herumfingert. Es sei ein enorm sinnlicher Vorgang, das Sterben. Wie ein Orgasmus etwa, nur noch unendlich viel schöner. Das höchste der Gefühle, falls man so etwas überhaupt in Worte fassen könne.

»Ich hätte nicht gedacht, daß wir uns so schnell wieder begegnen würden«, sagt Kwalle. »Normalerweise lassen sich die Toten erst sehn, nachdem sie ne Zeitlang unter der Erde gelegen haben.«

Ob er glaube, daß sie sich, bloß weil sie jetzt tot sei, an irgendwelche Regeln zu halten gedenke, gibt seine Großmutter schnippisch zurück. Woraus Kwalle schließt, daß sie entschlossen ist, auch im Jenseits nach ihrer eigenen Fasson selig zu werden.

Die Umrisse ihrer irdischen Figur beginnen sich aufzulösen. Kopf, Arme und Beine verschmelzen mit dem Rumpf zu einem knolligen Klumpen, der Klumpen bläht sich auf und zerfließt.

»Wann sehn wir uns wieder, Oma?« ruft Kwalle.

Keine Antwort.

Der Körper seiner Großmutter liegt gute zwanzig Meter von der Stelle entfernt, wo er nach Kwalles Schätzung hätte aufschlagen müssen, vermutlich ist er während des Falls vom Wind abgetrieben worden. Sie liegt bäuchlings auf einem schmalen Weg zwischen zwei Grabstätten, das Gesicht bis zu den Ohren in weißem Marmorsplitt vergraben. Einer ihrer nackten Füße hat sich in den Gliedern einer schmiedeeisernen Kette verfangen, eine Schrecksekunde lang kommt es Kwalle vor, als ob ihn der Fuß herbeiwinkt, aber als er näher herangeht, stellt er aufatmend fest, daß es der Wind war, der ihm diesen Streich spielte. Er zieht den Fuß aus der Kette und legt ihn behutsam neben den anderen.

»Dann bis bald, Oma«, sagt er.

XI

Einer hält Kwalles Arme fest, ein anderer seine Beine, über ihm Flügels Reklamegebiß, Flügel hat ein blitzendes Skalpell in der Hand, ruhig, ganz ruhig, sagt er, je ruhiger du dich verhältst, desto schneller hast dus hinter dir, er packt Kwalles Schwanz und setzt das Skalpell an, die Klinge gleitet mühelos ins Fleisch, wird von Blut überströmt, ist nicht mehr zu sehn, Kwalle wartet auf den Schmerz, aber er spürt nur ein Kribbeln am Schwanzansatz, mehr nicht, Flügel hält Kwalles Pimmel hoch und läßt das Blut abtropfen, aus der Schnittfläche tritt die Harnröhre hervor, schade um das schöne Stück, sagt Flügel und wirft den Schwanz in den Abfalleimer, mehrere Leute, unter ihnen Greve, Hilde und Hannes Bachmann, treten näher und betrachten mit teilnahmsvoll geneigten Köpfen den blutigen Stumpf, schade, sagen sie unisono, was hätte aus dem noch werden können, und jetzt ist alles vorbei, schade, sehr schade, jammerschade, sie öffnen ihre Hände und lassen Erde auf Kwalles nackten Körper rieseln, immer mehr Leute, darunter etliche, die schon lange tot sind, drängen sich an ihn heran und lassen Erde auf seinen Körper rieseln, bald ist er vom Kopf bis zu den Füßen mit Erde bedeckt, Erde dringt durch Nase und Mund in seinen Körper ein, verteilt sich in den Lungenflügeln, rinnt leise knirschend durch seine Adern.

»He, du!« sagt jemand.

Die Lyrikpreisträgerin. Kwalle erkennt sie sofort wieder, obwohl sie jetzt einen schwarzen Schlapphut trägt. Die anderen sind plötzlich verschwunden.

»Hallo, Lyrikpreisträgerin«, sagt Kwalle erfreut. »Ist das aber ne Überraschung.«

Sie schiebt sich eine Zigarette zwischen die Lippen: »Hast du mal Feuer?«

Kwalle tastet sich ab, fühlt Vertrautes: die Jeans, das Hemd für besondere Gelegenheiten, Bartstoppeln. Er steckt zwei Finger durch das

Loch in der Hosentasche: alles noch da. Du mußt geträumt haben, sagt er sich, das heißt genaugenommen träumst du natürlich immer noch, wie die Lyrikpreisträgerin beweist. Nur der Traum ist ein andrer.

»Was willst du?« fragt Kwalle.

»Feuer, Mann!« sagt die Lyrikpreisträgerin. Statt des langen grünen Gewands trägt sie einen grobgestrickten Pullover, der ihr fast bis zu den Knien reicht, darüber eine zerschlissene Amijacke. Auch kommt sie Kwalle kleiner vor als damals. Aber kein Zweifel: sie ists.

»Ich hab grade einen merkwürdigen Traum gehabt«, sagt Kwalle. »Soll ich ihn dir erzählen?«

»Behalt ihn für dich«, antwortet die Lyrikpreisträgerin. »Träume von anderen Leuten interessieren mich nicht. Gib mir lieber Feuer.«

»Ich hab keins«, sagt Kwalle.

»Na schön, leben wir halt einen Tag länger«, sagt sie und stopft die Zigarette in ihre Jackentasche.

Kwalle blickt sich um. Die Szenerie dieses Traums zeigt verblüffende Übereinstimmungen mit der Wirklichkeit. Lauter bekannte Dinge: die aufeinandergestapelten Wände seiner Baracke, das Häufchen Hausrat, sein Grabstein, der Friedhof, dahinter die Salzwiesen, auf der anderen Seite das Dorf. Das einzige, was dies alles als Traumkulisse entlarvt, ist die Lyrikpreisträgerin.

Demnach, überlegt Kwalle, bestünde die Möglichkeit, daß er aufwacht und alles so vorfindet, wie es war. Aber war seine Bude nicht schon abgerissen, als er sich, in seine Bettdecke gewickelt, zwischen die Bretter legte und vor den Ungerechtigkeiten dieser Welt in den Schlaf zu fliehen versuchte? Oder war auch das ein Traum: die Männer, die ungerührt die Wände seiner Baracke auseinandernahmen, während er im Bett lag, sein lautstarker, aber zweckloser Protest, das hastige Zusammenraffen seiner Habseligkeiten, der Sprung ins Freie, bevor das Dach einstürzte? Eine reichlich verzwickte Sache, findet er. Zu kompliziert für einen, dessen Gedanken seit Tagen nur noch ums nackte Überleben kreisen. Es sei denn...

Kwalle kneift der Lyrikpreisträgerin ins Bein.

»Flossen weg!« sagt sie und schlägt ihm auf die Finger.

Es sei denn, die Lyrikpreisträgerin ist diesmal ein Bestandteil der Wirklichkeit.

»Damals, im Garten vom Deutschen Haus, warst du zärtlicher«, sagt Kwalle.

»So, war ich das«, entgegnet sie kühl.

»Weißt du noch, wie wir uns im Kalten Büfett wälzten?« schmunzelt er. »Das war n doller Spaß, hm?«

»Du redest irre, Bruder«, sagt sie. »Komisch, als du schliefst, sahst du ganz vernünftig aus.« Sie hat kurze blonde Wimpern. Augen, die sich gern lustig machen. Zwischen ihren Schneidezähnen klafft eine Lücke. Wenn sie spricht, bewegt sich ihre Nasenspitze. Für eine Traumfigur wirkt sie verdammt lebensecht, stellt Kwalle bekümmert fest. Seine Hoffnung auf ein gnädiges Erwachen schwindet dahin.

»Pennst du immer im Freien?« fragt sie.

»Nur wenns unbedingt sein muß«, antwortet Kwalle und deutet auf den Bretterstapel.

»Du hättest dir den Tod holen können, bei der Kälte«, sagt die Lyrikpreisträgerin.

»Wer weiß, vielleicht wär ich sanft hinübergeschlummert«, sagt Kwalle. »Jetzt bleibt mir nur noch der Hungertod, und mit dem ist nicht gut Kirschen essen, wie der Name schon sagt.«

Sie schnürt ihren Campingbeutel auf und holt daraus nacheinander eine Sonnenbrille, einen Kamm, ein Stück Käse, einen Kanten Brot, eine rosa Bluse, einen Michelin 1963, eine Schachtel Caporal, zwei Ansichtskarten vom Papstpalast in Avignon, einen Strauß Lavendel, noch ein Stück Käse und eine halbvolle Rotweinflasche hervor.

»Bedien dich, wenn du magst«, sagt die Lyrikpreisträgerin.

Sie kuckt zu, wie Kwalle in hemmungsloser Gier Käse und Brot verschlingt, wie er die Flasche mit ein paar Schlucken leertrinkt und sich, nach Luft schnappend, auf den Rücken fallen läßt.

»Sieht aus, als ob du lange nichts gegessen hast.«

»Gut beobachtet«, stöhnt Kwalle.

Die Lyrikpreisträgerin stopft, was Kwalle übrigließ, in ihren Beutel und setzt sich auf. »Dann fröhliche Weihnachten, Bruder.«

»Wo willst du hin?«

»Wos wärmer ist.«

»Ich komm mit«, sagt Kwalle spontan. Er sichtet rasch seine Habe, spielt eine Zeitlang mit dem Gedanken, Faust Erster und Zweiter Teil mitzunehmen, entscheidet sich dann aber doch für den Schädel seines

Urgroßvaters. Bildungsballast schleppt er schon genug mit sich herum.

»Sag bloß, den willst du mitnehmen?« fragt die Lyrikpreisträgerin.

»Was dagegen?«

»Mann, du hast vielleicht Nerven«, sagt sie kopfschüttelnd. »Glaubst du, wenn du mit dem Ding an der Straße stehst, nimmt dich einer mit?«

»Einen bessern Blickfang gibts doch gar nicht«, widerspricht Kwalle. »Außerdem ist er ne unerschöpfliche Quelle für Gesprächsstoff jeder Art.«

»Na, lassen wir uns überraschen«, sagt die Lyrikpreisträgerin.

Kwalle klemmt sich den Schädel unter den Arm und winkt Jennerjahn, Gott hab ihn selig, abschiednehmend zu, der wie ein Spinnennetz zwischen zwei Säulen des Kriegerdenkmals hängt.

Die Pfützen auf dem Friedhofsweg sind mit einer hauchdünnen Eisschicht bedeckt, der gefrorene Sand knirscht unter Kwalles Schuhen. An schattigen Stellen liegt noch der Rauhreif vom Morgen. Schräg über dem Kirchturm hängt ein gestochen scharfer Halbmond am Himmel und prophezeit eine frostklare Nacht. Brötchens Vater schleicht in gebückter Haltung über den Fuchsberg. Er schleppt einen arg zerzausten Tannenbaum hinter sich her. Als er Kwalle sieht, verschwindet er mit seiner Beute eilig im Brook.

Die Lyrikpreisträgerin mustert Kwalle skeptisch von der Seite: »Sag mal, findest du nicht, du bist ein bißchen dünn angezogen für die Jahreszeit?«

»Oh, frieren macht lustig«, antwortet Kwalle munter. »Aber wenn dich mein Zähneklappern stört, kann ich ja zu dir untern Pullover kriechen.«

»Gott, bist du witzig«, sagt sie gelangweilt.

Das Dorf schwelgt im Lärm vor der Stille: Kreissägen bimmeln Kühe kreischen Glocken brüllen. Der Pastor segelt mit geblähtem Talar über den Kirchhof, die Beffchen kleben ihm beiderseits der Nase im Gesicht. Heuer kommt, eine Karre mit dampfendem Mist vor sich herschiebend, aus dem Stall, bleibt stehen, setzt die Karre ab, kuckt sich die Lyrikpreisträgerin von oben bis unten an, kuckt Kwalle an, zieht eine Flasche Amselfelder aus der Hosentasche, trinkt und sagt zu Kwalle: »Wat hesst di dor för een anlacht?«

»Gefallt se di?« fragt Kwalle.

»Beten spiddelig«, antwortet Heuer abschätzig.

»Ick hau mit ehr aff«, sagt Kwalle.

Heuer gibt ihm einen Schluck vom Amselfelder. »Denn man tschüß, mien Jung«, sagt er. »Un nich vergeten: du un ick, wi twee sünd Minschen. De annern seht man blots so ut.«

Sie gehen an der von Bombensplittern zernarbten Kirchhofsmauer entlang. In den Löchern wächst Moos. Die Nacht als die Bombe hinterm Pastorat einschlug die Frau der vom Luftdruck die Schädeldecke abgerissen war ringsherum kaputte Fensterscheiben die nackten Sparren des Kirchendachs Opa Schramm am Trichterrand Erinnerungen an Verdun auskramend im lehmgelben Wasser schwammen die aufgedunsenen Leiber toter Kaninchen...

»Bist du von hier?« fragt die Lyrikpreisträgerin.

Kwalle nickt verdrossen.

Der Marktplatz. Kein Karussell, keine Buden, keine Achterbahn. Nur ein riesiger Tannenbaum mit elektrischen Kerzen. Davor drei Kameraden von der Freiwilligen Feuerwehr in hitzigem Wortwechsel über die Frage, wer von ihnen die nächste Runde zahlen soll. Kwalle entbietet ihnen ein schneidiges Allzeitgutschlauch. Die Feuerwehrleute ermahnen sich gegenseitig, Ruhe zu bewahren, ein Typ wie Kwalle sei es nicht wert, sich an ihm die Hände schmutzig zu machen, und setzen ihr Streitgespräch fort.

»Hier stand die Achterbahn, erinnerst du dich?« fragt Kwalle

Die Lyrikpreisträgerin hebt die Krempe ihres Schlapphuts hoch und blickt Kwalle prüfend an: »Sag mal, ist das deine Masche, oder glaubst du wirklich, daß wir uns schon mal über den Weg gelaufen sind?«

»Na klar«, sagt Kwalle.

»Wo denn?«

»Im Traum«, antwortet Kwalle. »Und zwar hier, genau an dieser Stelle. Weißt dus nicht mehr?«

»Mann, wie sollte ich«, sagt die Lyrikpreisträgerin ungehalten. »Wenn ich dir tatsächlich im Traum erschienen bin, dann wars doch dein Traum, nicht meiner!«

Kwalle beißt sich auf die Unterlippe. Da ist was dran, muß er sich eingestehen. »Aber daß du die Lyrikpreisträgerin bist, daran ist nicht zu rütteln«, sagt er nach einer Denkpause. »Und da du meinem Traum entsprungen bist, könnte ich dich gewissermaßen als mein geistiges Eigentum betrachten.«

»Weißt du was?« sagt die Lyrikpreisträgerin und füllt mit der Zungenspitze ihre Zahnlücke aus: »Ich glaub, wir reisen doch besser getrennt.«

»Warum?«

»Weil du, milde ausgedrückt, ne Macke hast, und mit solchen Leuten reise ich nicht gern. Also gehab dich wohl, Bruder.« Sie schultert ihren Campingbeutel und wendet sich zum Gehen.

Kwalle packt ihren Arm: »Augenblick mal! So einfach wirst du mich nicht los. Du hast mich ins Leben zurückgeholt, jetzt sieh auch zu, wo du mit mir abbleibst!«

»Hör mal, ich misch mich grundsätzlich nicht in andrer Leute Angelegenheiten«, sagt die Lyrikpreisträgerin vergrätzt, »und wenn einer Schluß machen will, wär ich die letzte, die ihn daran hindern würde. Ich hab dich nur geweckt, weil ich Feuer haben wollte, kapiert?«

»Und ich hab bis zuletzt gehofft, daß mir einer die Entscheidung abnimmt, ob ich krepiern oder abhaun soll«, entgegnet Kwalle. »Am Krepiern hast du mich gehindert, gewollt oder ungewollt, also hau ich ab. Und zwar mit dir, mein fleischgewordenes Traumgeschöpf!«

»Laß mich los«, sagt die Lyrikpreisträgerin.

»Damit du mir durch die Lappen gehst, hm?«

»Ich schrei!« warnt sie ihn.

»Aber bitte dezent«, sagt Kwalle. »Die Leute sind grade dabei, ihre Tannenbäume zu schmücken.«

Die Lyrikpreisträgerin öffnet ihren Mund und stößt einen Schrei aus, nicht gerade ohrenbetäubend, aber doch laut genug, die Aufmerksamkeit der drei Feuerwehrleute auf sich zu lenken. Sie brechen ihr Gespräch ab, kommen mißmutig näher und stellen sich im Halbkreis um Kwalle und die Lyrikpreisträgerin auf.

»Laß die Deern los«, sagt der erste Feuerwehrmann.

»Aber n büschen dalli«, sagt der zweite.

»Oder du krisses mit uns zu tun«, der dritte.

»Leckt mich am Arsch, Kameraden«, sagt Kwalle.

Der erste versetzt ihm einen Handkantenschlag auf den Bizeps, der zweite dreht ihm den Arm nach hinten, der dritte schlägt ihm die

Faust in den Magen. Kwalle wehrt sich nicht, er beschämt seine Peiniger mit einem Dulderlächeln. Kwalle der Märtyrer. Wie damals im Traum. Nur daß es nicht ganz so weh tat, als die Halbstarken ihn prügelten. Schicksalsergeben schließt er die Augen.

Als er sie wieder öffnet, sieht er die Lyrikpreisträgerin gerade noch im Knüll verschwinden.

»Warte doch!« brüllt er.

Die Feuerwehrleute haben ihn fest im Griff, ihre Schnapsfahnen wehen ihn von allen Seiten an. Der eine steht so, daß es für Kwalle ein leichtes wäre, ihm in die Eier zu treten. Aber vielleicht ist es genau das, worauf der Mann wartet. Damit er einen reellen Grund hat, sich auch seinerseits über die Regeln sportlichen Wettkampfes hinwegzusetzen. Und dabei würde Kwalle, wie er rasch einsieht, den kürzeren ziehen.

»Also hört mal zu, Sportsfreunde«, sagt er. »Ich bin grade im Begriff abzuhaun, möglicherweise für immer. Aber wenn ihr mich noch länger festhaltet, überleg ichs mir vielleicht und bleib hier. Denkt mal drüber nach, ob ihr das vor euren Mitbürgern verantworten könnt.«

Die Feuerwehrleute tauschen lange Blicke.

»Sollch ihm vorher nochmal fix n paar in die Fresse haun?« fragt der, dem Kwalle wohlweislich nicht in die Eier trat.

»Nee, ich weiß was Bessers«, sagt der zweite. »Wir schmeißen ihn inn Jordan.«

Der dritte wiegt unschlüssig den Kopf, möchte Bedenken anmelden, aber welcher anständige Feuerwehrmann verdirbt schon seinen Kameraden den Spaß? »ne kleine Abkühlung könnt ihm nich schaden«, stimmt er zu.

»Freunde, das meint ihr doch nicht im Ernst!« sagt Kwalle erschrocken. »Das wär doch glatter Mord, bei dieser Kälte!«

»Ach, Blödsinn!« sagt der eben noch Unentschlossene. »Beier Hajott ham wir Löcher ins Eis gehackt und sind bei zehn Grad minus inner Ostsee rumgeschwommen, da ist auch keiner bei draufgegangen.«

»Vielleicht findst du ja einn, der dir hinterher n Grog spendiert«, grinst der zweite.

»Mensch, er hat doch bloß Angst, dasser sich den Schwanz abfriert«, der erste.

Kwalle hält verzweifelt nach einem Menschen Ausschau, den er um

Hilfe anrufen kann. Aber der Marktplatz ist leer, auch an den Fenstern ringsum zeigt sich niemand. Sieht ganz so aus, als habe ihn das Schicksal den drei Feuerwehrleuten ausgeliefert. Er entschließt sich, wenn auch ohne große Hoffnung auf Erfolg, den alten Herrn da oben, zu dem er einst so gute Beziehungen unterhielt, noch einmal, ein letztes Mal um Beistand zu bitten. Und siehe da: schon öffnet sich die Tür des Deutschen Hauses, und der Weihnachtsmann erscheint. Seine Rute gebieterisch schwingend, mit einem Akzent, wie ihn sonst nur seine Wenigkeit Geldmacher spricht, ruft er die Kameraden zur Bescherung in den Saal. Kwalle sendet ein stummes Dankeschön gen Himmel und hetzt durch den Knüll, den Rauhen Berg hinunter zur Kieler Chaussee.

Von der Lyrikpreisträgerin ist weit und breit nichts zu sehen. Eine Zeitlang hofft Kwalle, sie könne sich irgendwo versteckt haben, aber dann findet er neben dem Ortsschild die leere Schachtel Caporal und eine qualmende Kippe. Hat nicht mal die Kippe ausgedrückt, sagt er sich, so eilig hatte sie es wegzukommen. Haut einfach ab, das Aas. Kwalle hebt die Zigarettenschachtel auf und steckt sie in die Hosentasche. Als Beweisstück, sozusagen.

Ein Auto nähert sich vom Dorf her. Kwalle deutet mit dem Daumen in die weite Welt, das Auto schert etwas nach links aus und fährt vorbei. Minuten später kommt aus der entgegengesetzten Richtung Flügels cremefarbenes Kabrio. Neben Flügel sitzt, die Samtaugen an Flügels Lippen geheftet, der neue Friseurlehrling. Flügel zeigt ihm sein schönstes Blendaxlächeln.

»Sag mal, wie findest du das eigentlich?« fragt Kwalle den Schädel seines Urgroßvaters. »Wir sind drauf und dran, uns klammheimlich aus dem Staub zu machen. Ein doller Abgang, was? Enorm effektvoll, wie?«

Hätte der Schädel Haut auf der Stirn, er würde sie vermutlich runzeln.

»Mit anderen Worten, sie haben gewonnen: Kwalle gibt klein bei und verkrümelt sich.«

Ganz so einfach sollte man es ihnen eigentlich nicht machen, gibt der Schädel zu bedenken. Im übrigen sei ja auch der Entschluß, sich davonzustehlen, nur auf das unerwartete Erscheinen der Lyrikpreisträgerin zurückzuführen. Und nachdem diese ihn so schnöde im Stich gelassen habe, empfehle es sich schon aus Gründen der Selbstachtung, ihn schleunigst wieder rückgängig zu machen.

»Du sprichst mir aus der Seele«, sagt Kwalle und schlendert ins Dorf zurück. Die Silhouetten der Vogelbeerbäume stehen scherenschnittschwarz vor blaßgrünem Himmel. Ein wirbelnder Krähenpulk versickert im Dunkelbraun der Wiesen. Über den Häusern glitzert der Weihnachtsbaum auf dem Silo der Spar- und Darlehnskasse. Die Kirchenglocken läuten die Stunde der Bescherung ein.

Gähnend leere Straßen. Nur Guschis Vauweh knattert, bis unter das Dach mit Geschenkpaketen beladen, den Rauhen Berg hinauf. Kwalle streckt ihm hoffnungsvoll die geballte Faust entgegen, aber Guschi quittiert die Geste mit einem verächtlichen Blick. Woraus Kwalle enttäuscht folgert, daß der Verräter der Arbeiterklasse in Guschi noch nicht die Oberhand gewonnen hat.

Er biegt in die Bahnhofstraße ein. Die Kreissparkasse rät ihm dringend, sein Geld nicht zum Fenster hinauszuwerfen. Nebenan, im Schaufenster des Radio- und Fernsehgeschäfts, sprechen vier händeringende, Charme und Herzenswärme verströmende Peter Alexanders, drei farbige und ein schwarzweißer, zur Nation. Kwalle klaubt eine Handvoll Matsch aus dem Rinnstein, sieht aber gerade noch rechtzeitig im Eingang des Supermarkts ein Koppelschloß blinken.

»Frohes Fest, verehrter Freund und Helfer«, sagt Kwalle.

Der Polizist kratzt sich, um anzudeuten, daß er nicht gewillt ist, Kwalle von amtswegen zur Kenntnis zu nehmen, ausgiebig zwischen den Beinen.

»Wie Ihnen wahrscheinlich bekannt ist, bin ich seit heute morgen ohne festen Wohnsitz«, sagt Kwalle. »Wenn ich jetzt was ausfresse, müssen Sie mich doch einlochen, oder?«

Der Polizist wendet seine ganze Aufmerksamkeit einem Schild zu, auf dem billige Apfelsinen angepriesen werden.

»Ich hätt ne gute Idee«, sagt Kwalle: »Sie sagen mir, was ich anstellen muß, damit ich bis zum Frühjahr ins Kittchen komm, und ich lasse mich dafür von Ihnen auf frischer Tat ertappen. Was halten Sie davon?«

Der Polizist summt einer Batterie sauber aufgereihter Rumflaschen die ersten Takte vom Radetzkymarsch vor.

»Wie wärs zum Beispiel, wenn ich Ihren Schützlingen den Heiligen

Abend versauen würde? Ich könnt von Haus zu Haus gehn und den Leuten erzählen, daß das Christkind, dem zuliebe sie ihre letzten Pfennige zusammenkratzen und sich die Mägen verderben, nichts weiter ist als eine zum Zwecke der Umsatzsteigerung erfundene Reklamefigur, sone Art glückliche Kuh. Das ist natürlich nur mal so aus dem Ärmel geschüttelt, aber glauben Sie nicht, daß wir auf dieser Basis ins Geschäft kommen könnten?«

»Gehn Sie weiter«, sagt der Polizist.

»Oder hätten Sie lieber was Handfestes?« fragt Kwalle. »Widerstand gegen die Staatsgewalt und so?«

»Ich hab Sie aufgefordert weiterzugehn!« sagt der Polizist.

»Sie müssen auch mal an Ihre Karriere denken«, fährt Kwalle fort. »Oder wollen Sie bis zu Ihrer Pensionierung in diesem Kaff bleiben? Das ist doch nichts für einen Mann mit Ihren Fähigkeiten! Wo Ruhe und Ordnung von selbst gedeihen, können Sie sich keine Lorbeeren verdienen. Also sagen Sie schon, was ich tun soll!«

»Ich krieg dich auch so, verlaß dich drauf«, knurrt der Polizist, schubst Kwalle beiseite und schreitet mit festem Schritt davon.

»Hast du Töne?« fragt Kwalle den Schädel seines Urgroßvaters. »Das war doch nun wirklich n vernünftiger Vorschlag, den ich dem Bullen gemacht hab, oder?«

Der Schädel nickt.

»Irgendwie hab ich das Gefühl, sie wollen mich am steifen Arm verhungern lassen. Ob wir nicht doch besser dran getan hätten, die Kurve zu kratzen?«

Der Schädel verneint entschieden.

»Schon gut, schon gut«, sagt Kwalle, »war ja auch nur son Gedanke. Wahrscheinlich ists diese Saukälte, die mich so fertig macht und dieser blöde Heilige Abend und daß keiner da ist, der einem das Wort gönnt, geschweige denn n Schnaps.«

Er geht zum Bahnhof. Im Warteraum ist es auch nicht viel wärmer als draußen, aber hier ist er wenigstens vor dem eisigen Wind geschützt. In der Ecke sitzt ein alter Mann mit einer Pudelmütze auf dem Kopf. Er hat den Rücken gegen die Heizungsrippen gepreßt und schläft. Anstelle der Nase hat er zwei Löcher im Gesicht, seine Wangen sind eingefallen, die Lippen nach innen gestülpt. Kwalle, ängstlich darauf gefaßt, daß sich der Mann als der zu erkennen geben könne, dem er so täuschend ähnlich sieht, nähert sich ihm auf Zehenspitzen. Erst als er vor ihm steht und ihn eine Weile betrachtet hat, glaubt er sicher zu sein, daß es nicht Freund Hein persönlich ist, der hier ein Nickerchen macht. Weshalb sollte der sich auch dieser zivilen Aufmachung bedienen, dieser lächerlichen Pudelmütze und dieses Mantels, der sich bei genauerem Hinsehen als Hannes Bachmanns dunkelblau gefärbter SA-Mantel entpuppt?

»Was ist Deutschland sozusagen?« fragt Kwalle laut.

Der Alte schlägt die Augen auf. »Deutschland ist sozusagen das Herz Europas«, antwortet er ohne Zögern.

»Was war Deutschland deshalb oft?«

»Deutschland war deshalb oft der Schauplatz wüster Kämpfe.«

»Nenne mir solch einen wüsten Kampf.«

»Die Schlacht bei den Düppeler Schanzen war solch ein wüster Kampf.«

»Wer hat sich dort besonders ausgezeichnet?«

»Pionier Klinke hat sich dort besonders ausgezeichnet.«

»Was wurde dieser Pionier buchstäblich?«

»Dieser Pionier wurde buchstäblich in Stücke gerissen.«

Kwalle klopft ihm anerkennend auf die Schulter und sagt mit Hannes Bachmanns schnarrender Stimme: »Bravo, mein Junge. Beim nächsten Sturm auf die Düppeler Schanzen darfst du den Pionier Klinke spielen.«

»Nee, besten Dank«, wehrt der Mann ab. »Ich war zweimal dabei, das langt mir.«

»Beinah hätt ich dich mit jemand verwechselt«, sagt Kwalle und setzt sich neben ihn.

»Da bist du nicht der erste«, sagt der Mann. »Einmal hab ich ner Frau einen solchen Schreck eingejagt, daß sie n Herzschlag kriegte. Sah mich, fiel um und, bumms, tot war sie.«

»Schöner Tod«, sagt Kwalle. »Besser hätts dein Doppelgänger auch nicht machen können. Nimm mal die Pudelmütze ab.«

Der Alte entblößt bereitwillig seinen Kopf. Er hat eine glänzende Glatze. Kwalle ist froh, daß er ihm so nicht im Dunkeln begegnet ist. »Wirklich verblüffend, diese Ähnlichkeit«, sagt er beeindruckt.

»Die Nase haben sie mir neununddreißig beim Polenfeldzug weggeschossen«, sagt der Mann.

»Ich hab einen gekannt, der hat sich ausm Stück Haut vom Oberschenkel ne neue machen lassen.«

»Ab ist ab«, sagt der Mann.

»Auch n Standpunkt«, sagt Kwalle.

Der Mann betastet seine Nasenlöcher: »Nur mitm Riechen hauts nicht mehr so hin. Seit die Nase weg ist, riecht alles nach feuchtem Zement. Ich hätt gern mal wieder gewußt, wie Schweineschmalz mit Grieben riecht oder ne Frau, wenn sie ihre Tage hat, aber da kann ich mich noch so sehr anstrengen: ich riech immer nur feuchten Zement.«

»Daß sie dich noch nicht für den Horrorfilm entdeckt haben«, wundert sich Kwalle.

Der Mann setzt die Pudelmütze wieder auf. »Einmal, das war in Rendsburg, sollte ich für den Geist von Hamlets Vater einspringen, weil der mit Mumps im Krankenhaus lag, aber bevor die Sache losging, war der andre wieder da. Und n Angebot von ner Geisterbahn hatte ich auch, aber zwischen all den Pappkameraden rumzutanzen, dazu hatt ich denn doch keine Lust. Oh, ich könnt dir ne Menge Geschichten erzähln, eine schöner wie die andre.«

»Zwischendurch mal ne Frage«, sagt Kwalle: »Du trägst dich nicht zufällig mit der Absicht, mir n Schnaps zu spendiern?«

»Ich dir?« fragt der Mann erstaunt. »Wie komm ich dazu?«

»n Grog wär bei dieser Kälte auch nicht zu verachten«, sagt Kwalle und legt den Schädel seines Urgroßvaters auf den Tisch. Der Alte läßt seine Augen mehrfach zwischen Kwalle und dem Schädel hin und her wandern, scheint auf ein klärendes Wort zu warten, aber Kwalle hüllt sich gleichmütig in Schweigen.

»Damit du gar nicht erst auf dumme Gedanken kommst: ich hab kein Geld bei mir«, sagt der Alte.

Kwalle deutet auf den Schädel: »Das hat der da auch gesagt, und hinterher fand ich doch noch n Fünfmarkstück in seiner Tasche.«

Der Mann ringt sich ein Lächeln ab: »Alten Mann aufn Arm nehmen, was?«

»Es ist sonst nicht meine Art, viele Worte zu machen«, sagt Kwalle, »aber weil heute Weihnachten ist, schlag ich dir n Kompromiß vor: du gibst mir soviel, wie ich für einen Schnaps brauch, und ich seh von weiteren Maßnahmen ab. Okay?«

»Hier, kuck her«, sagt der Mann und kehrt die Taschen seines

Mantels nach außen. »Ich bin vollkommen blank. Mein letztes Geld ist für die Fahrkarte draufgegangen.«

»Son Gesicht und dann keinen Pfennig auf der Naht«, sagt Kwalle kopfschüttelnd. »Wenn du für jedes Mal Ankucken bloß n Groschen genommen hättest, wärst du jetzt n gemachter Mann.«

»Kann schon sein«, gibt der Alte zögernd zu. »Aber ich hab eher das Gefühl gehabt, daß ich den andern was dafür schuldig bin, daß sie mich ankucken mußten.«

»Und sonst? Irgendwelche Sachwerte?« fragt Kwalle. »Du mußt doch irgendwas bei dir haben, was man versilbern kann!«

Der Mann zieht bedauernd die Schultern hoch.

Kwalle zeigt auf den prallgefüllten Beutel, den der Alte zwischen seinen Füßen hat: »Und was ist da drin?«

»Muscheln«, antwortet der Mann. Er schnürt den Beutel auf und läßt Kwalle hineinblicken. »Für meine Hühner. Ich stampf sie klein und misch sie ihnen unters Futter. Damit die Schalen härter werden, verstehst du?«

»Na dann fröhliche Weihnachten«, sagt Kwalle mürrisch.

An der Wand gegenüber hängt ein Plakat, das Unfälle zu verhüten empfiehlt. Darunter hat jemand mit Lippenstift eine stachlige Möse gezeichnet und, um Fehldeutungen vorzubeugen, das Wort *Fotze* danebengeschrieben.

»Wo bleibt der Zug bloß?« fragt der Mann. »Hast du ne Uhr bei dir?«

»Wenn ich eine hätte, säß ich längst im Blitz«, antwortet Kwalle.

Der Zementfußboden ist mit breitgetretenen Kaugummis gefleckt. Kwalle denkt an Brötchens ewig rotierenden Unterkiefer, denkt an Brötchens Kopf in *Bild,* einmal frontal, einmal im Profil. Soweit hat ers immerhin gebracht.

Im Dienstraum nebenan, *Zutritt für Unbefugte verboten,* klingelt ein Telefon. Jemand nimmt den Hörer ab und sagt fünfmal hintereinander im gleichen Tonfall ja.

»Wenn der Zug durch ist, machen sie den Laden hier zu«, sagt Kwalle. »Verdammt unangenehm da draußen, ohne Mantel.«

Der Alte schmettert ein Trompetensignal durch den rechten Mundwinkel: »Kennst das?«

Kwalle mimt Fehlanzeige.

»Helm ab zum Gebet, stehend«, sagt der Mann. »Im ersten Weltkrieg war ich Trompeter. Ich war zweimal dabei, einmal mit achtzehn, das andre Mal mit zweiundvierzig.«

»Schöner Mantel, den du da anhast«, sagt Kwalle.

»Ja, nich?« sagt der Mann und streicht mit der flachen Hand über das Revers.

»Irgendwie kommt er mir bekannt vor.«

»So?«

»Ich müßte mich gewaltig irren, wenn er nicht mal Hannes Bachmann gehört hat.«

»Stimmt«, sagt der Alte. »Hat mir seine Witwe geschenkt. Hast du Hannes gekannt?«

»Ohja. Vom ersten Schultag bis zur Letzten Rasur.«

»Wir warn Kriegskameraden, Hannes und ich. Haben zusammen in der Scheiße gelegen.«

»Wir auch«, sagt Kwalle. »Er vor den Düppeler Schanzen, ich dahinter.«

»Noch aufm Sterbebett hat er zu seiner Frau gesagt, sie soll den Mantel aufbewahrn. Falls ich mal wieder vorbeikomm. War n feiner Kerl, Hannes.«

»Einen bessern findst du nicht«, bestätigt Kwalle.

»Mal so richtig im Schlamassel drinstecken, das schmiedet zusammen. Fürs ganze Leben.«

»Ich mach dir n Vorschlag«, sagt Kwalle.

»Nein!« sagt der Mann schnell.

»Nu hör ihn dir doch erstmal an. Ich schlag vor, wir überlegen gemeinsam, wer von uns beiden den Mantel nötiger hat. Und dann stimmen wir ab. Bei Stimmengleichheit entscheidet das Los.«

»Ich denk ja nicht dran!« sagt der Alte aufgebracht. »Dieser Mantel gehört mir, er ist der erste anständige Mantel, den ich hab, und du kannst dich aufn Kopf stellen: ich geb ihn nicht her!«

»Schade«, sagt Kwalle bekümmert. »Aber behaupte hinterher nicht, ich hätts nicht im guten versucht.«

Der Mann wendet Kwalle langsam sein Gesicht zu. Mit jedem Zentimeter werden die Schatten in den tiefen Höhlungen dunkler. Er ists, denkt Kwalle, von Entsetzen gepackt, meingott, er ists wirklich!

»Ich hab n Messer bei mir«, flüstert der Tod.

»Wozu brauchst du n Messer?« fragt Kwalle ebenso leise.

»Nur damit du Bescheid weißt«, sagt der Tod und dreht sein Gesicht ins Licht zurück. Jetzt ist er wieder der alte Mann ohne Nase, Freund Heins irdischer Doppelgänger.

Kwalle gewinnt rasch seine Fassung zurück. »Na prima«, sagt er und greift in seine Hosentasche. »Dann kommts jetzt nur noch darauf an, wer von uns beiden schneller ist.« Zum Zeichen seiner Kaltblütigkeit setzt er ein abgefeimtes Lächeln auf. »Na los, zieh schon!« sagt er und rückt näher an den Mann heran. »Ich möcht mir nicht gern n Mord anhängen lassen, weißt du?«

Der Alte preßt in Abwehrhaltung beide Arme gegen seinen Körper. »Mensch, mach dich nicht unglücklich!« stammelt er.

»Wer sich hier wohl unglücklich macht«, sagt Kwalle. »Du kannst mir ja den Mantel freiwillig geben, dann passiert dir nichts.«

»Ich bin zweiundsiebzig«, sagt der Mann, »ich könnt dein Vater sein!«

»Sei froh, daß dus nicht bist, sonst würd ich nicht so lange fackeln«, erwidert Kwalle eiskalt.

»Und wenn ich um Hilfe schrei?« fragt der Mann mit einem raschen Blick zur Tür.

»Versuchs mal«, sagt Kwalle und zieht seine Hand halb aus der Tasche. »Bevor du den Mund aufmachst, bist du tot.« Er stellt sich Brötchens Gesicht vor, wenn er ihm im Knast begegnet. Der Lebenslängliche dem popligen Bankräuber. Schulterklopfende Herablassung: wir sind alle mal klein angefangen.

»Keine Angst, ich tus nicht«, sagt der Mann. »Ich werd doch nicht wegen som alten Mantel mein Leben riskiern. Meinetwegen kannst du ihn haben.« Er steht auf, zieht den Mantel aus und legt ihn neben Kwalle auf die Bank. »Probier mal, ob er dir paßt.«

Kwalle betrachtet ihn mit einer Mischung aus Mitleid und Verdruß, wie er da so vor ihm steht in seiner schäbigen Strickjoppe und der abgewetzten Hose. Armes altes Schwein, denkt er, wie müssen sie mit dir umgesprungen sein, daß ein paar drohende Faxen genügen, dich kirre zu machen. Er streckt die Hand nach dem Mantel aus, will ihn dem Alten zurückgeben, behalt den Fetzen, will er sagen, da hat der Mann plötzlich ein Messer in der Hand, und bevor Kwalle auch nur erschreckt zusammenzucken kann, steckt es ihm schon im Bauch.

Sprachlos vor Erstaunen blickt Kwalle auf die Hand, die den Messerknauf umklammert hält. Die Haut über den Fingerknochen ist gelb, von unzähligen feinen Rissen durchzogen, wie zerknittertes Pergament. Seine Augen gleiten langsam am Arm empor und landen auf dem Gesicht des alten Mannes. Es spiegelt Kwalles Verblüffung auf eine übertriebene, fratzenhaft verzerrte Weise wider. Als wolle jeder am Gesicht des andern ablesen, was geschehen ist, starren sie einander fragend an, eingehüllt in eine Stille, die mit jedem Herzschlag undurchdringlicher wird. Und dann, als Kwalle gerade zu hoffen begonnen hat, es könne sich wieder um einen jener Wachträume handeln, die Wirkliches raffiniert mit Geträumtem mischen, ist er plötzlich da, der Schmerz: eine lautlose Detonation, deren Wucht Kwalle bis in die Zehenspitzen spürt.

»Bist du verrückt?« stöhnt er auf. »Ich hab doch nur Spaß gemacht!«

»So, du hast nur Spaß gemacht«, sagt der Mann hastig. »Und das Messer, das du in der Tasche hast? Du hättst mich doch, wie ne Sau hättst du mich abgestochen, wenn ich dir den Mantel nicht gegeben hätte! Nee, mir kannst du nichts vormachen, ich war zweimal dabei, ich kenn euch Brüder, da gibts nur eins: draufhalten, sonst bist du selber dran!« Er reißt das Messer aus Kwalles Bauch, schnappt sich den Mantel, den Beutel mit den Muscheln und läuft zur Tür.

»Halt mal!« ruft Kwalle.

Der Mann bleibt abrupt stehen und blickt sich vorsichtig über die Schulter um. Als er Kwalles leere Hände sieht, atmet er auf.

»Wenn du mich hier verbluten lassen willst, dann sollst du auch wissen, daß das mit dem Messer nur ne Finte war«, sagt Kwalle. »In Wirklichkeit hab ich gar keins bei mir.«

Der Alte öffnet den Mund, seine Lippen bewegen sich, aber kein Wort kommt aus ihnen hervor. Dann stürzt er, wie von panischem Schrecken ergriffen, hinaus und schlägt die Tür hinter sich zu.

»Was sagst du jetzt?« fragt Kwalle den Schädel seines Urgroßvaters. Statt zu antworten, wird der Schädel kleiner, auch die Wände des Warteraums samt Plakat und Möse rücken von Kwalle fort, bald kommt es ihm vor, als säße er mutterseelenallein in einem riesigen Saal, der immer noch an Größe zunimmt, bis sich die Wände schließlich in wabernden Dunst auflösen.

»Komm, wach auf, hier wird nicht gepennt!« sagt eine barsche Stimme. Der Dunst verdichtet sich an einer Stelle zu einem Gesicht mit unscharfen Konturen.

»Ist das nicht n Witz?« fragt Kwalle das Gesicht. »Ich geh hier rein, weil ich Angst hab, ich könnt mir draußen den Tod holen, und jetzt sitz ich da mitm Loch im Bauch.« Das Gesicht scheint das nicht besonders komisch zu finden. »Naja«, räumt Kwalle ein, »daß der Tod mir dieses jämmerliche Double aufn Hals schickt, schmeckt mir auch nicht so ganz, aber daß ich ausgerechnet wegen Hannes Bachmanns altem SA-Mantel dran glauben soll: ist das nicht lustig?«

»Ich muß hier abschließen, also verschwinde schon«, sagt der Stationsvorsteher. Er packt Kwalle am Arm und schiebt ihn vor sich her zur Tür.

»Ah, Sie sinds«, sagt Kwalle. »Ich weiß, es wird Ihnen nicht leichtfallen, mir zu glauben, aber man hat mir soeben ein Messer in den Bauch gestoßen, verstehn Sie?«

»Ist klar«, sagt der Stationsvorsteher.

Kwalle hält sich am Türpfosten fest: »Sie sind doch hoffentlich in Erster Hilfe ausgebildet?«

»Komm, mach jetzt keine Sperenzchen«, sagt der Stationsvorsteher. »Ich will auch mal Feierabend haben.«

»Menschenskind, ich verblute!« schreit Kwalle.

»Aber nicht hier«, sagt der Stationsvorsteher, stößt die Tür mit dem Knie auf und schleift Kwalle durch die Schalterhalle zum Ausgang. Die Kachelwände werfen sich seine Schreie zu, bis sie sich in ein meckerndes Gelächter verwandelt haben und im Gewölbe verhallt sind. Dann streicht ihm der Wind eisig über Gesicht und Nacken, ein Schlüssel rasselt im Schloß, das Dorf hat ihn wieder.

Aus Fenstern, hinter denen es weihnachtlich flimmert, starrt es ihn vieläugig an. Ein bißchen überrascht, wie es Kwalle scheint. Er kichert grimmig in sich hinein: hast wohl gedacht, du bist mich los, was? »Pustekuchen!« brüllt Kwalle. Das Dorf nimmt es gelassen hin. Aber der Schmerz kommt wieder, fährt ihm glühendheiß ins Gedärm. Schon gut, ist ja gut, ich tus auch nicht wieder. Er wimmert leise, probiert verschiedene Tonhöhen durch, um herauszufinden, welche ihm am meisten Linderung verschafft, aber diesem Schmerz ist kein Wimmern gewachsen, er stellt sich taub oder ist total unmusikalisch, läßt sich jedenfalls auf die übliche Art nicht besänftigen. Kwalle beißt die Zähne zusammen und schleppt sich die Bahnhofstraße hinunter. Bei jedem Schritt schwappt es von innen gegen seine Handfläche, quillt es dickflüssig und warm zwischen seinen Fingern hervor. Hat er also irgendwo eine Ader erwischt, der hinterlistige Hund. Wo hatte er überhaupt so plötzlich das Messer her? Aus dem Ärmel? Eigentlich sah er nicht aus wie jemand, der ein Messer im Ärmel hat. Aber warum sollte einer, der mit faulen Tricks arbeitet, nicht auch ein Messer im Ärmel haben? Probier mal über, und zack, hast du ein Stück Eisen im Gedärm. Das Loch wär ja noch nicht das Schlimmste. Aber die Ader. Da nützt es dir gar nichts, daß du das Loch zuhältst, wenn da drinnen. Man kann auch innerlich verbluten. Was, wenn sie dich allmählich mit deinem eigenen Blut vollpumpt? Er sieht sie deutlich vor sich, die kaputte Ader da irgendwo in seinem Innern, sieht das Blut im Rhythmus des Herzschlags aus ihr hervorsprudeln, glaubt zu fühlen, wie sich sein Bauch schon zu blähen beginnt. Von Angst und Schmerz getrieben, geht er weiter, watet gebückt, eine Hand gegen die Wunde gepreßt, durch die von Bratenduft und Ohdufröhliche überschwemmten Straßen, Muttis Gesicht wenn sie die Gans auftrug und Oma hatte alle Jahre wieder aus purer Bosheit das Tranchiermesser verschluckt, der Arzt ist bis zum fünften Januar verreist und empfiehlt, sich in dringenden Fällen an seinen Kollegen in Laboe zu wenden. Kwalle hängt sich über das Treppengeländer. Und was jetzt? Den Dingen einfach ihren Lauf lassen? Warten, bis du alle bist? Aber da ist ja noch Flügel. Flügel kann zwar keine Adern zusammenflicken, aber auch als Zahnarzt hat er die Pflicht. Vielleicht darf ich Sie daran erinnern, daß auch Sie den Eid des Hippokrates geschworen haben, Herr Doktor Flügel. Dem hat Flügel nichts entgegenzusetzen, er lädt Kwalle ins Auto und fährt ihn nach Laboe. Oder besser gleich nach Kiel. Die Operation wird sofort vorgenommen. Nochmal Schwein gehabt, mein Lieber, ein paar Minuten später, und wir hätten Ihnen nur noch die Augen zudrücken können. Flügels Kabrio steht vor der Tür, aber die Fenster sind dunkel. Kwalle geht um das Haus: nirgendwo Licht. »Flügel!« ruft Kwalle, so laut es ihm der Schmerz erlaubt. Und leiser, dafür umso zärtlicher: »Edwin!« Aber kein Licht geht an, kein Flügel zeigt sich am Fenster. Der Gedanke, daß Flügel es da oben mit dem Friseurlehrling treibt, während er hier unten verblutet, macht Kwalle wütend.

»Flügel, alte Tunte!« überschreit er den wie ein Geschoß in ihm explodierenden Schmerz, »komm raus, oder du hast morgenfrüh ne Leiche im Garten!« Flügels Haus wächst plötzlich in den Himmel empor, wälzt sich wie eine mächtige Woge auf Kwalle zu und rollt über ihn hinweg. Das erste, was er danach wieder wahrnimmt, ist der vertraute Geruch von Petersilie. Als nächstes den Schmerz. Also leb ich noch, sagt sich Kwalle, beinahe vergnügt, denn wo Schmerz ist, ist auch Leben. Er rappelt sich wieder hoch, widmet Flügels Schlafzimmerfenster einen letzten, von Verachtung strotzenden Blick und tastet sich an der Hauswand zur Straße zurück. Allmählich dämmert es ihm, worauf sie es angelegt haben: ihr wollt mich verbluten lassen, ihr Schweine! Denn obwohl er die Ränder der Wunde jetzt mit beiden Händen zusammendrückt, tropft das Blut von seinen Fingern, tropft es an den Beinen hinunter, tropft auf die Schuhe. Tropftropftropf, langsam aber stetig. Steter Tropfen leert den Kwalle, wie? Er lacht leise, aber der Schmerz mag auch ein leises Lachen nicht, er zahlt es ihm mit brutaler Gewalt heim, zuckt wie ein Peitschenhieb durch Kwalles Körper. Mehrere Leute gehen vorbei, in einem glaubt Kwalle den Pastor zu erkennen, er ruft sie an, taumelt ein paar Schritte hinter ihnen her, aber als er genügend Mut gesammelt hat, sich gegen den Schmerz aufzulehnen, sind sie verschwunden. Wär das nicht eine wunderbare Gelegenheit gewesen, den barmherzigen Samariter zu spielen, Herr Pastor? Sehn Sie, erstens haben wir heute den sogenannten Heiligen Abend, zweitens ist es für die Jahreszeit ungewöhnlich kalt. Und plötzlich wird Kwalle bewußt, daß er die Kälte nicht mehr spürt. Kein Zähneklappern mehr, nicht mal ein Frösteln, und dabei steht ihm der Atem wie eine weiße Fahne vor dem Gesicht, schliddert sein Fuß über gefrorene Pfützen, glitzert Rauhreif auf den Dächern. Ist das der Anfang vom Ende? Sterb ich schon, und mit der Haut hats angefangen? Angst ballt sich in ihm zusammen, kompakter noch als der Schmerz, entlädt sich in einem Mauern und Weihnachtsseligkeit durchdringenden Schrei. Das Dorf fährt erschreckt zusammen, blinzelt verstört, überall Köpfe in den Fenstern, da hast du dein Publikum, die Abschiedsvorstellung kann beginnen, jetzt gibs ihnen, aber der Held stürzt von der Bühne, als sei der Vorhang zu früh aufgegangen und habe ihn völlig unvorbereitet den Zuschauern preisgegeben. Das Dunkel verschluckt ihn, speit ihn eine Straßenlaterne weiter wieder aus, verschluckt ihn aufs neue. Die Fenster leeren sich, Rollos rasseln herunter, das Dorf wendet sich enttäuscht von ihm ab. Wieder auf dem Marktplatz. Wer hätte das gedacht, vor drei, vier Stunden? Die Lyrikpreisträgerin hätte mich nicht im Stich lassen dürfen. Aber ich will nicht. Will nicht krepieren. Nicht jetzt. Nicht so. Er setzt mühsam einen Fuß vor den anderen, wie ein Wanderer im Orkan. Stemmt sich mit aller Kraft, die ihm die Angst vor dem Sterben gibt, gegen den Schmerz. Blitz, Deutsches Haus und Kirche umkreisen ihn langsam. Wie früher, wenn sich das Karussell in Bewegung setzte. Kwalle: der ruhende Pol, um den sich die Welt drehte. Noch immer dreht. Oh, ich bin zäh. Ich stamme aus einer zähen Familie. Oma, zum Beispiel: hat man jemals ein zäheres Luder gesehn? Uns schmeißt son kleines Loch nicht um — was, Oma? Wir kratzen ab, wenn uns danach zumute ist, stimmts? Jemand kreuzt tänzelnd seinen Weg. Eine Frau. Ganz nackt. Hilde. Sie hält mit beiden Händen ihre Brüste fest und wackelt aufs lieblichste mit den Arschbacken. »Sag mal, soll das n Angebot sein?« fragt Kwalle und kneift ein Auge zu, während er mit dem anderen vorsichtshalber nach ihrem Mann Ausschau hält. Das Muskelpaket ist nirgends zu sehen. »Nun wart doch, ich bin momentan nicht so gut zu Fuß!« ruft Kwalle. Aber Hilde verglüht restlos im Lichterglanz des Weihnachtsbaums. Also ne Dings. Eine, na sag schon. Du siehst was, aber es existiert nur in deiner Einbildung. Eine. Na wirds bald? Was ist denn los, da oben? Leer. Vollkommen leer. Hat es jetzt auch schon deine Gehirnzellen erwischt? Natürlich, irgendwo muß das Blut ja herkommen, das dir pausenlos aus den Hosenbeinen tropft. Du trocknest langsam aus, dein Leben stiehlt sich tropfenweise davon, und mit jedem Tropfen rückst du dem Ende ein Stückchen näher. Tropftropftropf. Wieviele Tropfen machen einen Liter, wieviele Liter Blut hat der Mensch? Auch das hast du mal gewußt. Weg. Wie ausgelöscht. Es hat keinen Zweck, dir was vorzumachen. Der Tod meint es diesmal ernst, verdammt ernst. Du mußt jetzt versuchen, einen klaren Gedanken zu fassen. Beispielsweise: wie komm ich auf dem schnellsten Wege nach Laboe. Oder nach Kiel. Nein, das einfachste wär Laboe. Zehn Minuten mit dem Auto. Du mußt jemand finden, der dich mit seinem Auto nach Laboe fährt. Du mußt ihm sagen, daß es ernst ist. Sehr ernst. Daß es um Leben oder Tod geht. Aber du darfst ihm nicht zuviel erzählen. Nichts von dem Mann ohne Nase und wie alles gekommen ist. Das stiftet nur Verwirrung und kostet Zeit. Am besten, du zeigst ihm einfach das Loch, dann weiß er selber, was zu tun ist. Aber du darfst ihm nicht zuviel zeigen, sonst kriegt er Angst wegen seiner Polster und daß du sie ihm mit Blut beschmieren könntest und dann wimmelt er dich mit irgendeiner Ausrede ab. Du mußt dir alles sehr genau überlegen, du darfst keine Zeit mehr mit sinnlosem Herumrennen verlieren, jede Minute, jede Sekunde ist kostbar. Du gehst jetzt zu Guschi. Guschi macht dir die Tür auf. Guschi ist blau. Hallo, Verräter der Arbeiterklasse, sagst du. Das hättest du besser nicht sagen sollen, denn Guschi, sternhagelvoll wie er ist, hält dich prompt für einen Russen. Er reißt sein Hemd auf und bezichtigt sich laut brüllend des Verrats. Erna kommt im Abendkleid aus dem Wohnzimmer, überblickt sofort die Lage und versetzt Guschi einen gewaltigen Tritt. Guschi wirbelt herum, geht von einem zweiten Tritt in die Knie, von einem dritten zu Boden. Und das am Heiligen Abend! keift Erna dich an und ballert dir die Tür vor der Nase zu. Weiter. Wenn nicht Guschi, dann eben ein andrer. Aber wer? Das muß jetzt genau überlegt werden. Noch son Reinfall, und du bist geliefert. Hansen? Daß der dir nicht gleich eingefallen ist. Wenn einer die verdammte Pflicht und Schuldigkeit hat, dir das Leben zu retten, dann er. Hansen schickt dir drei Kinder und sieben kläffende Dackel entgegen, bevor er selber erscheint. Er wird sehr blaß, als er dich erblickt. Du schilderst ihm mit knappen Worten, was los ist, vergißt allerdings, daß du dir vorgenommen hast, den Vorfall im Wartesaal nicht zu erwähnen. Hansen sagt, du solltest gefälligst Rücksicht auf die Kinder nehmen, und wenn du auch nur eine Spur von Anstand hättest, würdest du deine Mitmenschen wenigstens an diesem Abend mit deinen makabren Scherzen verschonen. Du, noch immer ganz ruhig, weist darauf hin, daß du um nichts andres bätest, als nur mal eben schnell nach Laboe gefahren zu werden. Hansen kuckt dich derart mißtrauisch an, daß du nicht umhin kannst, ihm deine blutigen Hände zu zeigen. Doller Effekt. Sogar die Dackel sperren die Mäuler auf. Schließlich faßt sich Hansen ein Herz und sagt zu den Kindern, der Mann da habe sich, um sie zu erschrecken, mit roter Farbe beschmiert, und das sei ein Scherz übelster Sorte, und man müsse sich wirklich allmählich Gedanken darüber machen, wie die Gesellschaft vor so einem geschützt werden könne. Dann scheucht er Kinder und

Dackel in den Flur zurück und schließt die Tür. Du bollerst mit den Fäusten gegen die Tür und schreist was von unterlassener Hilfeleistung und daß du mit deinem eigenen Blut das Wort Mörder an seine Tür schreiben wirst, aber du darfst jetzt nicht den Kopf verlieren, du mußt so schnell wie möglich nach Laboe, alles andre ist reine Zeitverschwendung. Jetzt bleibt nur noch einer übrig. Er ist der einzige, von dem jetzt noch Hilfe zu erwarten ist. Aber er tut nichts umsonst. Er verlangt Gegenleistungen. Du wirst ihn also um Verzeihung bitten, wirst Besserung geloben, einen Strich unter die Vergangenheit ziehn. Das Leben, das er rettet, wird ein andres werden. Greve tritt, von einer Woge Händel umspült, aus dem Haus. Der Schmerz zwingt dich vor ihm auf die Knie. Dein Gesicht spiegelt sich zweifach in seinen schwarzen Lackschuhen. Du hast keine Kraft mehr für lange Erklärungen. Du beschränkst dich auf das Notwendigste, vertraust im übrigen darauf, daß sich in ihm die Stimme des Bluts gegen alle Gegenstimmen Gehör verschafft, denn jetzt weißt du, daß ers ist, und welcher Vater brächte es fertig, den eigenen Sohn vor seinen Augen verrecken zu lassen. Aber Greve steht da wie ein schwarzes Monument, reglos und steif von den Lackschuhspitzen bis zu dem in kaltes Sternenlicht getauchten Gesicht. Du richtest dich langsam auf und ziehst dich an ihm hoch, bis du ihm Auge in Auge gegenüberstehst. Tropf tropftropf, macht dein Blut, und jeder Blutstropfen kann der letzte sein, und bald ist alles vorbei, und der da hat dich gemacht, und jetzt läßt er dich verrecken, und du holst ganz weit aus und schlägst ihm deine Faust ins Gesicht, und er rührt sich nicht, und du schlägst nochmal zu, und er rührt sich noch immer nicht, und du spreizt die Finger und drückst ihm deine blutige Hand ins Gesicht, und als du sie wieder wegziehst, hat er fünf rote Finger im Gesicht, und weil das so komisch aussieht, mußt du lachen, und wie immer, wenn du erstmal angefangen hast zu lachen, hörst du so bald nicht wieder auf, und du lachst und lachst, lachst dich krumm und schief, lachst dich kaputt, lachst dich tot.

Und dann liegt er rücklings im Gras und kuckt in die Sterne. Kein Schmerz mehr, keine Angst, kein Gedanke an das, was war. Er kommt sich sehr leicht vor, so leicht, als könne er jeden Augenblick schwerelos davonschweben. Er hat das Gefühl, ein dünnhäutiger Hohlkörper zu sein, prall voll Leere. Er ist nur noch Auge und Ohr:

hört den Rauhreif von den Gräsern rieseln, wenn der Wind sie bewegt, hört ganz nah das Wasser des Jordan glucksen, sieht, wie durch ein Fernglas in greifbare Nähe gerückt, den Barsch auf der Kirchturmspitze, die Leuchtbuchstaben am Silo der Spar- und Darlehnskasse, die schartige Silhouette des Alten Bahnhofs.

Jemand kommt, lauthals den Hamborger Veermaster singend, den Damm herunter. Kwalle hebt den Kopf. Und da sieht er, daß die Toten ihn schon erwarten. Sie hocken wie schemenhafte Geier am anderen Ufer des Jordan: sein Urgroßvater, Jennerjahn, Gott hab ihn selig, Mandus Rethwisch und eine ganze Reihe mehr. Nur seine Großmutter fehlt. Oder ist sie es, die da jetzt Rolling home zu singen beginnt? Nein, es sind Max und Hermann, wie immer Hand in Hand. Sie singen den Refrain zweistimmig zuende und beugen sich über ihn.

»Dat is nu mol so as dat is«, sagt Max.

»Kannst nix bi moken«, sagt Hermann.

ENDE

SERIE PIPER

Konrad Hansen

Die Männer vom Meer

Wikinger-Saga. Roman.
528 Seiten. SP 1727

Sie raufen, sie schlagen sich gegenseitig die Schädel ein, sie brandschatzen und nehmen sich auf ihren Raubzügen alles, was sie wollen, auch die Frauen. »Die Männer vom Meer« sind weit mehr als eine Chronik von den wilden Horden der Wikinger, die auf Eroberungen aus waren. Konrad Hansen läßt die gefahrenreiche und abenteuerliche, die gewalttätige und sinnliche Welt des alten Nordlandes vor dem Leser erstehen.

»Im Mittelpunkt steht Björn Hasenscharte, ein Bauernsohn mit Geburtsfehler, aber mit wachem Geist. Er wird als Sklave gefangengenommen und mißhandelt, kommt in die Lehre bei einem Kammacher, geht auf eine große Seereise und zehrt fortan von seiner Begabung, seine Erlebnisse spannend erzählen zu können. Damit fasziniert er sogar König Harald Blauzahn, er wird zu einem seiner Gefolgsleute.«
Hamburger Abendblatt

Thomas Einfeldt

Störtebekers Gold

Ein Roman aus der Hanse-Zeit.
461 Seiten. SP 2817

Abenteuerlust und eine Intrige treiben den jungen Lübecker Kaufmannssohn Martin Damme in die verschworene Gemeinschaft der »Vitalienbrüder«: Er wird Schreiber und Vertrauter des gefürchteten Seeräubers Klaus Störtebeker. Angesichts der rohen Gewalt der Piraten wendet er sich aber wieder von ihnen ab und nutzt das Gewirr einer brutalen Seeschlacht zur Flucht durch das Abflußrohr der Kapitänskajüte. Als Hannes Maiboom führt er nun das Leben eines ehrbaren Schiffers und Kaufmanns. Doch die unermeßlichen Reichtümer der Seeräuber lassen ihn nicht ruhen: Auf seinen Kaufmannsfahrten nutzt er sein Wissen und hebt die versteckten Schätze mit Hilfe der schönen und mutigen Kaufmannstochter Kristine, die seine große Liebe wird.

Ingvar Ambjörnsen

Ausblick auf das Paradies

Roman. Aus dem Norwegischen von Gabriele Haefs. 208 Seiten. SP 2575

Elling, zweiunddreißigjähriger Frührentner, hat sich das Leben nach dem Tod seiner Mutter ganz gut eingerichtet: Im Zentrum steht seine heimliche Liebe zur norwegischen Ministerpräsidentin Gro Harlem Brundtland, er sammelt und archiviert alles, was über sie in der Zeitung steht. Gelegentlich ausbrechende erotische Phantasien sind ihm eher peinlich. Außerdem hat er sich ein teures Fernglas gekauft. Wenn er das auf den Nachbarblock richtet, kann er Abend für Abend verfolgen, was sich hinter den erleuchteten Fenstern abspielt, reichlich Stoff für Geschichten, Lebensläufe und ausgedachte Ereignisse. Doch Ellings Phantasien werden immer absurder, seine Spekulationen immer abenteuerlicher, die Realität kommt ihm immer mehr abhanden, zuletzt steht das Sozialamt vor der Tür. – Ingvar Ambjörnsen verheimlicht nicht, daß in diesem komischen und hinterhältigen Roman ein wenig Hitchcock grüßen läßt. Mit sanfter Perfidie steigert er die Irritation der Geschichte zum beklemmenden Finale.

Ententanz

Roman. Aus dem Norwegischen von Gabriele Haefs. 256 Seiten. SP 2578

»Ein literarisches Idiotenporträt höchsten Ranges – Elling ist der Fürst Myschkin der norwegischen Sozialdemokratie.«
Der Spiegel

Blutsbrüder

Roman. Aus dem Norwegischen von Gabriele Haefs. 255 Seiten. SP 2776

Ein hinreißender Schelmenroman um Elling, den liebenswerten Kerl mit der wundervollen Macke. Mit seinem Kumpel Kjell verläßt Elling die Psychiatrie und nimmt in Oslo wieder den Kampf mit dem Alltag auf. Lustig wird es aber erst, als die beiden eines Tages ihre Nachbarin Reidun kennenlernen, in die sich Kjell auf der Stelle verliebt. Zu dritt werden sie bald eine richtige kleine Familie.